풋소

권지예 소설

푸른소

문학동네

| 차례 |

누군가 베어먹은 사과 한 알

이상하게 꼼짝할 수가 없었다. 처음으로 자신이 이 세상에 존재하는 것이 마술에 걸린 것처럼 느껴졌다. 유독 누군가가 베어먹은 사과 한 알이 마법을 풀 수 있는 열쇠처럼 놓여 있는 것 같은 기묘한 느낌이 들었다. 란은 떨리는 손을 뻗어 그 사과 한 알을 쥐고 눈앞으로 가져와보았다. 외롭고, 완전하지 않은…… 훼손된 삶의 예감일까. 무엇인지, 눈물겨운 느낌 때문에 눈꺼풀이 뜨거워졌다.

강

　버스는 다리를 건너고 있다. 난간도 없는 콘크리트 다리 밑은 강. 그러나 강물은 말라 있다. 강심(江心)까지 말라붙어 드러난 바닥의 조약돌들. 겨울 오후의 햇빛 속에서 데면데면하다. 형산강의 지류일까. 강이라고 하기엔 그저 넓디넓은 자갈밭. 기억 속의 강은 한 번도 물을 품은 적이 없다. 강물도 다리도 없던 황량한 강, 저 강을 서너 번쯤 걸어서 건넌 기억이 있다.

　어릴 때엔 강바닥인 자갈밭을 뒤뚱뒤뚱 넘어질 듯 걷노라면 늘 누군가가 등을 대주곤 했다. 외할머니나 엄마의 등, 그리고 막내외삼촌의 등. 대학에 들어가고 나서 첫 여름방학. 자갈 틈새에 자꾸 빠지는 하이힐 굽 때문에 넘어져 발목을 삐었다. 차부까지 마중 나와 란의 무거운 가방을 든 외삼촌은 등을 들이대고 앉아서 란이 업히기를 종용했다. 네 살 위인 그의 등에 업혀 가슴이 닿지 않게 하려고 안간힘을 쓰느라 폭염 속에서 온몸이 땀에 젖었던 기억……

아마도 다리가 생긴 건 십이삼 년 안짝일 것이다. 결혼을 한 이후론 이곳에 온 적이 없으니까.

어쨌든 이 다리를 건너면 거의 다 온 것이다. 차창으로 스치는 강을 내려다보는 란의 눈빛이 깊게 가라앉는다. 물 마른 강이 자신처럼 황폐하다고 느끼는 듯한 그런 눈빛이다. 란은 언젠가 엄마가 하던 말을 떠올려본다.

"물도 없는 강이라고 우습게 보지 마래이. 큰 장마 때는 넘친다 아이가. 니 세 살 때 내가 처음으로 보따리를 싸고, 마 고만 살고 친정에 갈라꼬 이 강 앞에 섰던 기라. 뱃속에 혁이는 들어섰지러. 생전 그런 일이 없더마 장마 끝난 지 며칠 되는데도 싯누런 물이 철철한 기라. 니를 업고, 보따리를 머리에 하나 이고 양손에 하나씩 쥐고 강물 앞에 서 있으니 기가 막히데. 건너기는 건너야 될란가, 우예 건널꼬, 한참을 망설였대이. 마침 돈 받고 지게로 건네주는 아재가 한 사람 있더라. 보따리 먼저 강 건너 모다 보내고 아재가 날 실을라꼬 빈 지게로 오는데 맴이 또 변하는 기라. 강을 건너뿌리면 시집이고 니 집이고 이제 다 고마 끝장이다 생각이 와 그래 들던지…… 다시는 도로 강을 못 건널 것 같더라. 아재요, 짐 도로 실어오소, 그래 다시 실어왔다. 그라모 또 발길이 안 돌려지고…… 맴을 못 잡고 몇 번을 그래 보따리 실은 지게가 왔다갔다했다. 난중엔 지게꾼이 막 성질을 내는 기라. 해는 실굼실굼 넘어가고…… 지게꾼을 불러세워 니를 업은 채로 내가 지게에 올라탔다. 그때 보니 싯누런 강물이 딱 내 속이 썩어 흐르는 고름 같더라……"

엄마에게 저 강은 일종의 한계였을까.

버스는 다리를 건너 보리 싹이 푸릇푸릇한 들판을 오른편에 끼고 앵돌아지더니 벽돌 건물 앞에 무춤하니 섰다. 하근2리 마을회관. 커다란 느티나무 밑에 비닐로 씌워놓은 평상이 먼지에 덮여 있다. 겨우살이가 둥지를 튼 논배미 쪽의 미루나무 가지에서 용하게 까치가 운다. 모든 게 너무도 낯설다. 란은 혼곤한 아지랑이의 베일에 싸인 마을을 휘 둘러본다.

누렁이 한 마리가 어슬렁어슬렁 고샅길을 내려오다 란을 보고 컹, 심드렁하게 한 번 짖는다. 조립식 주택에 빨간 지붕이라…… 오래전 외가는 기역자형의 기와집이었다. 그러고 보니 마을의 집들은 대부분 조립식 주택으로 바뀌어 있다. 겨울 전원의 갈색 모노톤 속에서 원색의 지붕들이 눈을 찔렀다. 시골 노인네의 입술에 칠해진 새빨간 루즈처럼 민망하게 여겨진다.

고샅길이 끝나면서 미색 벽에 빨간 지붕을 인 집이 나타난다. 사립문 앞에 심어져 있던 오동나무는 온데간데없고 외할머니 시집오던 해에 심었다던 늙은 감나무 그림자가 담벼락 위에 나른하게 누워 있다.

차양이 쳐진 앞 테라스 시멘트 바닥에 호박 오가리와 무말랭이가 널려 누렇게 말라가고 있다. 해가 잘 드는 쪽을 골라 가자미를 늘어놓고 말리느라 덧씌워놓은 망사 천 위에서 쉬파리들이 윙윙댄다. 파리들의 날갯짓 소리만 빼면 테라스 위의 정경은 고즈넉한 한 폭의 정물화 같다. 방문과 마루문으로 통하는 댓돌 한구석에 굽 낮은 검은 구두와 황토 흙이 말라붙은 앵클부츠 한 켤레가 오도마니 앉아 있다.

"할머니! 엄마!"

아무 소리도 없다. 란은 댓돌 위로 올라가 방문을 열어본다. 팔순이 넘은 할머니가 모로 누워 있다. 란은 살며시 방 안으로 들어간다. 노인네는 잠이 든 모양이다.

노인네는 가끔 꿈을 꾸는지 어깨를 움씰거린다. 머리맡 나무 소반에는 먹다 남은 삶은 옥수수가 네 개 놓여 있다. 그중 하나는 급하게 이빨로 돌려뜯었는지 노란 씨 알갱이가 겉에 묻어 있다.

마루로 통하는 문 위에 사십오 도 각도로 수긋하게 두 개의 사진틀이 걸려 있다. 외할아버지의 환갑날 자손들이 모여 찍은 빛바랜 커다란 컬러사진. 그 사진을 바탕으로 엄마의 흑백 결혼사진과 결혼 전에 엄마와 두 이모가 왼팔을 나란히 걸고 모로 비껴서서 찍은 누런 흑백사진이 환갑 기념사진의 아래를 덮고 있다. 사진 속 엄마는 흰 적삼에 검은 치마, 큰이모는 짙은 색의 주름치마와 블라우스 양장, 작은 이모는 세일러 복을 입고 있다. 그래도 세 자매 중에서 엄마의 미모가 압도적이다. 엄마의 모습은 〈사랑방 손님과 어머니〉의 젊은 최은희의 모습을 생각나게 하는 데가 있다.

사십 년쯤 전에 엄마의 사진은 읍에 딱 하나 있던 혜성사진관의 쇼윈도에 걸려 있었다 한다. 약간의 수정작업을 거친 분홍빛 뺨과 붉은 입술의 눈매 짙은 처녀. 사진은 마술이다. 엄마의 코 주변을 얽어버리고 지나간 마마의 흔적 따위는 감쪽같이 보이지 않는다.

또 하나의 커다란 사진틀엔 외사촌들의 탄생과 성장을 엿볼 수 있는 작은 사진들이 겹쳐서 배열되어 있었다. 고추를 내놓고 찍은 백일 무렵 동생 혁의 사진도 보인다. 외사촌들의 졸업사진과 군복 입은 사진이 부채꼴로 배열되어 있다. 결혼식 사진이 란의 눈길을 끈다. 막내외삼촌의 결혼사진이다. 미색 예복은 외삼촌의 검게 그을린 얼굴을 더욱 두드러지게 한다. 하지만 그의 얼굴에 생생히 차오른 기쁨은 빛나는 눈동자에 고스란히 담겨 있다. 신부는 수줍게 고개를 숙이고 있었는데, 드러난 긴 목이 순결해 보였다. 작년 봄의 사진이니 신랑의 나이가 마흔둘, 신부의 나이가 스물다섯 때일 것이다.

"누고? 란이 왔나!"

바깥에서 웅성거리는 소리가 들렸다.

방문이 열리고 큰이모와 엄마가 싸한 바깥공기를 거느리고 들어왔다. 알싸름한 향내도 함께 들어왔다.

"아이고, 내 새끼. 하모 왔나? 네시 차로 오는 줄 알았다. 하도 기다리기가 애가 쓰여 느그 이모하고 밭에 냉이 뜯으러 갔다 왔다. 겨울이 이래 따시니 밭둑에 냉이가 쑥쑥 올라온다. 벌써 쇤 것도 있다. 니 얼굴이 와 이리 상했노."

엄마의 눈 밑에 물기가 찬다.

오동나무

"할머니, 오동나무는 어디 갔어요?"

아무 대답이 없다.

"할매 귀가 많이 어둡다."

이모가 끙, 돌아누우며 말했다.

기름을 아낀다고 커다란 방 세 개를 그냥 두고 안방 하나만 난방을 하여 여인 삼대가 불을 끄고 누운 밤.

"귀만 어둡나."

엄마가 한숨을 폭 쉬었다.

"오동나무 말이가? 할매가 할배 돌아가시자마자 비아뿌렀다. 방문에 어른어른하는 오동잎 그림자 때문에…… 그기 꼭 할배가 손짓하는 것 같아서 무섭다고 그래쌓더니. 할매, 보기보다 겁이 많대이. 하기사 여장부 같은 우리 엄마지만 자석들 하나 없이 이 빈집에 혼자 잘라카면 얼마나 무섭겠노. 할배가 풍을 맞아 말도 잘 몬 하고, 손짓으로 말을 다 했다 아이가. 육 년을 똥오줌 치고…… 면에서 열녀상 준다꼬 하는 걸 할매가 안 받는다고 펄쩍 뛰었다."

"언니야, 그래도 엄마 귀가 어두운 게 다행이다. 나는 오동나무보다도 저 대숲에서 나는 대나무 부대끼는 소리가 참 듣기 싫구마. 바람 많이 부는 날이면 뒷간에 가는 것도 무서웠구마."

마을의 끝 집인 외가의 집 뒤쪽은 대숲으로 이어져 있다. 대나무의 텅 빈 몸에 고인 바람 소리. 바람과 야합하여 달빛 속에서 신음처럼 부르짖던 대숲의 소리. 란은 가만히 귀를 기울여본다.

"야들아! 문 마카 잠갔나?"

귀가 어두운 대신 목청이 큰 할머니가 갑자기 벌떡 일어났다.

"명자, 니 아까 대문 잠갔나?"

이모가 엄마를 돌아보며 묻는다.

"잠갔다. 엄마 자소, 걱정 말고."

할머니는 놋요강을 타고 앉아 틀틀틀 뽀로록…… 끙, 오줌을 누고 도로 자리에 눕는다.

어둠 속의 공기에 잠깐 지린내가 스며들었다. 할머니는 긴 신음 소리를 내며 곧 잠에 빠지는 듯했다.

"늙이 자나?"

이모가 엄마에게 작은 소리로 묻는다.

"잔다."

"늙어 팔자가 험해 젊어서부터 저래 고생했는데 늙바탕에는 좀 편해야 될 낀데…… 아들이 셋이나 있으면 뭐 하나."

"언니야, 마, 엄마 말이다. 용복이 각시캉 살았으면 안 좋았겠나. 서로 의지해가면서……"

"말도 마라. 용복이 각시가 늙은 시에미를 모시는 게 아니라 엄마가 용복이 각시를 모시는 꼴이라. 용복이 죽고 나서 사람이 희한하게 변한기라. 그래 말없이 바지런하게 일도 잘하던 사램이 손끝 얄랑 안 하고 넋 놓고 그림같이 누워 있으니, 우리 엄마가 다 해믹이고 멘스 빨래까지 하고 있더라카이."

"엄마도 가만 보면 오줄이 없다 아이가. 용복이 죽은 게 뭐 엄마 잘못도 아인데 와 그리 주눅이 들어서 살았든동. 평생 남 뒷바라지만 하며 살아서 그런가. 그 뭐라 카노, 노예근성 같은 게 있다 아이가. 우쨌거나 용복이 죽고 나서 용복이 각시가 얼라를 떼고 정신이 좀 이상해진 거 아이가?"

"갸가 원래 좀 옳찮은 아다. 내보내면 또 오고, 젊으나젊은 기 니는 니대로 살아라 캐도 또 오고 안 그랬나."

"부부 금실이 찰떡이었나보제."

"찰떡은 무신 찰떡. 시집와서 두 달 만에 그런 사단을 겪었으니 넋이 나갈 만도 하제. 시어 꼬부라진 마흔두 살 노총각한테 온 스물다섯 처자 같으면 어디가 흠이 있어도 흠이 있는 법. 다리를 살짝 저는 거는 그렇다 치고, 좀 맹한 구석이 많다 아이가. 글쎄…… 얼라를 억지로 떼게 한 기 잘한 일인지 잘못한 일인지는 모르겠다. 하지만도 젊디젊은 걸 내보내야지 데리고 아를 낳게 하면 그아를 누가 감당하고 키우노. 엄마가 이 나이에 얼라 키우게 생겼나."

"다 엄마를 위하자고 한 노릇인데 엄마가 죄인처럼 그래쌓이 고마 귀도 더 어두워지고 정신도 쪼매 놓고…… 참 용복이캉 우리 엄마캉 와 그리 불쌍한 팔자를 타고났는동."

"엄마 시집와서 한 십 년 노망난 시할매 수발 다 하고, 시어메 모진 시집살이에 종갓집 제사가 좀 많나. 시동생들 마카 키워 시집장가 보내고 나니 아부지 중풍 수발 육 년이 넘지러. 아부지 죽자마자 막내 용복이 장가든 지 두 달 만에 비명횡사하고. 용복이 병 때문에 평생을 애를 태우고 해쌓더니 병도 고치고 마흔도 넘은 늙은 총각 장가보낸다꼬 우리 엄마 잔칫날 그래 둥개둥개 춤추더니만. 지금 죽어도 여한이 없다꼬……"

"용복이 각시도 안됐지러."

"그기사 별일로 치더라도."

엄마는 한숨을 훅, 쉬었다. 이모는 말문을 닫았다. 쉬이잇, 쉬이잇…… 대숲이 서걱대는가. 란은 눈을 감았다. 막내외삼촌은 확실히 비극적인 운명을 타고났던 모양이다. 삼촌이 태어나고 삼칠일도 지나지 않아 변소를 고쳤는데 그만 동티가 났는지 외할머니의 한쪽 눈의 검은자가 마치 부분일식이 일어난 것처럼 반쯤 흰자에 덮여버리는 일이 생겼다. 삼촌은 모든 게 늦되는 아이였다고 한다. 그런데다 사춘기가 되면서는 간질증세가 나타나기 시작하여 할머니의 애를 태웠다. 중학교를 중퇴하고 집에서 농사를 지으며 온갖 궂은일과 집안의 치다꺼리를 도맡아 하였다. 그가 치료를 위해 가끔 서울에 올라오기 시작한 것은 십 년 전쯤의 일이다. 그리고 삼 년 전 그는 머리 수술을 하여 병을 거의 완치하기에 이르렀다고 한다. 마지막으로 그를 본 것은 서울의 작은이모 집에서였는데 작년 겨울이었다. 마흔이 넘은 그는 몹시도 겉늙은 인상이었다. 가뭄 든 논바닥처럼 검게 탄 얼굴이 주름으로 갈라져 있었고 새치가 반백을 이루었다. 그때 그는 옆동네의 절름발이 처녀와 혼사가 매듭지어져 결혼 날짜를 받아놓은 예비신랑이었다. 오랜 세월을 견뎌낸 노총각의 신산함이 느껴졌다. 그건 말로는 설명하기 힘든, 그에게서 풍기는 체취 때문이었다. 오랫동안 흐르지 않아 물이끼가 낀 물웅덩이에서 나는 음울한 비린내 같은 것이었다. 그는 결혼을 축하하는 란의 말에 얼굴까지 붉혀가며 몹시도 수줍어했었다.

란은 그때 외삼촌과 동갑이었던 섭을 생각하며 놀랐었다. 그 무렵 란은 섭을 만난 지 채 석 달도 되지 않았다. 외삼촌이 물웅덩이라면 그는 격렬하게 내리꽂히는 폭포수였다. 그를 만날 때면 란은 고스란히 그 폭포수를 온몸으로 맞고 있는 것처럼 숨쉴 틈 없이 전율했다.

엄마의 손이 꼼지락꼼지락 다가와 란의 손을 잡았다. 두툼하고 따뜻했다. 이모가 다시 말문을 열었다.

"니도 그렇제. 가시나, 마 그때 나하고 주사를 맞았으면 될 낀데. 니 팔자가 그래 될라 그랬는가. 와 그래 죽자사자 울고불고 도망을 가더마……"

이모는 어린 엄마에게 찾아와 엄마의 운명을 진구렁텅이에 빠뜨린 마마손님 얘기를 하는 거였다. 엄마가 일곱 살 때 천연두가 유행병처럼 돌자 보건소인지 어딘지에서 예방접종을 하기 위해 마을에 의사가 파견되었던 모양이었다. 그런데 그때 엄마는 기어코 주사를 맞지 않았다. 감나무에 올라가 매미처럼 딱 붙어서 절대 안 내려왔제, 라고 엄마가 란에게 말한 적이 있었다.

"곰보 팔자가 될라니 안 그랬나."

엄마가 허허, 웃었다.

란이 어렸을 때 엄마는 이모가 사는 서울에 가서 피부를 긁어내는 수술을 받았다. 아이들에게 곰보 딸이라 놀림을 받아 서러웠던 란은 엄마가 백설공주처럼 되어서 돌아오길 기다렸다. 그러나 엄마의 얼굴은 많이 달라지진 못했다. 살짝 얽은 양볼은 그런대로 괜찮았지만 코 부분은 여전히 얽어 있었다. 그 무렵의 아버지는 한 달에 한두 번 꼴로 집에 들어왔다.

읍내의 사진관에 걸려 있던 엄마의 사진에 반했던 아버지는 외갓집의 사과밭에 와서 원두막에 앉아 멀리서 사과를 따는 엄마를 보고 외할아버지를 찾아와 딸을 달라고 졸랐단다. 나중에 처녀가 곰보임을 알고 난 후에도 물러서지 않았다고 했다. 둘째딸 때문에 늘 시름겨웠던 외할아버지는 그 용감한 젊은이가 가상하여 논 일곱 마지기를 얹어 딸을 시집보냈다. 빈한하기 짝이 없는 집안의 장남. 그러나 담대하고 박력 있는 청년. 어찌어찌 고등학교를 겨우 졸업했던 아버지는 엄마와 결혼하고 난 후 경찰학교에 들어가 경찰이 되었다. 발령이 나자 아버지만 부산으로 옮겼다. 농사를 지으며 늙은 홀시어머니를 모시고 있던 엄마는 아버지를 기다리는 낙으로 살았다. 그래도 란을 낳기까지 엄마는 행복했다고 했다.

아버지에게 여자가 있다는 걸 엄마는 란이 첫 걸음마를 뗄 무렵 알았다고 한다. 그래도 엄마는 혁을 가짐으로써 아버지의 애정을 돌이켜보려는 희망을 버리지 않았나보았다. 하지만 경찰인 아버지와 요정 마담인 상대 여자 사이엔 악어와 악어새의 관계처럼 빠져나올 수 없는 구조적 딜레마가 있었던 모양이다. 공생이었는지도 모르겠다.

아버지는 그야말로 알게 모르게 그 여자에게 얹혀살았고, 그 여자는 아버지를 이용했다. 그런 관계가 사랑보다 더 질기다는 걸 엄마는 몰랐던 걸까. 엄마는 아버지가 고스란히 가져다주는 월급으로 란과 혁을 눈물로 길러냈다. 그런 아버지가 정년퇴임을 하여 쓸모없어지자 마담에게서 쫓겨나 다시 엄마에게 돌아왔다. 그런데 이번엔 엄마가 별거를 선언해버린 것이다.

"용복이 말이다. 사인이야 심장마비로 나왔지만 아무래도 복상사 한 거 아닌가 싶다. 모두 쉬쉬하고 엄마도 암 말 안 하지만 말이다. 사십 평생을 숫총각으로 살다가 장가를 갔으니 얼매나 좋았겠노. 장가 가고 나서 신수가 확 폈다 아이가."

이모가 엄마 쪽으로 몸을 돌려 누우며 말했다.

"갸가 숫총각인 건 우예 아는데."

엄마가 졸음기가 섞인 목소리로 심드렁하게 묻자 이모도 도로 반듯하게 누우며 말했다.

"가 주변머리 없는 거사 동네가 다 안다 아이가."

엄마의 손이 힘없이 란의 손에서 스르르, 미끄러져내렸다.

이모는 잠이 쉬 들지 않는지 이번엔 꼿꼿한 음성으로 란을 불렀다.

"라이 자나? 니도 마 심란하제?"

란은 이모의 말에 잠든 척 대답을 않는다. 잠시 후 세 모녀의 숨소리와 코 고는 소리가 불협화음처럼 흘러나왔다. 그 소리 사이로 간주처럼 대숲이 몸을 뒤채는 소리가 들렸다. 오랫동안 잠들지 못하는 란은 뒤란 대숲으로 난 창 쪽으로 몸을 돌려뉘었다.

감나무

낮잠이 들었었나보다. 눈을 뜨니 미닫이 유리문으로 햇빛이 홍수처럼 밀려들었다. 바깥마당에서 늙은 자매의 목소리가 들려왔다.

"언니야, 흔들지 마라 고마!"

"고만 올라가라, 떨어질라! 니 안 어지럽나. 흔들면 저절로 떨어질 걸 뭐 할라꼬 악착같이 다 딴다꼬 꼭대기까지 올라가노. 쟈는 잔내비띠 아니랄까봐 옛날이나 지금이나 나무도 잘도 탄다."

"언니야, 니 겁나나? 함 올라와봐라. 기분 좋다. 야아호오!"

"니 나이가 올해 몇이고. 가시나 겁도 없다."

"자, 이 소쿠리나 받으소. 밑에서 사설 풀지 말고. 감이사 언니가 환장하제, 내사 별로다."

방문을 여니 엄마는 감나무에 매달려 있다. 이모는 감나무 밑에서 소쿠리를 건네받느라 까치발을 떼고 있는 중이었다. 엄마는 쪽빛 하늘에 주홍빛 까치밥 몇 개가 우듬지에 매달린 감나무 가지에 앉아 란을 보며 손을 흔들었다.

엄마는 천진한 소녀처럼 몸을 흔들며 노래까지 부른다.

"말 탄 영감 끄떡, 소 탄 영감 끄떡…… 란아, 내는 어렸을 때 나무에만 올라오면 속이 다 시원했다. 아마도 우리 마을 가시나들 중에서는 내가 나무를 제일 잘 탔제. 나무에서 해질 때까지 국어책도 읽고 노래도 부르고 했다."

란은 기억한다. 아버지가 없는 집안의 일들을 모두 엄마가 했다. 지붕에 비가 새도 엄마가 올라갔고, 키 작은 엄마가 의자를 놓고 올라가 전구를 갈기도 했다. 사다리에 매달려 페인트칠을 했던 것도 엄마였다. 엄마가 저렇게 어릴 때부터 나무 타는 일을 좋아했던 것은 어쩌면 신의 작은 배려였는지도 모르겠다는 생각이 잠깐 들어 란은 쓸쓸하게 웃었다.

할머니는 마당에다가 남은 찬밥과 반찬 나부랭이를 뿌리며 중얼거린다.

"떨어질라. 가시나들, 나이가 몇이고? 감이사 몇 개 달렸다꼬 올라가서 생 야단을 지기나……"

"아따 엄마, 재미 아이가. 아이고 엄마, 지저분하다. 이제 뿌리지 마라."

이모가 가볍게 핀잔을 주었다.

"야야, 이 겨울에 짐승들 마카 죽는다. 괭이도 묵고 길 잃은 산짐승도 묵고, 개도 묵고, 쥐도 묵고, 새도 묵고…… 마카 농가묵어야제."

"자꾸 이러니 집 안에 온갖 것들이 들끓제."

"그래도 나는 혼자 있는 거보다 마 그런 것들이라도 오면 반갑구마."

"라이, 일어났나. 무슨 낮잠을 그래 곤히 자나. 자 감 하나 묵어볼래?"

이모는 햇빛에 눈이 부신지 눈을 깜박이며 감 소쿠리를 내민다.

"아녜요. 지금은 생각 없어요. 바람이라도 좀 쐬구 와서요."

사립문을 나서는데 엄마가 감나무 위에서 소리쳐 묻는다.

"니 어데 가는데?"

란은 고개를 돌려 대답한다.

"과수원에요."

감나무에 올라앉은 엄마의 현란한 꽃무늬 몸뻬가 끄덕거린다.

"말 탄 놈도 끄떡, 소 탄 놈도 끄떡……"

고샅길을 돌아나와 마을을 휘돌고 보리밭을 지나 작은 도랑을 건

너면 외가의 과수원이 있다. 아버지가 읍내 사진관에 전시된 엄마의 사진에 반해 청혼을 넣기 위해 찾아왔던 곳. 갓 스물의 엄마는 사과만큼 양볼에 홍조를 띠고 원두막에 앉은 낯선 청년을 훔쳐보며 가슴 설레었을까.

겨울 과수원은 황량하기 이를 데 없었다. 어렸을 적, 란이 외가에 오면 늘 보던 사과나무들. 분분히 날리던 흰 사과꽃이나 싱그럽고도 단단하게 영글었던 풋사과, 햇빛에 보석처럼 빛나던 붉은 홍옥. 이런 이미지들을 청춘의 추억처럼 몸 속에 간직한 채 나무는 이제 늙어 있었다. 그때그때마다 인기 있던 품종에 따라 나무를 갈아왔던 것인데 부사가 주류인 사과나무는 외삼촌이 죽은 이후 손을 보지 않아 란의 눈에도 버림받은 늙은이처럼 추레해 보였다.

제대로 열매를 수확하지도 않았는지 알이 잔 사과 알들이 땅에 처박혀서 썩어가거나, 새들이 쪼아대어 상처 난 사과 알들이 가지에 위태롭게 붙어 있었다.

원두막은 지붕이 반쯤 걷힌 채로 그대로 있었다. 란은 나무등걸을 쓰다듬다 원두막의 나무계단을 올라가본다. 어린 시절엔 아주 넓어 보였던 그곳이 두 평 정도의 공간에 지나지 않는다는 사실이 신기했다. 예전엔 이곳에 누워 방학숙제를 할라치면 마을 정미소에서 들려오는 기계 소리에 아련히 잠에 빠지곤 했었다. 원두막은 고만고만한 사촌들과의 놀이터였다. 풋사과를 한 바구니 따다놓고 서로 장기자랑을 하고 상으로 사과 한 알씩을 받았다. 그때 심사위원은 막내외삼촌이었다. 늘 동생 혁이 또래의 사촌들로 복닥이던 원두막 위에서 남자 사촌들은 삐빠빠룰라…… 개다리 춤을 추느라 폭소를 터뜨려댔다. 폭소 사이사이로 휘파람 소리가 간헐적으로 흘러들곤 했다. 외삼촌의 십팔번인 나훈아의 〈사랑은 눈물의 씨앗〉이란 곡이었다.

언제였던가. 여고 일학년 때의 여름방학 때였던가. 그날은 동생 혁이 사촌들과 가재를 잡으러 갔는지, 설핏 혼곤한 낮잠에서 깨어보니 원두막이 텅 비어 있었다.

세계문학전집 같은 걸 읽다 책 위에 엎드려 잠이 들었던 것 같다. 딱딱한 하드커버에 얼굴이 눌렸는지 누운 채 손으로 볼을 쓰다듬으니 울퉁불퉁한 감촉이 손바닥에 느껴졌다. 란은 잠이 깬 채로 미동도 없이 그대로 엎드려 있었다. 이상하게 꼼짝도 할 수 없었다. 엎드린 채로 눈꺼풀을 서서히 열었다. 망막에 맺힌 풍경이 한순간 의식의 틀 속으로 천천히 빨려들어오는 느낌이 들었다. 미처 초점이 맞추어지기 전의 파인더에 들어온 이미지처럼 처음엔 흐렸다가 차차 선명해졌다. 그리고 원근감이 느껴지기 시작했다. 이상하게 먼 곳의 풍경부터 선명하게 들어왔다. 멀리서부터 서쪽 하늘에 노을이 번지는 게 보였고 마지막 햇살을 받은 도열한 사과나무들의 빛나는 우듬지가 차례로 보였고, 가지마다 푸른 풋사과들이 비낀 햇살에 빛나고 있었다. 그리고 그것을 배경으로 원두막의 오래된 통나무 기둥이, 그리고 더 가까이에…… 바로 눈앞에 어떤 물체가 부우옇게 시야로 들어왔다.

란은 두 눈을 깜박이다 크게 떠보았다. 그건 사과 한 알이었다. 누군가 한 입 크게 베어먹다 만 사과 한 알이 구르다가 어느 순간 모로 누워 고요한 이 세계를 떠받치고 있는 듯 보였다. 퇴색하여 회색빛으로 변한 원두막의 마룻장 위에 속살이 누렇게 변색된 사과 한 알. 베어먹은 사과 한 알 너머로 원두막의 처마와 기둥이 액자가 되어 사과나무들과 홍옥처럼 익어가는 여름 저녁하늘을 그림처럼 담고 있었다. 모든 게 숨을 죽이고 있었다.

모든 것이 정지되어 있고 모든 것이 침묵하고 있었다. 꼭 세상이 마법에 걸린 것 같았다. 이상하게 꼼짝할 수가 없었다. 처음으로 자신이 이 세상에 존재하는 것이 마술에 걸린 것처럼 느껴졌다. 누군가 한 입 베어먹은 사과 한 알만이 마법을 풀 수 있는 열쇠처럼 놓여 있는 것 같은 기묘한 느낌이 들었다. 란은 떨리는 손을 뻗어 그 사과 한 알을 쥐고 눈앞으로 가져와보았다. 외롭고, 완전하지 않은…… 훼손된 삶의 예감일까. 무엇인지, 눈물겨운 느낌 때문에 눈꺼풀이 뜨거워졌다.

그때 어디선가 여름 저녁의 선선한 바람이 한줄기 불어와 란의 푸른색 원피스를 풍선처럼 부풀리곤 서둘러 빠져나갔다. 란은 한 손으로 부풀은 원피스 자락을 살며시 누르다 드러난 허벅지의 맨살을 쓸어보았다. 갑자기 가슴이 터엉 빈 느낌이 들었다. 그리고 서글픈 떨림이 가늘게 진동했다.

그때 가까운 어느 나뭇가지에선가 투둑둑, 사과 떨어지는 소리가 들렸다. 고개를 돌렸을 때 란은 순간 호흡이 멎는 줄 알았다. 석양을 받고 있는 우람한 사과나무 가지에 한 남자가 몸을 웅크리고 앉아 있다. 란의 눈과 마주치자 그의 얼굴은 잘 익은 능금 빛깔로 타올랐다. 막내외삼촌이었다. 그는 마치 정물화의 한 부분처럼 오래도록 그렇게 란을 바라보고 있었나보았다. 갑자기 그가 나무에서 풀썩 뛰어내리더니 마구 달려갔다. 뛰어가는 그의 뒷모습이 방금 전 각인된 정지된 과수원 그림 속으로 사선을 그으며 지나갔다. 그러자 서서히 모든 소리들이 되살아났다. 정미소의 방아 소리며 매미들의 합창, 새들이 날개짓을 치는 소리도 들려오기 시작했다. 마을에서 개 짖는 소리도 들려왔다. 란은 이빨 자국 선명한 사과 한 알을 다시 들여다보았다.

사과밭

"나는 느거 아부지 덥썩, 사과 비이묵는 모습이 참 좋았니라. 사과밭 원두막에 놀러와가 내가 소쿠리에 사과를 권할라 카면 사양도 않고 바지춤에 서억석 닦아가 와싹, 한 입 묵는 모습이 와 그리 남자답고 좋던동."

엄마가 땅에 떨어진 성한 사과 몇 알을 주우며 말한다. 엄마는 아버지가 엄마를 쫓아다니던 스무 살의 원두막 시절을 이야기한다. 아버지는 사과를 베어먹고는 호주머니에서 하모니카를 꺼내 불곤 했다고 한다.

"사람의 정이란 게 참 우습제. 살 섞고 산 생각보다는 와 그래 처음 만났을 때 사과 비이묵던 그 모습만 생각하면 좋던동. 지금사 만 정이 다 떨어졌다만, 얼마 전까지만 해도 그랬다. 그라고 보면 이 원두막이 참 사연이 많제. 언니캉 형부캉 선을 본 것도 여기 아이가. 금실 좋다고 소문났지만 우리 언니 성질 몬된 거야 내가 잘 알제. 형부 같은 사람도 없제. 형부 암으로 돌아가시고 나서야 느거 이모 호강에 받쳐 산 거 알더라. 내사 평생 느거 이모가 참말로 부럽더라."

이모부 얘기를 하면서 엄마의 목소리는 풀이 죽었다. 잠시 침묵이 흐른다. 햇빛에 하얗게 보풀이 인 베이지색 카디건을 만지작거리며 엄마가 조심스레 물었다.

"······그래, 니 생각에는 내가 올라가야 되겠나? 느거 아부지 그 인사가 평생 그래 내를 골탕을 믹이고 지멋대로 살다가 늙어 돌아와가지고는 밤낮으로 내를 볶던 거 니도 알제. 그란데 이제 뭐꼬, 간암이라 칸다고? 그래도 내사 가고 싶지 않다. 혼자 죄값 치르고 죽어삐라 캐라. 안 그라몬 와 평생 빨아묵던 그년한테 가 죽으라 카지.”

엄마는 말투가 거칠어지며 애꿎은 카디건의 보풀만 신경질적으로 떼어낸다.

“일단 병원에서는 퇴원을 하셔야 할 것 같아요. 아버지에겐 이젠 시간이 없잖아요. 엄마 마음은 내가 더 잘 알아. 그치만 마지막을 그렇게 보낼 수는 없을 것 같다는 생각이…… 아버지도 엄마 생각을 많이 하시는 것 같던데……”

란은 조심스럽게, 말라버린 풀잎처럼 메말라 있을 엄마의 감정이 다치지 않게 쓰다듬듯 말해본다. 행여 바스러져버릴까봐. 아니나 다를까 엄마가 팩, 소리를 지른다.

“문디! 마 칵 깨끗하게 급살을 맞아 죽을 것이제, 암은 무신 암! 그렇게 죽을 때까지, 끝까지 날 붙들고 잡나……”

하지만 말미에 가서 엄마의 말꼬리가 흐려지며 축축해진다.

“그나저나 니는 우짤긴데. 그래 혼자 모질게 살 끼가. 박서방과 얼라들은 다 잘 있나…… 고마 니도 용서를 빌고 살았으면 했는데…… 박서방도 그때사 그랬지만 무던한 사람이라 니를 받아줬을 끼구만. 얼라들 생각해서도 니가 그라는 게 아닌데.”

“다 지난 일이에요.”

“니는 헛똑똑이다. 봐라, 섭이라 카는 사나가 어디 지 가정을 깨드나. 느거 아부지도 봐라. 사랑 사랑 캐도 즈거 가정 깨고 사랑 찾는 사나는 없다.”

“그만 하세요. 그래서 엄마는 행복했어요? 결국 다 늦게 아버지를 떠났잖아요."

란은 가슴속에 파도치는 감정을 잇새로 누르며 낮게 부르짖었다.

"아이고 다 여기 있었나. 모녀가 사과밭에 앉아 이바구 나누는 게 그림 같구마."

이모가 아지랑이가 아른대는 사과나무 사이로 재게 걸어온다.

"야야, 명자야. 얼른 집에 가보자. 용복이 각시가 왔다. 엄마가 붙들고 울고불고한다. 그런데 가가 좀 이상타. 머리에 다라이를 이고 사과 사이소 하며 사립을 밀고 들어오드래이. 한데 그 안엔 마카 흙 묻은 썩은 사과만 들어 있는 기라. 아마 여기 이 과수원에서 줏어온 거 같드라. 눈빛도 쪼매 이상하고. 그런데 가관은 엄마다. 야야, 장에 갔다 오나, 용복이캉 같이 안 오고 혼자 먼저 왔나, 다 몬 팔고 왔네, 그카며 보듬어쌓고 안 하나. 둘 다 정신이 안 맑은 사람들이라 영 기분이 섬뜩해져서 안 나왔나."

이모가 혀를 쯧쯧, 차며 엄마를 바라본다.

"언니야, 우야노."

엄마도 미간을 찡그리며 궁둥일 털며 일어선다.

집 안으로 들어서자 할머니와 용복이 각시는 사이좋게 썩은 사과를 만지작거리고 있었다. 여자는 치맛자락에 사과를 싹싹 닦아 소반에 쌓아올리고 있었다.

"올해는 작황이 좋니라. 우리 용복이가 여름내 농약 하고 새 쫓고 해서 이래 때깔이 안 곱나."

할머니가 완전히 정신을 놓은 것 같았다. 외삼촌은 사과꽃이 하얗게 만발하던 봄에 죽었다. 용복이 각시 역시 웃는 얼굴로 고개를 까딱거리고 앉아 있다. 퍼머가 풀어진 부스스한 머리에 입성이 추레한 게 한동안 한뎃잠을 잔 게 역력했다.

여자가 소반에서 사과 한 알을 골라 덥석 베어물며 환하게 웃었다.

"참말이시더. 이래 맛도 좋니더."

여자의 잇새에 갈색의 썩은 과육이 붙어 있다.

"엄마! 정신 차리소."

이모가 할머니의 등을 손바닥으로 때린다. 잠깐 란과 여자의 시선이 허공에서 만났다. 여자의 얼굴에 어두운 그림자가 지나친 듯했다. 여자가 란을 잠깐 쏘아보는 듯했다. 란과 여자는 초면이었다. 여자는 잠시 란을 쏘아보더니 횅하니 나갔다.

이모는 맥이 풀린 할머니에게 물을 먹이며 엄마에게 연신 우야노, 소리만 했다.

대숲

여자는 저녁을 맛나게 먹고는 곯아떨어졌다. 이모는 외삼촌이 쓰던 방에 불을 넣고 여자를 깨우려고 한다.

"이래 보니 불쌍타. 낼 아침에 즈거 오빠가 데릴러 온다고 했다. 보통 때는 멀쩡하다 카는데, 우짜다 한 분씩 정신이 흐려진단다."

여자의 잠든 얼굴을 들여다보던 이모가 한숨을 쉰다. 엄마는 골똘하게 상념에 빠져 있다. 이모가 잠에 취한 여자를 부축해서 외삼촌이 살아생전 신방을 차렸던 건넌방으로 데려다 누인다. 여자는 말 잘 듣는 큰 아기 같다. 할머니도 모로 누워 평화롭게 코를 골며 잠에 빠져 있다.

엄마가 서랍장에서 옷을 꺼내 얌전히 개키기 시작한다. 그러다 도로 서랍을 열고 넣어둔다. 란은 건성으로 텔레비전 드라마에 눈을 주고 있다. 이모는 부엌에서 시래기를 삶다가 방 쪽으로 소리를 지른다.

"명자야, 우리 내일 장에 나가 잉어나 한 마리 사다 엄마 좀 고아주는 게 어떠나. 사우나도 한번 들르고……"

엄마는 듣는 둥 마는 둥 입술을 앙다물고 있다.

한숨을 쉬던 엄마가 요 위에 끙, 하고 눕더니 이불을 덮어쓰고 때이른 잠을 청한다.

이모도 내일 새벽 사우나에 들렀다 장에 갈 생각으로 일찍 자리에 들었다. 시골의 밤은 왜 이리 고요하고 깊은 걸까. 대숲의 바람 소리가 가슴속까지 파고든다. 대숲은 언덕으로 이어지고 언덕은 또 산으로 이어져 청모산 자락과 연결된다고 한다.

"내가 저 소리가 듣기 싫은 거는 저 안에 움집이 있어서대이. 내 어릴 때 삼촌도 그 안에서 살았고 아부지도 쪼매 숨어 있었대이. 삼촌이 거기서 끌려나와 죽창에 찔려 죽는 걸 내 두 눈으로 봤다. 지랄 같던 시절이었제. 참말로 무서벗대이. 저 소리 꼭 귀신 곡하는 소리 같아서 참말로 듣기 싫구마."

엄마는 그 말을 할 때 어깨를 진저리쳤었다. 그러나 란에게는 대숲이 바람을 맞는 소리가 우울한 무반주 첼로곡처럼 스며들어 온몸이 저릿저릿해진다. 도무지 잠이 오지 않는다. 살며시 방문을 열고 툇마루로 나가본다. 보름이 다가오는지 약간 이지러진 달이 휘영청 밝다. 동네 개 짖는 소리가 삼중창으로 들려오다 잦아든다.

그런데 외삼촌 방에 불이 켜져 있다. 란은 초저녁에 달게 자던 여자가 잠이 깨었나 싶어 궁금해진다. 슬리퍼를 끌고 가보니 댓돌에 신발은 보이지 않는다. 여자는 방 안에 없다.

쏴아아아…… 츠륵츠륵. 갑자기 먼 곳의 해일이 밀려오듯 대숲을 가르며 가까워지는 어떤 소리에 란의 몸은 잔뜩 움츠러든다. 뒤란의 대숲에서 희미한 달빛을 받고 튀어나온 물체는 다름 아닌 여자, 용복이 각시다. 여자는 싸늘한 바람처럼 다가와 주머니에서 무언가를 꺼내어 란에게 준다.

"이거 가져가소. 이 사진 임자 맞제?"

비닐에 싸인 그것은 한 장의 오래된 사진이었다. 단발머리의 소녀가 사과 한 알을 들고 원두막에 걸터앉아 활짝 웃고 있다. 프릴이 달린 푸르스름한 원피스 자락 아래로 맨발이 살짝 보이는 사진. 그건 오래된 란의 사진이었다. 그날, 세상이 정지된 그림 같던 날, 란은 치맛자락에 윤이 나게 닦아 유난히도 빛나고 예쁜 사과를 차마 먹지 못하고 만지작거렸다. 그날 외삼촌이 사촌들과 란의 사진을 찍었다. 잠들었다 깨보니 그 사과는 누군가에게 베어먹히고 말았다. 그리고 베어먹힌 채 기우뚱하게 놓인 그 사과 한 알을 란은 오랫동안 바라보았다.

"아니, 이 사진을 어떻게……"

"저어기, 대숲에서…… 용복씨가 몰래 가지고 안 있었능교. 저 숲에 용복씨가 자주 와예."

여자는 심상하게 졸린 듯 말하고는 건넌방으로 들어가 불을 껐다. 란은 무언가에 홀린 듯 머리가 멍해졌다.

방 안으로 들어가니 엄마가 오롯이 앉아 있다.

"왜 안 자고 깼어요?"

"내일 말이다. 내캉 올라가자. 저녁답에 쭉 생각해봤대이. 느거 아부지를 우야노, 내가 거돠야제. 으이구 문디!"

엄마는 몸을 한 번 부르르 떨더니 일어나 서랍장에서 잘 개어둔 옷을 꺼내어 머리맡에 둔다.

"엄마, 주무시고 내일 아침에 짐 싸세요. 괜히 잠 설쳐요."

란은 엄마의 손을 이끌어 다시 자리에 누인다. 엄마가 아버지를 떠났으면 했던 것은 자식들이었다. 젊어서 집에 가끔 들렀던 아버지는 엄마에게 손찌검을 하기 일쑤였고 늙어서 돌아왔을 땐 어이없게도 의처증 증세를 보여서 자식들의 냉대를 받았다. 그러나 핏줄은 뜨겁고도 질겨서 란은 복수가 차서 헐떡이는 병든 아버지를 보면 고통스러웠다. 병든 아버지는 엄마의 사진을 자주 들여다보았다. 그 옛날 혜성사진관에 걸렸던 사진. 젊은 시절의 엄마. 볼과 입술이 분홍빛으로 물든 흑백사진.

란은 엄마의 고른 숨소리를 들으며 여자에게서 건네받았던 비닐에 싸인 사진을 다시 들여다본다.

대숲에 부는 바람 소리가 먼 바다의 파도 소리처럼 들려온다. 란은 이불을 머리끝까지 뒤집어쓴다. 촘촘한 대숲을 손으로 헤치고 들어서면 아주 작은 움막이 있었지. 흙을 파고 움을 파서 지은 집에 갈대와 짚으로 지붕을 엮은 키가 아주 낮은 집. 스무 살 무렵, 란은 몰래 그 집으로 숨어들었던 적이 있었다. 잔혹한 시절이었고, 숨막힐 듯한 수배망 속에서 젊은 대학생이던 란은 쫓기고 있었다. 그곳으로 이끈 건 외삼촌이었다. 가을걷이가 끝날 무렵이었고, 아침저녁으로 제법 쌀쌀했다. 대숲에 바람이 많이 불었다. 외삼촌은 사과 한 자루를 가져왔다. 두려움과 추위 때문에 란은 외삼촌에게서 떨어지려 하지 않았다. 댓바람 소리에도 놀라 외삼촌의 품을 파고들었다. 이상하게도 편안하고 따뜻했다. 그 움집에서 삼 일을 죽은 듯 지냈다. 둘은 들쥐처럼 사과를 갉아먹고 두더지처럼 껴안고 죽음처럼 잠을 잤다. 란이 그 움집을 뛰쳐나온 건 외삼촌의 발작 때문이었다. 햇살이 내리꽂히는 대숲을 울면서 뛰쳐나왔다. 생의 저주가 죽창처럼 란의 등을 공격하는 것 같았다.

개 짖는 소리가 다시 들려온다. 란은 까무룩, 잠으로 빠지는 걸 느낀다.

닭 우는 소리가 들린 지 얼마 안 되는 것 같은데 바깥이 부산스럽다. 어느새 날이 밝았는지 눈을 감고 있는데도 햇빛 때문에 눈이 부시다. 란은 무거운 잠에서 깨어나 겨우 눈을 떠본다. 방 안엔 아무도 없다.

머리맡에 엄마의 가방이 잘 꾸려져 있다. 마당에 있는 할머니와 이모와 엄마, 그리고 낯모르는 남자의 굵은 목소리가 웅웅대며 귓전을 맴돈다.

"참말로 이상타. 첫닭 울 때까지도 저 방에 있는 거 같드만. 새벽에 내가 요강 부시러 나왔다 말이다."

할머니의 목소리에 이어 이모의 목소리가 이어진다.

"혹시 과수원에 안 갔는가 모르겠니더. 어제 사과를 많이 줏어왔는 거 보면 과수원에 또 갔는지도 모르지예."

"하이고 이것 참, 여러 가지로 마 면목 없심더. 가시나가 옳잖아가지고……"

여자의 오빠임에 틀림없을 사내의 우렁우렁한 목소리가 멀어진다. 모두들 과수원으로 향하는가보다.

란은 스웨터를 걸치고 바깥으로 나와본다. 뒤란으로 돌아가 대숲을 헤치고 들어선다. 손바닥에 차가운 물기가 느껴지고 대나무가 흔들릴 때마다 후두둑 물방울이 떨어진다. 새들이 놀라 날아오른다.

아침 햇살에 반사되는 차가운 물방울이 다이아몬드처럼 예리하게 빛난다.

란은 어깨를 옹송거리고서 앞을 막아서는 사람 사이를 헤치듯 나아간다. 바람이 늦잠을 자는지 아침 대나무숲 속은 고즈넉하고 아늑하다. 저만치 풀무덤처럼 보이는 움집이 나타난다. 집이라고 하기엔 겨우 이슬이나 피하게 생긴 곳. 전쟁 후 한때는 술을 좋아하던 외할아버지를 위해 밀주를 숨겨두던 곳. 그리고 한때는 겨울을 나기 위해 사과를 저장하기도 했던 곳.

란은 어쩌면 여자가 가끔 그곳에 갔을 거라는 생각이 든다. 여자를 처음 보았을 때 여자의 스웨터에 붙어 있던 검부러기. 그리고 움집의 냄새. 그건 외삼촌에게서 맡아지곤 하던 고여 있는 공기의 냄새였다.

란은 너무 쇠락해서 무신경하게 여닫기라도 하면 곧 무너질 것 같은 움막의 판자문을 조심스레 열어본다. 아침 햇살이 군데군데 터진 흙담으로 들어오긴 했지만 허리를 굽혀 들어간 움막 안의 어둠은 한동안 뒤엉켜 있었다. 비릿한 흙내음이 훅 끼쳐왔다. 어둠에 차차 익숙해지자 짚덤불이 깔린 바닥이 보였다. 그러나 여자는 없었다. 다만 짚덤불 위에 남자의 때 묻은 미색 양복 한 벌이 뉘어져 있었다. 마치 투명인간이 옷을 걸쳐입고 누워 있는 것처럼 아주 자연스럽게 펼쳐져 있었다. 자세히 보니 그건 결혼 예복이었다.

그런데 란의 눈길을 끄는 게 있었다. 사과. 그 옆에 사과 한 알이 떨어져 있다. 누군가 한 입 가득 베어문 사과 한 알. 베어먹은 자리는 누렇게 변색되지도 않고 아직 과즙이 촉촉하다. 란은 사과 한 알을 주워든다. 미지근하다. 누군가의 체온이 아직 식지 않은, 베어문 사과 한 알. 또 한번 생이 정지하는 느낌이 온다.

스토커

그래, 지금 이 순간은 더이상 생에 미련도 없어. 날 죽여도 좋아. 내가 죽은 후에 난도질을 하든 말든 마음대로 하라구. 조금씩 칼질해서 날 죽이지는 말라구. 알았니? 이 개새끼야! 이 악마 같은 놈아!

넌 누구야? 왜 나를 감시하는 거야. 더이상은 못 견디겠어. 차라리 날 죽여. 내가 잠들었을 때 찾아와 단칼에 날 찔러버려. 이렇게 한 발짝씩 조금씩조금씩 다가오지 말고.

1

이상했다.

무슨 일이 일어난 걸까?

그 예감은 아파트 열쇠를 구멍에 꽂고 비틀 때부터 등줄기를 타고 왔다.

아무 소리도 들리지 않는다. 보통 때 같으면 열쇠 비트는 소리를 듣고 아르고스가 안에서 현관문을 긁어대는 소리가 들렸을 것이다.

문을 열려고 하는 순간, 발 밑에서 바스락대는 소리가 났다. 여자는 자기도 모르게 펄쩍, 뒷걸음질을 쳤다. 재빨리 주변을 둘러봤다. 아파트 복도는 이미 어둠에 점령되어 있다. 그건 어디선가 날아온 손바닥만한 시든 플라타너스 잎이었다. 놀랄 것도 없는 일이었다. 추풍낙엽. 십일월 초니 낙엽이 질 만했고, 늦가을 바람은 낙엽을, 이미 죽은 나뭇잎의 의지와는 상관없이 어디로든 몰고 갈 수 있는 것이다.

여자가 현관문을 열고 들어가자 현관 등이 자동으로 켜졌다. 한눈에도 집 안은 변한 것이 없었다. 이상한 게 있다면 너무 고요하다는 점, 그것뿐이다. 여자는 온 집 안에 불을 켜며 나직이 불러보았다.

아르고스!

여자는 집 안의 적막을 깨는 자신의 목소리가 떨리고 있음을 느끼고는 얼른 리모컨을 찾아 티브이를 켰다. 아르고스의 밥그릇은 깨끗이 비워져 있고 물그릇 또한 아침보다 줄어들어 있다.

가지고 놀던 장난감 뼈다귀는 거실 소파 밑에 떨어져 있다.

그러나 아르고스는 믿을 수 없을 만큼 아주 얌전하게 사라져버렸다.

2

아르고스.

아르고스는 개다. 영리하다곤 하지만 앞발로 현관문의 손잡이를 비틀거나 보조키의 잠금장치를 풀지는 못한다.

아르고스는 여자의 수호신이다. 개에게 그걸 바란 것은 여자였다. 여자는 그리스 신화 속에 나오는 아르고스란 이름을 개에게 지어준 그 순간부터 그 개가 신화적인 괴력으로 자신을 지켜주길 원했다. 사 개월 전에 개를 키우기로 결심하고 애견센터를 찾았을 때, 애견센터 주인남자는 유난히 감각이 예민하고 쉽게 유혹당하지 않고 경계심이 강하다는 이 년생 흰색 스피츠를 강력하게 추천했다. 주인장의 말대로라면, 여자는 개의 타고난 품성이 맘에 들었다. 그 개는 이미 밍키라고 하는 귀여운 이름이 붙어 있었다. 집으로 데리고 오자, 여자는 밍키라는 이름이 썩 어울릴 만큼 털이 사랑스러운 이 스피츠의 이름을 당장에 아르고스로 바꾸어 불렀다. 개의 이미지는 상관없었다. 신화 속의 아르고스는 온몸에 백 개의 눈을 가진 괴물이다. 잠잘 때 두 눈은 감더라도 항상 아흔여덟 개의 눈을 뜨고 있는 아르고스는 그녀를 지켜줄 것이다. 여자의 수호신. 여자는 그렇게 간절히 믿고 싶었다. 혼자라는 것이 두려웠고 무엇보다 감시자가 필요했기 때문이다.

3

여자는 바깥을 살피고 난 후 커튼을 단단히 치고 다시 한번 집 안을 구석구석 살폈다. 거실과 방 하나짜리 십삼 평 아파트는 그리 오래 걸리지 않아 다 돌아볼 수 있었다. 특별히 이상한 점은 없었다. 다만 자세히 보니 현관 타일 바닥에 아르고스의 흰 털이 몇 군데 떨어져 있는 것이 눈에 띄었다. 텔레비전에서는 여덟시 뉴스의 시그널 음악이 울리고 있었다.

도대체 누가 들어와 아르고스를 훔쳐내갔단 말인가.

열쇠는 이 아파트에 혼자 살고 있는 여자 외에는 아무도 가지고 있지 않았다. 아니 딱 한 사람, 언니에게 비상용 키를 맡기긴 했다. 개라면 보는 것도 먹는 것도 딱 질색인 언니가 개를 데려갔을 리는 없다. 여자는 절망적인 기분으로, 그러나 그나마 위안을 받고 싶은 마음으로 언니에게 전화를 걸었다.

언니, 혹시 오늘 우리집에 들렀어?

내가? 아니. 내가 거기 빈집에 왜 가겠니. 안 그래도 노인네 땜에 오줌눌 시간도 없다, 얘.

그래……?

왜?

아르고스가 없어졌어.

아니, 현관문 열어놨었니?

언니, 무서워……

얘, 잘 찾아봐. 있겠지. 너 또 공연히 엉뚱한 생각 말고. 어머, 어머! 저 노인네! 아이구 못 살아. 내가 좀 있다 전화할게.

수화기 너머로 언니의 호들갑스런 소리가 잠깐 들리더니 전화가 끊겼다. 여자는 울고 싶어졌다. 티브이 뉴스에 건성으로 눈을 주고 있는데 손이 뒤로 묶인 한 남자가 화면 속에서 격앙된 목소리로 말하고 있다.

여자가 미웠어요. 여자들을 다 죽이고 싶었어요. 남자들 이용해먹고 등쳐먹고……

하지만 놀이터에서 죽인 낯모르는 그 소녀는 죄가 없잖아요? 부인도 아니잖아요.

리포터가 묻는다.

왜 죄가 없어요? 여자들은 다 마찬가지지.

이혼한 아내에 대한 증오로 남자는 생전 알지도 못하는 두 여자를 죽이고 세번째는 미수에 그쳤다 한다.

그때 전화벨이 울렸다. 여자는 그대로 둔다. 전화는 벨이 세 번 울리고 끊어졌다. 그리고 다시 울렸다. 언니일 것이다. 언젠가부터 세 번이 울린 후 끊고 다시 걸도록 그녀가 부탁했던 것이다.

수화기를 들고 응, 언니, 하는데 상대는 침묵을 지키고 있다. 잠시 후 남자의 날숨 소리가 천천히 새어나왔다. 그 사이로 개가 깽깽거리는 소리가 두 번 들려왔다. 그리고 전화는 끊어졌다. 아아 또 시작이다. 얼굴 없는 이 남자의 도전. 형체 없는 그림자. 여자의 얼굴빛이 순식간에 창백해지고 떨리는 손은 수화기를 떨어뜨린다.

4

아르고스가 사라진 집에서 침묵의 전화를 받고 난 후 여자는 잠을 이루지 못했다. 어떻게 잠을 잘 수 있겠는가. 그 동안은 밤에도 아흔여덟 개의 눈동자가 지켜주지 않았는가. 여자는 어쩔 수 없이 수면제를 먹고 겨우 잠들었다.

아침에 출근을 하려고 엘리베이터를 타고 일층 현관에 내려오니 우편함에 못 보던 누런 봉투가 끼어 있었다. 수신인과 발신인이 전혀 씌어 있지 않은 깨끗한 서류봉투다. 그러나 속에는 서류 같지는 않은 무언가 제법 두툼한 것이 들어 있다. 조금 망설이다가 여자는 심호흡을 크게 하고 봉투를 뜯기로 결심한다. 봉투를 뜯자 여자는 숨이 덜컥 막힐 것 같다. 그 안에서 나온 것은 아르고스의 목줄이다. 예리한 칼로 여러 차례 죽죽 그어대서 가죽이 너덜너덜해진 개의 목줄. 여자는 공포에 일그러진 얼굴로 그걸 가방에 쑤셔넣고는 늦가을비가 추적이는 아파트 밖으로 정신 없이 뛰쳐나갔다.

5

백화점 중저가 남성복 브랜드 매장의 베테랑 판매원인 여자는 오늘 하루, 몇 번의 실수를 거듭했다. 카드의 매출전표를 잘못 긁기도 하고 기껏 고객이 골라놓은 옷을 쇼핑백에는 엉뚱하게도 사이즈가 다른 옷으로 집어넣어 세 시간 후에 그 고객이 컴플레인을 걸기도 했다.

평소에 사근사근하진 않지만 말수 없이 수더분한 박언니가 짜증이 섞인 음성으로 말했다.

아니, 미스 장. 오늘 왜 이래. 정신나간 사람처럼. 어제 새로 들어온 황금색 줄가리 넥타이 말야. 그게 세 개씩이나 없어진 거 알아? 그렇게 정신 놓고 있으니 좀도둑이 눈에나 들어왔겠어?

여자는 다만 '넥타이'라는 말에 퍼뜩 놀란다. 그리고 머리끝이 잠깐, 쭈뼛 선다. 넉 달 전에 개를 키우기로 결심하던 날이 떠올랐기 때문이다.

그날 여자는 여름 정기 대바겐세일을 맞아 정신이 없었다. 특히나 젊은 층에 인기를 끌었던 물방울무늬 넥타이는 그야말로 날개 돋친 듯이 팔려나갔다. 그런데 그날 밤 퇴근을 하니 아파트 우편함에 웬 소포가 들어 있었다. 집으로 들어가 무심코 상자를 뜯어보니 그 안엔 그날 여자가 팔았던 물방울무늬 실크 넥타이가 잘 드는 가위로 채 썰듯이 잘라져 있었던 것이다.

그 다음날로 여자는 당장 개를 샀다. 물론 그 '누군가'가 여자에게 한 '선물'은 넥타이가 처음은 아니었다. 그 전해의 가을날, 처음으로 여자는 알지 못하는 사람으로부터 꽃배달을 받았던 것이다. 흰 국화에 노란 소국이 섞여 있는 꽃다발이었다. 꽃 선물을 할 사람을 아무리 떠올려보아도 생각이 나지 않았지만 그래도 그렇게 기분이 나쁘진 않았다. 어쨌거나 오지항아리에 꽂으면서 콧노래까지 불렀던 기억이 있다. 그런데 장미도 아니고 웬 하얀 국화? 기분이 좀 묘하긴 했다.

한데 그 국화꽃 다발이 무슨 전주나 된 듯 얼마 후부터 간혹 집으로 전화가 걸려왔다. 수화기를 들고 여보세요? 하고 물으면 한 십 초간 침묵으로만 답하던 이상한 전화. 한참 후에야 그 전화의 주인공이 단지 남자란 것만 알게 되었다. 십 초간 한두 번 그의 거친 숨소리가 들리기도 했고 한 번은 감기에 걸렸는지 재채기를 한 적도 있었기 때문이다. 여자는 그 숨소리의 세기와 빈도에 따라 그의 감정을 막연하게나마 추측할 수밖에 없었다.

코드를 뽑고 전화를 받지 않자 그는 편지를 보내오기도 했다. 편지라기보다는 12포인트 정도의 단정한 신명조체로 여자의 이름, 주민등록번호, 생년월일, 주소, 전화번호, 휴대폰 번호 등을 인쇄하고 그 나머지 여백엔 끊임없는 말없음표로 장식한 문서라고 해야 할까. "……", 말없음표는 마치 예의 수화기 너머의 그의 침묵을 대신하는 것 같았다. 아니, 소름처럼 돋아난 종이 위의 말없음표는, 오히려 이렇게 웅변하고 있는 듯 느껴졌다. 나는 널 이렇게 잘 알아. 너는 내 손안에 있어. 그러나 널 어떡할지는 가르쳐주지 않겠어. 궁금하시겠지만……

다행히 그러고 나서 한동안은 잠잠했다. 그러나 올봄, 새봄맞이 바겐세일이 끝날 무렵부터였을까. 여자의 방심을 비웃듯 다시 전화가 오기 시작했다. 견디다 못한 여자는 전화번호를 바꾸어버렸다. 한데 여자가 전화번호를 바꾸자 며칠 잠잠하더니 그가 바로 그 넥타이를 선물했던 것이다. 그리고 정확히 닷새 후, 그는 새 전화번호로 태연히 전화를 다시 하기 시작했다. 여자는 참다 못해 경찰에 신고를 했다. 그러나 경찰은 여자의 원한관계나 치정관계 쪽으로만 관심을 가지고 있었다. 그것도 사건에 대한 해결 의지보다는 호기심 이상은 아니었다. 남녀관계 다 그렇지 뭐. 여자의 절절한 두려움과는 달리 그 '누군가'가 여자를 괴롭히거나 상해를 입힌 것도 아니고, 여자의 신변상 위험은 없기 때문에 출동할 수도 개입할 수도 없다는 입장을 확고히 했다.

증거가 불충분하잖소. 사정이야 딱하지만 그렇다고 말로 협박을 한 것도 아니고 찾아와 괴롭히지도 않고 나타나지도 않는 사람의 일로 우리 경찰이 일일이 다 관여할 여력이 없어요. 댁이 뭐 그렇다고 최진실이도 아니고. 스토킹은 뭐 아무나 당하나⋯⋯

정 그러면 비싸긴 하지만 전문 경호업체에 부탁을 하거나. 에이, 그러지 말고 사랑싸움 그만 하고 둘이 분위기 좋게 어떻게 잘 해결 좀 봐요.

그러면서 경찰서의 사내들은 싱글싱글 웃으며 농담을 했다.

내가 말야, 우리 애 엄마 내 사람 만들려고 쫓아다닌 건 말도 마. 이년 동안 온갖 강경책과 회유책은 다 썼다니까. 나중엔 칼로 위협까지 했다니까.

어설프게 그런 거 다 필요 없어. 여자들은 일단 자빠뜨리고 봐야돼. 그러면 고분고분해지잖아.

사내들이 제풀에 신이 나서 떠드는 통에 여자는 더이상 할말을 잃고 마지막 말을 내뱉곤 돌아섰다.

그럼 내가 죽으면 출동을 하겠군요.

그리고 그날 밤, 다시 전화가 왔을 때 여자는 울부짖었다. 도대체 당신 누구야. 찾아내서 죽여버리고 말겠어. 그게 불과 며칠 전이었다. 그러니 아르고스를 훔쳐내고 난도질한 개의 목줄을 보낸 것은 여자의 처사에 대한 그의 응징의 의지이고 한 상징일 것이다. 무슨 상징? 여자는 비로소 사방이 숲으로 둘러싸인 공터에 자신이 표적으로 꽁꽁 묶인 채 어느 방향으로부터 날아올지 모르는 화살에 목숨을 잃을지도 모르겠다는 생각이 들었다. 그런 생각이 떠오른 순간 순식간에 머릿속이 하얗게 표백되는 것 같았다. 어디로 숨어야 하나. 이젠 집까지 옮겨야 하는 걸까.

백화점을 배회하는 저 수많은 사람들. 도대체 누굴까? 왜 하필 나여야 하지? 망연히 그들의 얼굴을 보다가도 여자는 알 수 없는 분노로 목이 죄어옴을 느꼈다. 도시의 수많은 사람들 중에서도 유독 자신에게만 눈에 보이지 않는 검은 악령이 그림자처럼 덮친 채 살아가고 있는 것 같았다. 자신을 어딘가에서 감시하는 보이지 않는 눈. 그걸 느낄 때마다 여자는 섬칫섬칫, 몸을 떨었다.

6

정어리 통조림처럼 꽉 채워진 전철 안에서 한 무더기의 인간들이 쏟아져나왔다. 탈까? 말까? 여자는 조금 망설였지만 어쩔 수 없다고 생각했다. 퇴근시간을 고려하지 못했고, 더군다나 이 역은 세 개의 지하철 노선이 만나는 환승역이었다. 사람들에게 휩쓸려 전철 안으로 들어갔다. 자동문이 완강하게 닫히자 영락없이 통조림 안에 꼭꼭 쟁여진 정어리 신세가 되었다.

손잡이 없는 문간에 서 있는 통에 의지할 데가 없어 몹시 불안하다. 그러나 문만 열리지 않는다면 그런 대로 견딜 만했다. 지금 여자가 서 있는 건 인간의 직립의지가 아니다. 묶여 있는 장작처럼 그냥 꽂혀 있는 것이다. 넘어질 틈마저 허락하지 않는 이 빽빽한 밀폐가 오히려 이상한 안정감을 주기도 했다. 성냥통의 꽉 찬 성냥개비처럼 완전한 균형감을 느끼자 여자는 사람들 틈에서 온몸의 기운을 빼고 멍하니 차창을 바라보았다. 자동문의 창에 여자 뒤로 차곡차곡 세워진 승객들의 얼굴이 반사되어 떠올랐다. 대부분 직장인으로 보이는 남자들은 눈을 감고 있다. 가부키 분장을 한 듯 짙은 화장의 젊은 여자들도 가면처럼 표정이 없다.

도저히 불안을 참지 못한 여자는 결국 폐점 한 시간 전에 사정을 이야기하고 일 주일간 휴가를 얻어 백화점을 나왔다. 그리고 언니에게 전화를 걸었다. 오늘 하루 사이에 가속도가 붙은 두려움 때문에 아르고스마저 없는 집에 돌아가고 싶은 마음이 도무지 들지 않았기 때문이었다. 언니라곤 하지만, 여자보다 일곱 살이나 많은데다가 같은 서울 하늘 밑이라곤 해도 일 년에 한 번도 잘 가지 않는 언니네 집이었다. 의외로 언니는 흔쾌히 말했다.

그래 와. 기집애, 그러게 그런저런 꼴 안 겪으려면 진작에 시집이나 갈 일이지. 어서 와라. 나도 숨통이나 좀 트게……

여자는 전동차의 리드미컬한 반동 속에서 엉덩이께에 뜨뜻한 손 하나를 느낀다. 어찌해볼 수 없는 좁은 공간에서 어쩔 수 없이 밀착된 타인의 손인가. 그러나 왠지 수줍은 손바닥. 그 손은 여자가 입은 얇은 모직 스커트의 엉덩이를 조금씩 더듬으며 내려가고 있는 중이다. 여자는 자동문의 검은 창을 뚫어져라 바라본다. 여자의 바로 뒤, 은행원 타입의 안경을 낀 두 남자와 앞머리가 벗겨지기 시작하는 키 작은 남자. 여자의 눈은 그 세 얼굴에 혐의를 두고 쏘아보지만 확신 할 수는 없다. 그들 모두는 눈을 감고 있다. 저 가면의 얼굴들. 그러나 도를 닦는 듯 경건한 얼굴 중 도대체 누구의 손인지 땀 밴 손은 점점 집요해진다. 어찌해야 할까. 여자는 자동문에 비친 자신의 얼굴을 본 다. 그러나 자신의 얼굴마저도 믿을 수 없을 만치 무심한 표정이다.

곧 전동차가 강을 건넌다. 강은 어둠 속에 스며들어 있지만 강변의 아파트 단지의 불빛과 군데군데 다리를 장식한 조명이 밤의 강을 더 환상적으로 보이게 한다. 여자는 남자의 손을 잡기 위해 서서히 손을 뒤로 뻗어 자신의 엉덩이께로 움직여갔다. 차창에 비친 여자의 표정 은 강 주변의 불빛 때문에 잘 보이지 않는다. 물론 남자들의 얼굴도 보이지 않는다. 여자의 손이 남자의 땀 밴 손에 살짝 닿았다. 남자의 손은 조금 움찔했으나 곧 잠잠해졌다. 기차가 강을 지나면, 다리를 건너기만 하면…… 다시 지하의 어둠 속으로 들어가 차창이 검은 거 울이 될 때까지 여자는 기다리기로 했다. 여자는 차창 위로 구겨지는 남자의 얼굴을 반드시 보고 싶었다. 여자의 눈은 꼿꼿이 차창을 노려 보았다. 드디어 기차가 강을 건너 차창이 다시 어둠에 먹히자 여자는 남자의 손을 덥석 잡았다. 그리곤 남자의 손등을 힘껏 비틀어 꼬집으 려는 바로 그때, 그녀의 구형 휴대폰의 경망스런 벨소리가 터져나왔 다. 순간 놀란 남자의 손은 황망하게 여자의 손을 뿌리치고 어딘가로 숨는다. 사실 남자보다 더 놀란 건 오히려 여자였다. 전화벨 소리가 들린 순간 여자는 너무 놀라 정신을 차릴 수가 없었다.

전화는 벨소리만 요란했지 금방 끊어져버렸다. 액정화면엔 언니

집의 전화번호가 찍혀 있었다. 정신을 차린 여자는 다시 차창을 본다. 남자의 얼굴을 볼 기회를 놓쳐버렸다. 어두운 차창엔 여전히 좀 전의 가면 같은 얼굴들이 매달려 있다.

7

여자가 언니 집에서 나흘이나 머무는 동안은 다행히 전화가 오지 않았다. 그렇다고 몸과 마음이 편한 건 결코 아니었다. 그곳 또한 휴식처가 되지 못했기 때문이다. 오랜만에 와보니 치매에 걸렸다는 언니 시아버지의 상태가 생각보다 훨씬 좋지 않았다. 그것 때문에 여자의 언니는 골머리를 앓고 있었다.

몇 년 전만 해도 깔끔하고 점잖던 노인네가 수줍은 사춘기 소년처럼 불안해 보이기도 하고 또 음흉한 홀아비처럼 아무 데서나 음담을 툭툭 까발리기도 하였다. 아들만 나갔다 하면 며느리보고 임자, 하며 생전의 마누라 대하듯 언니의 궁둥이를 슬쩍슬쩍 건들기도 했다. 그러다 여자의 언니가 혼을 내면 당장에 어머니 잘못했어요, 하고 나쁜 짓 하다 들킨 소년처럼 용서를 구했다.

아유, 내가 미쳐. 정신을 놓아도 좀 곱게 놓아야지. 세상에 남부끄러워서. 점점 나이를 거꾸로 먹는 이 병도 그 끝이 무섭긴 하다만 어쩌다가 행여 숭한 일 날까 무섭다니까. 이거 보면 인간이 참 징한 짐승이야. 저 노인네, 시어머니 먼저 보내고 삼십 년을 혼자 살며 평생 고고하게 선생 노릇만 하던 노인네야. 노인네가 정년퇴임하고 이제 칠 년, 이렇게 될 줄 꿈도 못 꿨다니까. 그렇게 점잖던 사람도 제 속의 풀지 못한 욕망은 어쩔 수가 없나봐. 끔찍해. 형부랑 잘 때 슬쩍 방에 들어온 적도 있어. 잠도 없는 노인네가 네 형부하고 잠자리라도 할라 치면 방문 밖에서 몰래 엿듣기도 한다니까. 아유, 너보다 내가 더 끔찍해. 스토커는 바로 저 노인네가 스토커라니까. 이게 세상에 누군가는 죽어야 끝나는 일 아니겠니.

언니는 치를 떨었다. 감시를 하느라 집을 비울 수도 없어 친구들도 다 떨어져나간 언니는 여자를 보자 그 동안 쌓였던 답답함을 끊임없이 수다로 풀어냈다. 그런데다 여자가 집에 오자 숨통이라도 트고 싶었는지 첫날만 빼곤 외출을 해서 저녁때야 돌아왔다.

그래서, 언니와 형부의 도움으로 휴대폰에 찍혔던 발신자 전화번호로 그 침묵의 남자를 추적하여 찾아내서는 어떻게든 이 일에 결판을 내려고 했던 애초의 계획은 무산되고 말았다. 하지만 여자는 그 번호로 전화를 한 적이 전에 몇 번 있었다. 그때마다 신호만 가지 전화를 받는 사람은 없었다. 첫날 여자가 언니 집에서 다시 전화를 해봐도 마찬가지였다. 둘째날, 또 한번 전화를 했다. 신호가 가더니 웬 여자의 목소리가 들렸다. 갑자기 여자는 뭐라고 말해야 할지, 할말을 잃었다. 어머, 잘못 걸었나봐…… 얼른 전화를 끊었다.

애, 그만둬. 네가 오히려 스토커 같구나. 괜히 긁어 부스럼 만들지 마. 역효과만 날 거야. 네가 안달복달하면 그쪽에서 더 좋아서 날뛸 걸. 내 보기엔 그냥 그러다 말 거야. 그러다가 너만 병나. 나 봐라. 나도 요즘은 저 노인네 때문에 속을 너무 끓여서 정신과 치료라도 받아야 될 지경이야. 하지만 저 노인네 얼굴 좀 봐. 얼마나 행복해 뵈니? 그거 생각하면 돌지. 너도 신경 끄고 허투루 나서지 마. 그리고 이것아, 넌 너무 착해빠져 탈이야. 낯살이나 먹은 게 주변 정리를 좀 잘 하던가. 아님 말이 나왔으니 말이지, 너 좋다는 놈하고 이제 그냥 살던 가. 다 여자가 혼자 있으니까 그래. 하긴 뭐 결혼하면 좋을 게 또 뭐가 있다구. 여잔 왜 이리 살기 힘드니.

오늘도 언니는 식탁 위에 점심을 차려놓고 외출했다. 언니가 야속 했지만 어쩌면 언니를 이해할 수 있을 것도 같았다. 언니 말대로, 언 니야말로 매일 스토커와 한 집에 사는 꼴이니 더 괴로울 것 같기도 했다. 여자는 하릴없이 거실에 앉아 신문을 뒤적거리고 있다. 노인은 방에서 무얼 하는지 조용하다.

신문을 보고 나서 빌려온 비디오를 반쯤 보고 있는데 노인이 방문 을 열고 나왔다.

할아버지, 밥 드려요? 아니면 조간신문 드릴까요?

노인이 수줍게 씨익 웃었다. 그나마 노인네가 얌전하게 구는 게 여 자는 다행스러웠다.

그러다 노인이 머뭇거리며 말문을 열었다.

저어 유선생님, 저 좀……

아니, 유선생님이라니……? 여자는 황당했다. 노인네의 표정엔 뭔 가 은밀한 빛이 떠돌았다.

노인이 무언가 할말이 있는지 여자를 보며 방으로 들어오라는 듯 간절한 얼굴로 자꾸 손짓을 한다. 여자가 망설이다가 잠시 후 엉거주 춤 방으로 따라들어가보니 노인이 무언가를 내민다. 무언가 신문지 로 어설프게 둘둘 만 것과 쇼핑백 하나. 신문지 속을 들여다보니 한 창 활짝 핀 꽃을 주루룩 달고 있는 서양란 꽃대가 세 개 들어 있다. 그 건 언니가 애지중지 가꾸는 서양란이었다. 음울한 집 안에서 도드라 지게 눈길을 끌던 진분홍색 꽃. 어느새 꺾었을까.

저어, 이 꽃다발과 선물…… 아이 참, 유선생은 왜 이리 내 맘을 몰라?

주름으로 가득한 노인의 눈매에 교태의 빛일까. 여자는 번들대는 노인의 눈빛이 낯설고 두려웠다.

쇼핑백에는 여자용 속옷이 아무렇게나 구겨진 채 들어 있다. 아마도 언니의 속옷이지 싶다. 여자는 순간 당황하여 방을 나왔다. 그러자 노인이 얼른 쫓아나와 그녀의 손을 잡았다. 믿을 수 없을 만큼 강한 악력이었다.

난 유선생 없으면 못 살아!

사장어른, 이거 놓으세요. 저 유선생님 아니에요. 이거 놓으시라니까요!

순간 언니의 당부가 떠올랐다.

허튼 짓 하면 막 혼내줘, 알았지? 천성이 착한 노인네라 그러면 금방 숙지근해진다.

여자가 짐짓 큰 소리로 호령했다.

너 착하고 예의바른지 알았더니 경우가 없구나. 교장선생님한테 일러야겠다!

노인은 금세 풀이 죽으며 여자의 눈치를 살폈다. 그러더니 얌전하게 햇빛 잘 드는 소파 한쪽 끝으로 가 앉았다. 노인의 흰 머리칼과 창백한 낯빛이 쏟아지는 햇빛 속에 처연해 보였다. 한동안 조용히 고개를 숙이고 뭐라 혼자 중얼거리며 카디건의 보풀을 뜯고 있는 노인네를 바라보니 좀 측은했다. 그런데 그것도 잠시, 노인은 자신의 트레이닝 바지 속으로 손을 집어넣더니 주물럭거리고 있었다. 기겁을 한 여자는 얼른 현관으로 달려갔다. 그런데 현관에 여자의 신발이 보이

지 않았다. 방에 들어가보니 핸드백도 보이지 않았다. 노인에게 여자
가 소리쳤다.

　내 신발하고 가방 내놔!

　노인이 천천히 고개를 들더니 무언가에 홀린 듯한 멍한 눈빛을 하
고 물었다.

　댁은 뉘시오?

8

　여자의 신발과 가방은 노인의 이불장 속 헌 솜이불 속에서 나왔다.
왜 그랬을까. 들켜서는 안 되는 물건처럼 깊이 쑤셔박혀 있었다.

　원래 이 병은 뭘 이렇게 잘 숨겨.

　언니는 미안한 얼굴로 한숨을 쉬었지만 여자는 언니에게 아무런
위로도 해주지 못하고 언니의 집을 나왔다. 집으로 가려니 막막했다.
휴가는 사흘이 남았지만 친구를 만날 기분도, 그렇다고 여행을 할 기
분도 아니었다. 그러다 어느새 집 앞 전철역에서 아무 생각 없이, 습
관적으로 내리게 되었다.

　가을날 오후의 햇빛은 눈이 시리게 투명했다. 여자는 집으로 가는
대신 아파트 단지 근처의 작은 공원으로 발길을 돌렸다. 십일월 초의
날씨치곤 유난히 볕이 따뜻한데다가 노란 은행나무 잎이 금빛으로
너무도 찬연히 빛났다. 그새 가을이 이렇게 아름답게 흘러가는지 몰
랐네. 여자는 금빛으로 빛나는 은행나무 잎을 보며 탄성을 질렀다.

　공원 벤치에는 노인 몇과 유모차를 끌고 나온 여자들, 시험이 끝났

는지 일찍 하교한 여고생 무리들이 재잘대고 있었다. 자판기에서 커피 한 잔을 뽑아들고 여자도 빈 벤치에 앉았다. 사위어가는 가을빛을 맘껏 눈에 담고 싶었다. 그새 얼굴 없는 스토커로 인해 하늘 한 번, 햇빛 한 점, 나뭇잎 한 잎, 눈을 주지 못한 채 계절들을 흘려보냈다.

인생이란 게 별거 아닐 텐데…… 이 시든 나뭇잎 좀 봐. 때가 되면 모든 건 이렇게 소멸하는 건데. 곧 괜찮아지겠지. 그래, 언니 말대로 신경 쓰지 말고 살아야지. 때가 되면 제풀에 그만두겠지.

여고생들이 떠난 자리에 젊은 남자와 여자가 와서 앉았다. 남자가 여자의 어깨를 감싸고 꼭 붙어앉아 휴대폰을 열더니 무엇이 그리 재미있는지 들여다보고 키득거리고 있다.

작년 가을, 국화꽃이 배달되고 몇 번인가 괴전화가 오기 시작하자 처음에 여자는 주변의 남자들을 의심해보았다. 누군가 여자에게 연정을 품고 있을 거라고 생각했던 것이다. 그러나 여자의 나이 서른셋. 별로 사교적인 성격도 못 되고 결코 남의 눈길을 끌 만한 얼굴도 아닌 평범한 얼굴에, 서른이 넘으면서부터는 체중까지 늘어서, 여자는 남자 만나기를 좋아하는 편이 아니다. 최근 몇 년 동안 소개를 받거나 선을 본 적도 없었다. 게다가 백화점 주변엔 젊고 예쁜 아가씨들이 얼마든지 있었다. 주변의 남자들이 하필 그녀에게 이런 식으로 애정을 표현할 리는 없었다.

그렇다고 살면서 누군가에게 앙심을 품게 한 적도 없었다. 적어도 여자의 기억으로는.

어느 날 친구가 말했다. 스타가 아닌 이상, 지나간 애인이나 옛 배우자가 스토커가 되는 경우가 많다고. 여자는 옛애인들을 생각해보았다. 애인들이라고 부를 만한 남자가 몇이나 있던가.

그러고 보니, 서른셋 나이의 여자에게도 살아오면서 두 번의 사랑이 흘러갔다.

  첫번째 남자는 여자가 여상을 졸업하고 작은 오퍼상에서 경리로 일하고 있을 때 만난 남자였다. 사장의 운전기사였던 남자는 여자와 이 년간 연애를 했다. 그것도 연애라고 할 수 있을까. 사장이 바이어를 만나 술을 마시거나 할 때 남자는 사장을 기다리는 동안 여자를 불러내어 함께 시간을 보내곤 했다. 시골에서 올라온 칠남매의 장남인 그는 언제나 돈 얘기만 했다. 휴일이면 여자는 밑반찬을 싸들고 그의 집 냉장고를 채워넣고 오기도 했고 빨래를 해주기도 했다. 맑은 날이면 그의 속옷을 폭폭 삶았다. 눈부시게 흰 그 빨래를 햇빛에 널면 찌든 마음마저 맑아지곤 했다. 휴일에도 남자는 사장의 골프 약속 때문에 집에 없는 날이 많았다.

  여자가 남자를 그만 만나야겠다고 생각한 것은 남자가 자꾸 경리 장부에 관해 여자에게 간섭을 하면서부터였다. 그것뿐이라면 여자는 남자와 공모하여 회사 돈이라도 빼내어 도망을 갔을지도 몰랐다. 결국 끝장이 날 수밖에 없었던 건, 남자가 그 동안 여자 몰래 다른 여자를 만나고 있는 걸 알았기 때문이었다. 여자가 휴일에 남자의 집에서 그의 속옷이나 양말을 빨 때 그는 여자가 빨아놓은 양말이나 다림질한 와이셔츠를 입고 다른 여자를 만나러 갔던 것이다. 남자는 단지 돈을 위해서 계획적으로 여자를 이용했을 뿐이고, 그에게는 따로 사랑하는 여자가 있었던 것이다.

  두번째는 여자가 첫사랑의 충격에서 벗어날 무렵인 스물일곱 살 때였다. 고등학교 동창이 소개해준 동갑내기 남자는 여자가 별로 좋아하는 스타일의 남자는 아니었지만 무척 다정다감했다. 작은 출판사에 다니는 남자였는데, 감정이 풍부한 탓인지, 우울해질 때면 술을 마시고 어느 순간 갑자기 울기도 하는 남자였다. 사귄 지 사 개월쯤 되었을 때 남자는 술을 마시고 여자를 때렸다. 그러나 그런 걸 제외하면 무척 섬약한 남자였다. 그 무렵 혼자 속으로 그 남자와의 결혼을 생각했던 여자는 그 결격사유를 두고 오랫동안 고민했다. 그녀는 예전보다는 좀더 영악해져 있었기 때문이다. 하지만 그 남자를 진심으로 사랑한다고 믿었기 때문에 그런 문제는 잘 극복하리라 희망을 가졌다. 그러나 남자는 좀처럼 프러포즈를 하지 않았고, 팔 개월쯤 되는 날, 이유를 설명하지 않고 결별을 선언했다. 여자는 한 달쯤 남자에게 매달렸다. 어느 날 남자는 출판사를 그만두고 이사를 했고, 여자는 더이상 연락을 하지 않았다.

글쎄…… 그 두 남자가 이제 와서 나를 스토킹한다? 그들이 진정으로 날 사랑하기나 한 걸까. 그러면서도 여자는 그 남자들의 근황을 확인하고 싶어졌다. 둘 중의 하나가 다시 여자에게 다가온다면 이제는 놓치지 않을까?

그래서 알음알음 수소문을 해보니, 첫 남자는 결혼해서 호주인가로 오 년 전에 이민을 갔다고 한다. 두번째 남자는, 남자를 소개시켜주었던 고등학교 친구에게 오랜만에 연락을 해서 물어보니, 재작년에 교통사고로 죽었단다.

그들의 스토커 혐의는 벗겨졌지만, 왠지 여자는 허탈해졌다. 차라리 언니 말대로 자신에게 연심을 품은 스토커라면 그를 받아들일 수도 있을 것 같다고 생각한 적도 있었다. 그 정도로 외로웠던 걸까. 여자는 후훗, 한숨 섞인 웃음을 웃어본다.

두번째 남자와 헤어진 후 여자는 한 번도 남자와 잠자리를 해본 적이 없었다. 치정관계로 얽힐 일도 없었다. 그렇다면 도대체 누가? 여자는 매번 미궁에 빠지고 말았다. 며칠 전 뉴스에서 본 정신병자 같은 남자의 우연한 희생물이 된 걸까.

햇빛도 이제 기울었는지 은행잎 빛깔이 칙칙해지는가 했더니 갑자기 몸에 한기가 느껴졌다. 한기는 여자 안에 안개처럼 퍼져 있는 두려움을 소름으로 돋아나게 했다. 몸을 부르르 한 번 떨었다. 지독하게 외롭다는 느낌이 들었다. 차라리 노인처럼 정신을 놓아버렸으면 싶었다.

그러나 어떻게 생각하면 별일 아닌지도 몰랐다. 강하게 마음먹고 그리고 차근차근 풀어나가자고 여자는 애써 자신을 추슬렀다. 곰곰 생각하니 아르고스를 잃은 그날, 아침에 늦잠을 자서 혼비백산 출근하느라 현관문을 잠그지 않았던 것처럼 생각되기도 했다. 그날은 마침 용역업체에서 나와 소독을 하는 날이었다. 소독 기사가 벨을 눌렀다가 혹시 문을 당겨 열어보았는지도 모르지. 그때 아르고스가 밖으로 뛰쳐나갔는지도 몰라. 그러나 난도질된 개의 목줄은?

여자는 머리를 흔들었다. 아아, 더이상 생각하지 말자. 어쨌거나 여자는 집으로 들어갈 것이며 자신이 인생에서 떳떳한 이상 겁낼 것은 없다고 다짐을 했다. 세상에 정의가 있다면, 신을 믿진 않지만 어쨌거나 신이 있다면, 무엇이 두려우랴. 난 죄를 지은 적도 누굴 괴롭힌 적도 없어. 난 무고해.

자리를 털고 일어서는데 저쪽 벤치에서 젊은 여자를 붙들고 이야기를 나누고 있던 한 여자가 알은척을 했다.

9

어머, 오랜만이에요. 오늘은 개를 안 데리고 나오셨네요.

눈 밑에 눈물점이 있는 여자. 아르고스를 데리고 산책할 때 간혹 공원에서 만나곤 하던 단골 고객이었다.

개를 잃어버렸어요.

어머 세상에! 어쩌다가…… 너무 귀엽고 예쁜 개였는데……

네, 뭐 그렇게 됐어요.

아 참! 겨울 정기 바겐세일은 언제부터예요? 이번엔 고객 선물로 남자용 머플러를 좀 준비하고 싶은데 언제 매장에 한번 들를게요.

중순 넘으면 곧 할 거예요.

근데 얼굴이 좀 상하신 거 같아요. 어디 아프신 덴 없죠? 좀 이상하다 싶으면 건강진단 자주 받아보세요. 뭐니뭐니 해도 건강이 제일이죠.

눈물점이 있는 여자는 그 큰 눈에서 눈물이라도 떨어뜨릴 것처럼 인정스럽게 말했다. 별말이 아닌데도 여자는 이 눈물점 여자의 말이 고맙게 느껴졌다.

예, 고마워요. 저어…… 언제 시간 나시면 한번 얘길 좀 했으면 좋겠는데…… 뭐 좀 여쭤보고 의논도 좀 드리고요. 언제 집으로 한번 들르시던가요.

아 그래요? 전 언제든지 좋아요.

눈물점 여자가 여자를 보며 활짝 웃어주었다.

그럼 이만……

여자는 눈물점 여자에게 인사를 하고는 두 여자가 앉은 벤치를 지나갔다. 옆에 앉아 있는 젊은 여자가 브로셔를 보면서 눈물점 여자에게 뭔가 물었다. 아마 고객과 상담중인 모양이었다. 눈물점 여자는 보험 설계사였다. 여자도 그녀에게 이 년 전에 암보험을 하나 든 적이 있다.

그 여잔, 서글서글하고 커다란 눈매에 늘 웃고 있는 상냥한 인상의 사람이지만 눈 밑의 눈물점 때문인지 어딘지 좀 슬퍼 보였다. 언젠가 박언니가 그 점을 빼지 그래요, 그랬던 적이 있었다.

그 여자가 이렇게 말했던가. 내 인생에 흘린 눈물이 아마 이 백화점 음악 분수대만큼은 될걸요. 병신 남편 만난 죄로 평생 이렇게 발품을 팔아야 먹고사는 거부터가 그렇고요. 전생에 지은 죄가 많은가봐요. 그러니 이생에서 눈물로 죄갚음 해야지요. 희한하게 난 울고 나면 힘이 나데요. 그래서 이 눈물점 안 빼고 사는 거예요. 이 눈물점요, 정이 들었나봐요.

그런데도 그 여자는 늘 박꽃처럼 환하게 웃는 얼굴이어서 더 애틋했다. 그래서인지 그 여자가 강권한 적 없는데 박언니가 부부 명의로 암보험을 들었을 때 여자도 하나 들어두었다. 그 이후 눈물점 여자는 여자네 백화점에 세일 때면 들르는 고객이 되었다.

여자는 집으로 들어가기 전에 슈퍼마켓에 들러 장을 보기로 했다. 영양 보충도 하고 두려움을 잊기 위한 방법으로 저녁 내내 요리에 몰두해보기로 했다. 시간이 아주 많이 걸리는 요리를 생각해보았다. 얼마 전 여성지 부록으로 나온 요리책을 보다가 치이, 이런 걸 손이 많이 가서 어떻게 해먹누 했던 구절판 요리가 생각났다. 몇 년 전에 직원용 신년 선물로 받은 자기로 만든 예쁜 구절판 그릇을 꺼내 그곳에 예쁘게 담아보고 싶었다. 쇠고기와 버섯, 야채를 사고 늘 지나치기만 하던 큰길가의 와인 전문점에서 좀 비싸긴 하지만 큰맘 먹고 포도주 한 병도 샀다.

10

나흘 만에 집에 들어간 여자는 적적함을 몰아내기 위해 온 집 안의 불을 켜고 텔레비전과 라디오까지 크게 틀어놓고 요리책을 펴놓고 요리 준비를 했다. 칼이 잘 들지 않아 오랜만에 칼갈이를 꺼내 칼도 갈았다. 그리고는 잘 벼린 칼로 양파를 썰었다. 베어지는 느낌이 날렵하고 경쾌했다. 재료를 다듬어 씻고 칼로 정성 들여 곱게 채 썰고 끓는 물에 데치고 기름에 살짝 볶는 동안 여자는 잠시 평화로움을 맛보았다. 요리란, 그 요리를 먹는 것보다 어쩌면 요리를 하느라 빠져 있는 그 시간이 더 행복할지도 모른다고 여자는 생각했다. 그 기분을 좀더 만끽하고 싶었다. 무얼 더 만들까 궁리하다가 남은 야채로 잡채도 만들어보기로 했다.

여덟 가지 재료를 모두 완성해서 구절판 그릇에 담고, 황백 계란지단을 부치고 난 프라이팬에 마지막으로 밀전병을 부치기 시작했다. 한 숟갈씩 프라이팬에 묽은 반죽을 부어서 부치는 작고 앙증맞은 밀전병은 무척 까다로웠다. 모양이 제대로 나지 않은 것도 있지만 다 부친 것을 구절판 가운데 포개 담았다. 빨아놓은 식탁보를 꺼내 식탁 위에 깔고 잡채 접시를 얹고 꽃밭처럼 화사한 구절판 요리를 올려놓았다. 완성되어 테이블에 예쁘게 세팅된 요리를 보니 뿌듯해졌다. 포도주도 올려놓았다. 훌륭했다. 의자를 빼서 식탁에 앉았다. 그러자 비로소 혼자라는 느낌이 들었다. 홀로 앉아 요리를 먹을 생각을 하자 조금 우울한 기분이 들었다. 아르고스라도 있었으면……

포도주잔을 하나 꺼내놓다가 왠지 맞은편에 하나 더 놓고 싶어서 잔을 하나 더 올려놓았다. 그때 경비실에서 인터폰이 울렸다. 등기우편이 와서 보관하고 있으니 내려와 찾아가라고 했다. 내일 찾겠다고 했더니 성질 급한 경비원이 그저께부터 인터폰을 얼마나 했는지 아느냐고 얼른 찾아가라고 독촉했다. 지금 이 순간만큼은 정말 내키지 않았지만, 여자는 경비실로 내려가서 우편물을 찾아 다시 아파트로 돌아왔다.

발신인 난이 비어 있는 등기우편. 여자는 맥이 빠졌다. 하지만 피하지 말고 당당해지자고 다짐하지 않았던가. 봉투를 뜯었다. 12포인트 고딕체로 인쇄된 편지는 여자에게 경고하고 있었다.

경고

당당한 당신.
그러나 세상을 자신의 의지대로 살 수는 없습니다.
당신의 행복과 목숨은 바람 앞의 등불처럼 위협받고 있습니다.
왜냐고 묻지 말길 바랍니다.
오늘도 지구상 곳곳에는 무고한 생명들이 낙엽처럼 스러지고 있지 않습니까.
당신이 할 수 있는 일은 최소한 인간으로서 최선을 다해 자신을 방어하는 것뿐일 겁니다.
하지만 서서히, 후회 없도록 준비를 해나가기 바랍니다.
　　　　　　　　　　　　　　　　　　　　―당신의 스토커로부터

여자는 스르르 의자에 주저앉았다. 잠시 멍한 상태가 지나자 온몸이 떨려왔다. 왜냐고 묻지 말길 바랍니다. 도대체 이유도 없는 죽음…… 이것은 테러다. 여자는 미국에서 일어났던 9·11 테러를 떠올려보았다. 죄 없이 죽어간 그들처럼 그렇게 이유 없이 죽어야 한단 말인가. 지금이라도 어둠 속에서 그가, 넥타이와 개의 목줄을 난도질했던 그가 칼을 들고 나타나 여자의 목을 난도질할지도 모른다.

호흡이 가빠왔다. 이마엔 식은땀이 비어져나왔다. 좀 진정을 하려고 여자는 잠시 거세게 박동하는 심장에 손을 대고 눈을 감고 숨을 골랐다. 잠시 그러다가 여자는 스크류로 포도주병을 따기 시작했다. 손이 떨려서인지 익숙하지 않아서인지 나선형의 뾰족한 끝이 여자의 손등을 긁었다. 여자는 살짝 피가 배어나오는 자신의 손등을 핥았다.

얼마 전 티브이 뉴스에 나온 남자처럼 아무 여자나 죽이고 싶은 남자일까. 여자는 자신의 잔에 포도주를 따랐다. 손이 떨려 잔이 넘쳤다. 여자는 꿀꺽꿀꺽 포도주를 들이켰다. 색색가지 구절판이 여자의 눈길을 끌었지만 별로 손대고 싶지 않았다. 식욕이 전혀 없었다. 다만 잘 드는 칼로 버섯과 오이와 계란지단과 홍당무와 고기를 잘게 채썰었던 손의 쾌감만이 여진처럼 남아 있었다. 인간들 중엔 잘 드는 칼로 이렇게 음식을 썰듯 사람을 찌를 때의 느낌을 좋아하는 인간도 있을지 모르지. 여자는 거푸 두 잔을 따라 마셨다. 갑자기 여자는 그의 얼굴이 보고 싶었다. 그가 오늘밤이라도 온다면 얼굴을 한참 보고 이야기를 나누고 싶었다.

여자는 자신의 잔에 포도주를 따르고는 이번엔 맞은편 빈 잔에도 포도주를 따랐다.

마셔요! 자 건배! 얼굴 없는 사람, Mr. 스토커!

여자는 호기 있게 외치더니 곧 자신의 어깨를 감싸안으며 떨었다.

나 무서워요. 이젠 제발 멈춰줘요. 나를 해치지 말아줘요. 내가 무슨 잘못을 했는지 알려줘요. 그래요, 누가 그러대요. 아무 잘못이 없다고 자만하는 것이 바로 죄라고. 인간은 다 원죄를 가지고 태어난다고. 정말 그럴까요? 하긴 살면서 나도 모르는 죄를 많이 지었는지도 모르죠. 당신, 누구죠? 나 때문에 상처를 입은 사람인가요? 당신은…… 내 인생에 개입해서 나를 조종하고 나를 또 죽일 수도 있겠죠? 나는 무서워요.

여자는 잔을 단숨에 비웠다. 여자의 표정이 조금씩 풀어지기 시작했다.

넌 누구야? 왜 나를 감시하는 거야. 더이상 못 견디겠어. 무서워 죽겠어. 그래, 차라리 날 죽여. 내가 잠들었을 때 찾아와 단칼에 날 찔러버려. 이렇게 한 발짝씩, 조금씩조금씩 다가오지 말고. 아니, 지금 오라구, 지금! 그래 지금 이 순간은 더이상은 생에 미련도 없어. 날 죽여도 좋아. 내가 죽은 후에 난도질을 하든 말든 마음대로 하라구. 서서히 조금씩 칼질해서 날 죽이지는 말라구. 알았니? 이 개새끼야! 이 악마 같은 놈아!

여자가 갑자기 비명을 지르며 들고 있던 빈 포도주잔을 벽을 향해 집어던졌다. 부엌 타일 벽에 부딪힌 잔이 산산이 깨어짐과 동시에 여자는 식탁에 엎드려 울음을 토해내었다.

얼마 후 얼굴을 든 여자는 비틀거리며 전화기 앞으로 갔다. 널 보고 싶어. 그래, 오늘밤 널 초대하겠어. 제발 와줘. 여자는 중얼거리며 전화기의 버튼을 눌렀다. 신호가 한참 울려도 전화를 받지 않더니 여자가 막 끊으려 할 때 상대가 전화를 받았다. 여자의 음성이었다.

여자는 혀가 자꾸 꼬이는 걸 느꼈지만 최대한 또박또박 말을 하려 노력했다.

거기 오래 전부터 전화해서 날 괴롭히는 사람이 있어요. 그 남잘 바꿔요.

상대방 여자가 말했다.

굉장히 취하신 것 같은데, 전화 잘못 하신 것 같네요. 여긴 그런 전화 할 남자 없어요.

전화가 딸깍, 끊겼다. 여자는 머리칼을 쥐어뜯으며 울기 시작했다. 그리고 바닥에서 뒹굴며 울다 잠이 들어버렸다.

아침에 눈을 뜨자 여자는 서랍 속의 명함첩에서 명함 하나를 꺼내 누군가의 휴대폰으로 전화를 걸었다. 왜 좀더 빨리 그 생각을 못 했을까. 세상은 악으로 가득 찬 두려운 곳. 숲속 어딘가로부터 날아올지 모르는 화살. 인간으로서의 최소한의 방어.

다음주 일요일엔 단풍이 한창인 남도의 절에라도 가서 마음을 비워볼까. 아니면 한때 다니던 교회라도 나가볼까. 삶과 죽음이 별게 아니며 그 둘이 아주 가깝다는 깨달음은 오히려 두려운 마음을 위무해줄지도 모른다고 여자는 생각했다.

11

남자는 아침에 아내가 흔드는 손길에 눈을 떴다. 아내는 무슨 좋은 일이 있는지 웃고 있었다. 아내는 남자의 머리맡에 공책을 가져와 보여주었다. 눈을 비비며 보니 리스트에서 한 여자의 이름이 지워져 있었다.

이것 봐, 여보. 오늘 한 건 올렸어. 당신 수고 많았어. 아침에 이 여자가 상해보험하고 생명보험에 들겠다고 전화했어. 내가 오늘 당장 서류 가지고 그 여자네 집으로 가기로 했어. 그러니 당분간은 여기로 전화하지 마. 거기 딴 여자들한텐 순번대로 계속 전화 한 번씩 돌리고. 참, 거기 별표 한 여자들은 내일 편지 한 번씩 돌려야 하니까 준비해놓고. 순서 바뀌면 안 돼. 여보, 알았지?

아내는 수화(手話)로 말하며 남편의 등을 토닥여주었다.

그 여자 오래 끌더니 드디어…… 남자는 그렇게 될 줄 이미 알고 있었다.

어젯밤 아내가 전화를 받고 나더니 잠시 골똘히 앉아 있었다. 아내의 검은 눈동자가 잠깐 촉촉해지는 것도 같았다. 아아, 이렇게 살아야 돼? 하고 스스로에게 묻고 있는 것 같은 표정이었다. 그러나 예전과 달리 아내는 요즘 좀처럼 눈물을 흘리지 않는다. 다만 잠시 그렇게 좀 멍해질 뿐이다. 울지 않는 아내가 좋다. 그러나 남자는 눈물점이 있는 아내의 눈이 여전히 아름답다고 생각한다.

오늘도 아내는 리스트에서 지운 여자의 이름 대신 또다른 젊은 여자의 이름을 물어올 것이다. 리스트는 끊임없이 지워지고 또 채워질 것이다. 오늘도 남자는 그저 틈틈이 아내가 지시한 대로 작업을 하면 될 것이다. 오늘은 대체로 쉬운 날이다. 남자는 늦은 아침을 먹고 컴퓨터 앞에 앉아 아내가 지시한 세 통의 편지를 컴퓨터 프린터로 출력했다. 오후엔 리스트에 표시된 몇몇 전화번호의 버튼을 누르고 한 십 초간 너무도 푸르러 눈물나게 아름다운 창 밖의 가을 하늘을 감상하면 된다. 듣지도 못하는 벙어리 남자의 눈에 비친 세상은 그저 너무도 고요하고 아름답다. 마치 창틀 밖의 세상이 액자 속 그림인 것처럼……

　그 그림 속에 마른 낙엽 한 잎이 바람을 타고 잠깐 요동치더니 조용히 떨어진다.

언제부턴가 아내는 절정에 이르면 히죽히죽 웃음을 토해내었습니다. 그러다 시일이 흐르니 그것은 참을 수 없는 폭소가 되어버렸습니다.

폭 소

아내의 웃음, 섹스 때마다 터져나오는 폭소를 나름대로 이해해 보려고 했습니다. 한데 아내의 폭소는 무엇일까요. 아내는 완전 한 사랑, 엄숙한 삶의 존엄성을 마음껏 조롱하고 싶었던 걸까요. 아직까지도 나는 아내의 폭소를 이해할 수 없습니다.

그림 속에 한 남자가 있다. 아무것도 걸치지 않은 남자는 뒷모습을 보인 채로 어딘가로 전력질주하고 있다. 화면은 온통 푸른색이다. 바다인지 하늘인지 분간이 가지 않는다. 화면의 중간쯤에 희붐한 흰 길이 하나 나 있다. 그것은 하늘을 향해 걸린 흰 도약대처럼 보이기도 하고, 바다를 향해 나 있는 마루를 깐 보도처럼 보이기도 한다. 그것이 정확히 무엇인지는 알 수 없다. 한데 남자는 그 흰 길의 끝에 있다. 뒷모습만 보인 채 달리고 있다. 어둠 때문인지 남자의 머리는 보이지 않고 벗은 등판과 단단한 엉덩이, 앞으로 내딛은 오른쪽 종아리 일부만 밝게 부각되어 있다. 그 흰 길의 끝에서, 한 발을 떼고 바야흐로 도약하고 있는 남자는 순간, 하늘로 튀어오를 것만 같다. 아니 깊은 바다 속으로 침몰할 것 같다. 아슬아슬하다.

자유? 탈출? 그도 아니면 도피? 알 수 없다. 남자는 무엇을 향해 뒷모습을 보인 채 내달리고 있을까. 벨리코빅이란 화가가 그린 그림에는 이 그림에서뿐만이 아니라 발가벗고 달리는 남자가 배경만 달리할 뿐 항상 나온다. 어떤 그림에선 남자가 향하고 있는 곳에 반쯤 열린 문이 보이기도 한다.

그러나 내가 가장 좋아하는 그림은 바로 이 그림이다. 서재의 컴퓨터 키보드를 두드리다가 막막해지면, 나는 이 그림을 바라본다. 그림 속의 남자를……

*

그날도 그는 아침에 잠에서 깨어 침대에 잠시 누워 있었다. 누운 채로 보이는 벽면에는 푸른 공간으로 질주하는 한 남자의 그림이 걸려 있다. 남자는 몸에 아무것도 걸치지 않고 있다.

습관대로 그는 한 이 분 정도 그림을 바라보았다. 아직 잠의 부스러기가 속눈썹에 들러붙은 뻑뻑한 눈꺼풀을 겨우 들어올린 상태였다. 명암의 대비가 뚜렷한 그 그림에서 질주하는 남자의 밝게 도드라진, 꿈틀거리는 근육은 분명한 의지를 드러내고 있는 듯하다. 자유를 향한 의지……

자유. 그는 속으로 말하고 조용히 한숨을 쉬면서 하루를 시작하곤 했다.

아이는 얕게 코 고는 소리까지 내며 곤하게 잠들어 있다. 약 기운이 아직 남아 있을 터였다. 아이가 깨기 전에 준비를 하는 게 여러모로 신경이 덜 쓰일 것이다.

어제 아이에게 내일은 학교에 가지 않을 것이고 바다로 여행을 갈

거라고 세 번을 반복하여 말했다. 아이는 그 말에는 관심없다는 듯 주방의 접시와 냄비 뚜껑을 죄다 꺼내놓고 돌리며 놀고 있었다.

그러나 집을 떠날 때쯤이면 아이는 분명 가지 않겠노라고 떼를 쓸 것이다. 아이가 좋아하는 굴렁쇠를 챙겨야지. 그는 잠시 해무가 짙게 낀 봄 바닷가 백사장에서 굴렁쇠를 굴리며 달리는 아이의 모습을 상상했다.

커피를 한잔 만들어 컴퓨터와 서가가 있는 작은방으로 들어간 그는 한동안 방에서 나오지 않았다. 그는 누군가에게 이메일을 한 통 보내고 서랍을 열어 몇 가지 하찮은 서류들을 분류했다. 그 안에 약간 두툼한 초록색 노트 한 권이 눈에 띄었다. 그는 그것을 오래도록 바라보았다.

그 노트는 그가 십 년에 걸쳐 쓴 일기장이었다. 평균 일 년에 닷새나 엿새꼴로 적은 흘러간 십 년간의 개인사는 민망할 만큼 얇았다. 십 년 동안 기록할 만한 날들이 겨우 오십 일 정도라니. 그는 좀 머쓱해졌다. 그의 생은 결국 오십여 페이지의 노트로 규정될 것이다. 페이지를 넘기던 그의 눈길이 어느 날인가의 일기에 오래 머물러 있다.

1993년 3월 26일 맑음

"어머나! 이 개나리꽃 좀 봐. 어쩜! 우리가 모르는 새에 언제 이렇게 얌체처럼 봄이 왔을까? 요렇게 짝짝 벌린 노란 꽃들 좀 봐. 꼭 엄마 새가 벌레를 콕콕 넣어주길 기다리는 아기 새들 노란 부리 같다, 그치?"

오랜만에 들어보는 아내의 탄성이었다.

아내와 몇 달 만에 나간 산책길에서 개나리꽃을 보았다. 정말 봄이 왔나보다. 오랜만에 맑고 풍성한 햇빛이, 활짝 핀 노란 개나리꽃에 핫케이크 시럽처럼 달큰하게 부어지고 있었다. 아내도 벤치에 앉아 눈을 감고 햇빛을 즐기고 있었다.

개나리꽃에서 아기 새들의 노란 부리를 연상하는 아내의 모습에서 나는 그녀가 엄마가 되고 싶어한다는 강한 암시를 느꼈다.

나도 헤벌쭉 벌어지는 입이 민망해 공연히 기지개를 켜며 손가락 뼈를 으드득 꺾었다.

"씨펄, 봄이네! 아흐!"

1994년 5월 1일, 흐리고 비

오늘 오후 한시 육분, 나의 아이가 이 세상에 나왔다.

'나의 아들.' 그렇다, 우리들의 2세가 태어났다.

아내는 평화로운 표정이고, 깨끗하게 씻긴 아기는 하늘색 강보에 싸여 있었다. 나는 아내의 땀 밴 이마에 먼저 키스를 해주었다.

"우리들의 아이야. 봐, 날 닮아 눈이 아주 크고 똘망똘망하지? 어쩜 이 귀 좀 봐. 오목하니 당신 거랑 똑같애."

분홍빛 아이는 잠시 그 커다란 흑진주 같은 눈동자로 날 물끄러미 바라보았다.

그 순간, 나는 세상의 모든 말을 잊었다. 잠시 후 내 안에서 이런 말이 조금씩 솟아올랐다.

'으음…… 내가 너의 아빠야. 아빠는 너를 만나기 위해 이 세상에 태어나 삼십이 년이나 기다렸어. 넌 그 동안 어디 있었던 거니?'

아기는 금방 그 조그만 입으로 하품을 하더니 어느새 눈을 감아 버렸다. 나는 무릎을 접고 아기의 조그만 얼굴을 좀더 가까이 들여다보았다. 겨우 내가 쥔 주먹만한 머리통. 내게로 온 한없이 작고 연약한 존재. 아가야, 이 아빠가 항상 너를 지켜줄게.

1999년 4월 15일, 바람 불고 맑음

저녁에 동창놈들이랑 오랜만에 한잔했다.

벚꽃이 만개한 여의도공원 주변엔 밤 벚꽃을 보러 나온 사람들이 가득했다. 절정이 지난 꽃잎들은 바람에 흰 눈처럼 날렸다. 향기를 실은 밤바람이 술 취한 나를 마냥 들뜨게 만들었다. 사는 게 이렇게 가볍고 행복할 수도 있다니! 꽃이 다 떨어지기 전에 아내와 아이와 꼭 한번 와야지 하고 다짐했다.

집에 돌아오니 아내는 아이가 온통 어질러놓은 거실 바닥에 지친 듯 누워 있었다. 누운 채 고개만 슬쩍 돌려 나를 바라보는 아내를 나는 술김에 과장되게 팔을 벌려 안았다.

아내는 아무 반응 없이 눈을 뜬 채 자신의 몸 위에서 들썩거리는 나를 바라보았다. 술 취한 내 몸의 열기가 무색하게 아내의 몸은 싸늘했다. 아내의 옷을 벗겨내고 언 손을 비벼대듯 나는 아내의 몸에서 불씨를 살리기 위해 한참을 애를 썼다. 마침내 아내가 양팔로 내 목을 감아오는 게 느껴졌다. 아내의 입에서 참을 수 없는 교성이 터져나올 거라 생각했다.

그러나 아내의 입에서 쏟아져나온 것은 때아닌 폭소였다. 아내는 마구 몸을 비틀어대며 미친 듯 웃어댔다.

1999년 10월 7일 맑은 후 흐림

오늘은 결혼 9주년 기념일. 아내에게 미안하다. 정말 오랜만에 아내와 섹스를 하다 결국엔 그녀를 때렸다. 오늘만은 참으려고 했는데……

지난 봄부터 아내가 좀 이상해졌다. 아내도 힘들겠지만 나 또한 참을 만큼 참았다.

나는 전희에 들어가기 전, 맥주로 적당히 취해 있는 아내에게 달래듯 부드럽게 말했다.

"오늘만은 좀 심각해져보라구, 응? 구구단을 외워보든가, 머릿속으로 가계부를 적어보든가……"

아마 아내도 터져나오는 웃음을 애써 참느라고 그랬을 것이다. 이를 악물고 쿡쿡 웃음을 터뜨리다가 내 머리카락을 움켜쥐고는 필사적으로 잡아당기는 것이었다. 아픔 때문에 더이상 몰두할 수가 없었다. 얼결에 그녀의 머리를 후려쳤다. 그러자 그녀는 비명 대신 참고 있던 웃음을 마구 터뜨렸다. 그녀의 양 손아귀에 내 머리카락이 제법 뽑혀 있었다. 이 무슨 슬픈 코미디인가!

*

아이는 얌전히 거실에서 비디오를 보고 있다. 늘 그렇듯이 찰리 채플린의 〈모던 타임스〉다. 수년째 보아온 테이프가 낡아버려선지 화면이 떨리고 싸락눈이 내리는 듯하다.

거대한 컨베이어 벨트 앞에 선 찰리는 자신에게 밀려드는 똑같은 너트를 숨쉴 틈 없이 조여댄다. 나중엔 동그랗게 생긴 것은 무조건 조여야만 하는 그의 손을 그 스스로도 통제할 수가 없어진다. 거리에서 가슴에 동그란 단추가 달린 옷을 입은 여자를 보고도 달려들어 너트를 조이고 싶은 강박관념에 시달린다. 찰리는 스패너를 들고 쫓아가고 여자는 혼비백산 도망친다.

이런 우스꽝스런 장면에도 아이는 웃지 않는다. 멍하면서도 골똘한 표정이다. 거대한 시계의 움직임. 양물이 장면과 노동자의 출근 장면의 오버랩. 단순하고 주기적이며 반복적인 움직임. 도대체 아이를 매료시키는 것은 무엇일까.

비디오를 볼 때마다 그는 끔찍함을 느꼈다. 아이가 태어나면서 그의 인생은 휴지처럼 구겨져버렸다. 저 영화 장면 속의 시계처럼 시간은 냉혹했다. 단 일 초의 안식도 용서하지 않는 것 같았다. 숨가쁜 나날이었다.

만약 신도 실수를 한다면, 어느 순간 컨베이어 벨트 앞에서 찰리가 재채기를 하느라 놓친 불량품처럼, 인간 불량품을 만드신 거라고, 아이에 대한 연민을 그런 식으로 다독이고 싶기도 했다. 단지 조여지지 않은 나사못 하나 때문이라고. 하지만 왜? 왜 하필 내게? 자신의 인생으로 돌아오면, 그는 치받치는 분노를 삭일 수가 없었다.

그래도 이 비디오가 있어서 아이는 잠시라도 잠잠한 것이다. 다행이지 뭔가. 비디오를 보는 동안은 괴성을 지르고, 몸을 옆으로 흔들고, 공연히 양손으로 입술을 찢어 피를 내고, 벽에 머리를 짓찧으며 울부짖는 그런 자해행동이나 상동행동을 아이는 잠시 멈추었다.

준비를 마친 그가 아이에게 말을 건넨다.

"준아, 가자."

아이는 들리지 않는 듯 골똘하게 화면을 바라볼 뿐이다. 아이에게 점퍼를 입히며 그는 다짐을 주듯 다시 말했다.

"오늘 아빠하고 바다에 가기로 했지?"

그가 리모컨으로 비디오 전원을 끄자 그제서야 아이는 괴성을 지르며 제 손등을 물어뜯기 시작했다. 며칠 전에 딱지가 말끔히 떨어진 손등이 다시 벌겋게 부풀어올랐다. 그는 가방에서 탄력붕대를 꺼내어 아이의 두 손을 뒤로 포승줄처럼 묶어버렸다. 탄력붕대라 그리 아프지는 않을 것이다. 두 손이 묶인 아이는 이제 온몸으로 저항을 하며 울기 시작했다. 그는 아이를 번쩍, 들어올렸다. 아이는 만 여덟 살. 그는 아이가 자라는 게 두려웠다. 어느 미래에 통제하지 못할, 자신보다 더 커버린 아이를 상상하는 건 공포였다.

현관까지 아이를 안고 가서 겨우 신발을 신기고 나자 이번에는 아이가 현관 타일 바닥에 제 머리를 박기 시작했다. 갑자기 머릿속으로 열기가 후끈 밀려들었다.

"이 짐승새끼! 죽어버려!"

그는 자신도 모르게 소리치며 아이의 머리칼을 움켜쥐고 머리통을 바닥에 두어 번 세게 박았다. 아이의 울음이 뚝 그쳤다. 대신 그가 된 숨을 끙, 쉬며 현관문에 머리를 박았다. 현관에 매달아놓은 풍경이 흔들리며 청아한 소리를 냈다. 늘 이런 식이었다. 특수교육 조기교실에 갈 때도 병원에 검사를 받으러 가거나 치료 프로그램에 참가하러 갈 때도 뜬금없이 애를 먹일 때가 있었다. 한동안 좀 나아지는 것 같더니 봄이 되며 다시 도지기 시작했다. 만물이 생동하는 봄엔 아이의 몸속에 숨어 있던 악의도 마음껏 꽃피는 것 같았다.

갑자기 아이가 히죽, 웃었다.

"진잔트로프스, 오스투랄로피테쿠스, 라마피테쿠스, 드리오피테쿠스……"

그제서야 생각난 듯 그는 아이의 방에서 책 한 권을 가지고 왔다. 모서리가 나달나달해진 책이었다.

시선을 끌려는 마술사처럼 그는 등뒤에 숨긴 책을 짠, 하고 아이에게 보였다.

『인류의 진화』라는 책이었다. 왜 이걸 잊었을까. 비디오가 하나의 진정제라면 이 책은 휴대용 진정제나 마찬가지인 것을.

아이는 원숭이와 크게 다를 바 없어 보이는 몇백만 년 전의 인류의 진화에 지대한 관심을 보였다. 조잡한 그림에 얹혀 있는 이름을 몇번인가 읽어준 적이 있었는데, 한글도 제대로 못 깨친 아이가 순서도 틀리지 않고 주워섬기는 걸 보면 기가 막혔다. 아이가 저 아득한 원시시대에 태어났다면 더 행복했을까. 아이는 타임캡슐에 실수로 내장된 생물체처럼 이 시대의 시간과는 절대 화해할 수 없는 숙명을 타고난 생명인 건 아닐까.

아이는 기분이 좀 나아졌는지 순순히 차에 올라탔다.

수요일 대낮인데도 도로는 차들로 막혔다. 자동차들은 금속 딱지를 가진 거대한 신종 곤충 무리처럼 네 다리를 굴려 조금씩 움직일 뿐이었다. 덕분에 그는 좀 느긋하게 차창 밖을 내다볼 수 있었다. 어느새 봄꽃들이 다투어 피었고 나무마다 연두색 어린 잎새들이 풋풋하게 올라오고 있었다. 밝은 봄 햇살 때문인지 인상파의 화사한 점묘화를 보듯 그렇게 꽃과 나뭇잎들이 점점이 빛나고 있었다.

고속도로는 한산했다.

"피테칸트로푸스에렉투스, 피테칸트로푸스, 텔렌트로푸스, 파란트로푸스, 진잔트로푸스, 오스트랄로피테쿠스, 라마피테쿠스, 드리오피테쿠스……"

아이는 염불을 외듯 반복해서 인류의 계보를 외워댔다. 서서히 졸음이 밀려들었다. 그러자 피식, 웃음이 났다. 바다에 가는 게 꼭 장난처럼 여겨졌다. 바다행을 결심한 건 수개월 전부터였고, 계획은 나름대로 치밀했다. 하긴 졸다가 사고가 나서 죽는다 해도 나쁘진 않을 것이다. 한데 죽거나 병신이 되거나 살거나 하는 그런 불안한 약 삼십 퍼센트의 확률은 내키지 않았다.

그는 창문을 조금 열었다. 휴게소가 나오면 좀 쉬리라. 아이는 이번엔 몸을 좌우로 흔들어젖히며 '염불'을 외웠다. 룸미러로 그런 아이를 보니 어지러웠다. 아이는 점점 더 몸을 크게 흔들어댔다.

"그만 해. 아빠 어지러워."

역시 아이는 못 들은 체다.

그가 달래듯 노래를 불렀다.

"다 같이 춤을 추다가 그대로 멈춰랏!"

아이가 멈추었다. 그리고 좀 있다 또다시 몸을 흔들었다.

"다 같이 춤을 추다가 그대로 멈춰랏!"

아이가 이번에도 멈추었다. 그는 이번엔 크게 소리치며 노래했다. 아이는 그의 노래에 반응했다. 그는 기뻤다.

"그으래, 똑똑한 내 아들!"

과장된 억양으로 그가 말했다. 고통과 애정이 뒤섞인 묘한 감정이 밀려왔다. 가끔은, 아주 가끔은 이런 기분이 들 때도 있긴 하다. 그러나 그건 사막에서 보는 오아시스 신기루처럼 너무도 찰나적인 기쁨일 뿐이었다. 그 순간이 지나면 끝도 없이 막막해졌다.

휴게소에서 아이의 용변을 봐주고 아이를 위해 자장면 한 그릇과 우동 한 그릇을 들고 탁자에 앉았다. 국물을 마시고 한 젓가락 뜨려고 하니 아이는 쇠 젓가락으로 자장면 그릇을 두드리기 시작했다.

"먹어. 배고프잖아. 아빠가 또 맛있는 거 뭐 사줄까?"

아이는 못 들은 척 계속 젓가락으로 두드려댔다.

그가 억지로 한 젓가락 아이 입에 쑤셔넣어도 먹는 건 건성이고 아이는 두드리는 일에만 몰두하였다. 노란색 티셔츠 위로 자장 소스가 튀었지만 아이는 필사적으로 자장면 그릇의 모서리를 두드려댔다.

사람들이 점점 그들 쪽을 쳐다보기 시작했다.

"그만둬!"

그가 눈을 부라렸다. 그러다 그는 이제 달래듯 노래를 불러본다.

"다 같이 춤을 추다가 그대로 멈춰랏!"

하지만 아이는 이미 그의 말이 들리지 않는 먼 세계로 떠나 있다. 오스트랄로피테쿠스의 세계, 두 발로 걷는 인간과 네 발 원숭이의 경계에 있던 까마득한 인류 조상의 세계. 혹은 어느 먼 원시시대의 북 치는 소년으로 돌아가 있는 것일까.

사람들이 구시렁대는 소리와 복잡 미묘한 눈길이 얼굴에 느껴졌지만 그는 남은 우동을 가능한 빨리 먹는 일에만 신경을 썼다. 나이 든 부인 하나가 빈 그릇을 들고 가다 그들을 향해 "할렐루야" 하고 나지막하게 부르짖고 지나갔다.

아이의 자장면 그릇과 빈 우동 그릇을 재빨리 반납하고 돌아서니 아이가 보이지 않았다.

"방금 밖으로 뛰어나갔어요."

아이보다 두어 살 어려 보이는 여자애가 아이스크림을 핥으며 고자질하듯 말해주었다.

휴게소 밖의 주차장을 살펴보아도 아이의 모습은 보이지 않았다.

그는 잠시 현기증을 느꼈다. 아이의 이름을 부르며 편의점과 화장실을 돌아보다가 그는 주차장으로 내려섰다.

순간 차에 깔린 밤고양이 시체처럼 납작하게 눌린 아이의 모습이 떠올랐다. 그는 세차게 고개를 흔들었다. 아이가 정신 없이 고속도로 진입로에라도 뛰어들었다면…… 그는 급하게 차로 돌아가 시동을 걸고 휴게소 주변을 한 바퀴 돌았다. 휴게소 옆에 붙은 주유소 쪽으로 진행하다보니 바퀴가 여러 개 달린 탱크로리 앞에 사람들 몇이 모여 있는 게 보였다. 혹시나 해서 보았더니 검은 바퀴 사이로 아이의 노란 티셔츠가 눈에 들어왔다. 아이는 잔뜩 겁에 질린 눈으로 바퀴 사이에 웅크리고 앉아 있었다.

*

아이는 지독하게 바퀴에 집착했어요.

일 때문에 아기를 갖고 싶어하지 않는 아내의 고집 때문에 결혼 후 삼 년 만에 힘들게 얻은 아이였죠. 슴벅거리는 큰 눈이 예쁜 아이는 잘 울지도 보채지도 않는 순한 아이였답니다. 아내는 "우리 순둥이, 우리 순둥이" 하며 순한 아이를 대견해했어요. 두 돌이 다 되도록 말문이 틔지 않던 아이를 우린 단지 좀 늦되는 아이로 알았을 뿐이었어요. 다만 그 무렵, 이름을 불러도 잘 못 알아듣고 눈을 잘 맞추려 하지 않아 아이의 청력을 의심해 검사를 받아보았습니다. 아이의 귀는 정상이었어요. 의사는 조심스럽게 자폐증의 가능성을 이야기하였습니다.

아이는 그 무렵부터 이유 없이 자주 떼를 쓰기도 했는데, 신통하게도 동그란 것에 집착하기 시작했어요. 아내의 화장품 뚜껑을 열어놓거나 냄비 뚜껑이나 접시를 갖고 놀기 시작했어요. 특히 아이가 제일 좋아하는 것은 자동차였어요. 한데 어느 날 보니 그 많은 장난감 자동차마다 바퀴를 다 빼서는 그 바퀴들을 굴리며 놀더군요.

아이가 바퀴에 집착한 이후부터 저와 아내의 머리는 그야말로 돌기 시작했던 겁니다. 그건 불행의 전주에 불과했는지도 몰라요. 둥근 것에 강박적으로 빠져 있는 아이. 세상 밖으로 나오려 하지 않는 아이. 아이는 자기 자신을 영원히 헤어나올 수 없는 폐곡선 안에 철저히 가둬버리기 시작했던 겁니다. 바퀴 하나가 고장나버린 삼륜 자동차처럼 우리 가정은 원치 않던 방향으로 마구 굴러가기 시작했어요. 아, 그건 저주였어요. 죽을 때까지 피할 수 없는 올가미고 굴레인 거죠. 아내와 나는 아이가 돌리는 접시를 어느 순간 누가 먼저랄 것도 없이 집어던지며 싸움을 하기도 했어요. 아이는 그 와중에 인간의 소리라 할 수 없는 뜻도 모를 괴성을 질러대곤 했죠.

그러면 아내는 아이를 껴안고 통곡을 했어요. 하지만 서서히 아내와 난 신의 실수를 받아들이기 시작했어요. 아내는 그 동안 하던 방송국의 프리랜서 작가 일을 접고 아이의 교육과 치료를 위해 헌신했어요. 섬약하던 아내는 용감한 어머니가 되어갔어요. 얼마나 다행이던지요. 그나마 아내가 일을 그만두니 제가 할 수 있는 일은 돈을 열심히 벌고 아내를 위로하고 진심으로 사랑해주는 일이라고 늘 다짐했습니다.

아내에게 늘 미안하고 고마웠어요. 아내는 냉장고 앞에 이런 시를 써 붙여놓기도 했어요.

망치가 못을 친다.
못도 똑같은 힘으로
망치를 친다.

나는
벽을 치며 통곡한다.

시인의 이름은 잘 기억나지 않지만, 아마 '사랑'이란 제목의 시였던 것 같아요. 한순간 한순간 삶이 만만치 않아서 가슴에 꼭 못을 박는 것 같았어요. 세상에 어떻게 그토록 가슴 아픈 사랑이 있을까요. 아내는 통곡이 못처럼 튀어나올까봐 늘 조마조마했던 걸까요.
또 이런 시 구절도 붙여놓았었지요.

하늘이 이 세상을 내일 적에 그가 가장 귀해하고 사랑하는 것들은
모두 가난하고 외롭고 높고 쓸쓸하니
그리고 언제나 넘치는 사랑과 슬픔 속에 살도록 만드신 것이다.
초생달과 바구지꽃과 짝새와 당나귀가 그러하듯이.

아내는 부적처럼 그 시구를 한동안 냉장고에 붙여놓고 잘 참아내고 있었어요.
아이는 조금씩 나아지는 듯도 했어요. 아이와의 사소한 교감에도 우린 미칠 듯 열광했어요. 하지만 아이는 우릴 골탕먹이기라도 하듯 불면증으로 우리들을 지치게도 했고 점점 더 새로운 방법의 자해를

하기도 했으며, 외출하면 자동차의 바퀴에만 몰입하여 구르고 있는 자동차에 달려들기도 했어요. 아내는 절망했어요.

"조금이라도 희망을 가지는 게 되레 더 고통이야…… 봐, 이건 끊임없이 반복되는 형벌이야. 영원히 빠져나올 수 없는……"

아내의 절망이 깊을수록 나 또한 발끝이 닿지 않는 깊은 바닷물 속으로 한없이 침몰하고 있는 듯 두렵고 불안했어요. 발끝만 닿는다면 솟구쳐볼 수도 있을 텐데…… 솟구쳐오르기 위해 발끝을 찍는 심정으로 밤마다 아내의 몸에 내 존재를 박아넣을 수밖에요. 그 순간만이라도 함께 솟구쳐오르길 늘 꿈꾸었어요. 아니 깊고 깊은 우물 같은 아내의 절망을 채우고 싶었는지도 몰랐습니다. 그래서 아내가 한순간이라도 행복할 수 있기를 간절히 바랐어요. 그것만이 제가 아내를 사랑하는 방법이었던 거죠.

그런데 아내가 점점 이상해지기 시작했어요.

언제부턴가 아내는 절정에 이르면 히죽히죽 웃음을 토해냈습니다. 그러다 시일이 흐르니 그것은 참을 수 없는 폭소가 되어버렸습니다. 통곡이 폭소로 터져버린 걸까요? 점점 참을 수 없는 기분이 되어갔죠. 아내도 자신의 그런 병적인 웃음을 괴로워했던 것 같아요.

처음엔 물론 이해하려고 했어요. 폭소라는 건 제어할 수 없는 발작과도 같은 것이니까요. 전 그걸 잘 압니다. 초등학교 이학년 때 말이죠, 아마 삼월 새학기였을 거예요. 우리는 담임선생님과 함께 환경미화라는 명목으로 교실을 꾸미고 있었어요. 선생님은 아주 엄하면서도 목소리가 아름다운 완벽한 미인이었죠. 당시의 유행에 따라 미니스커트 정장을 즐기고 머리를 올리고 있어서 지금도 육십년대 복고풍 스타일의 여배우 같은 이미지로 남아 있습니다.

선생님은 그중 공부 잘하고 얌전한 아이들에게 달걀을 하나씩 나누어주고는 그 위에 그려진 여러 가지 밑그림에 크레파스로 색칠을 하라고 하셨어요. 그 달걀은 위에 구멍이 나 있어 여간 조심을 하지 않으면 안 되거든요. 아침이면 선생님은 젓가락으로 달걀 정수리를 동그랗게 뚫어 날달걀을 빨아먹곤 했어요. 그리고 아아, 목청을 가다듬곤 했지요. 모두들 그 동그란 달걀 껍질을 깨뜨리지 않으려고 조마조마해하면서 색깔을 입혔어요.

그걸로 교실 천장을 장식하려 했었는지 선생님은 그 장식 달걀들을 하나로 꿰었지요. 아주 엄숙한 표정이어서 우린 숨도 제대로 못 쉬었어요. 그리고 책상 위에 의자를 놓고 반장인 저더러 의자를 꼭 잡으라고 명령했어요. 왠지 선생님이 좀 떤다는 생각이 들더군요. 하지만 그건 제 손이 떨리고 있어서 그랬던 모양이에요.

선생님은 이리저리 장식 달걀을 조심스레 천장에 거느라 여념이 없는데, 올려다본 내 시야에 선생님의 미니스커트 안이 훤히 들여다보이더군요. 아무리 어렸지만 선생님의 그곳을 쳐다보아서는 안 된다는 생각이 들었어요. 한데 내 눈에 검은 팬티스타킹을 신은 선생님의 오른쪽 엉덩이 쪽에 달걀 노른자만한 구멍이 뚫려 있는게 보이는 거예요. 몸 속이 근질근질했어요. 그건 내 몸 속에서 연기처럼 가는 웃음이 새어나오고 싶어하는 징조였지요. 한데 웃을 수는 없잖아요. 얌전히 자습하고 있는 아이들은 그걸 전혀 모를 테니 말이죠. 저는 오줌이 마려운 걸 참을 때처럼 두 눈을 꾹 감고 다른 생각을 하려고 애를 썼지요.

한데 어느 순간 의자 다리가 삐걱하더니 어어, 하는 소리와 함께 선생님이 교실 바닥으로 곤두박질치셨어요. 순식간의 일이었어요. 선생님은 교실 바닥에 스커트가 훌렁 올라간 상태로 엎어지셨던 거예요. 그제서야 내 속에서 걷잡을 수 없는 폭소가 터져나왔어요. 애들아, 봤지? 얼마나 웃기냐. 빵꾸난 검은 스타킹을 신은 고고한 선생님이 코미디언처럼 우스꽝스럽게 떨어지다니. 웃음의 면죄부를 얻은 양 얼마나 속 시원히 웃었던지요. 한데 홍수난 것처럼 온 교실이 폭소로 떠내려갈 거라고 생각했던 건 제 착각이었을까요. 교실은 조용하다 못해 얼어붙은 듯 싸늘했어요. 순간 제 얼굴에 뜨거운 불길이 치솟았어요. 선생님이 제 뺨을 사정없이 쳤던 거예요. 왜 아이들은 웃지 않았던 걸까요? 고작 아홉 살짜리 어린애들이…… 난 그 여선생님을 일 년 내내 증오했지요. 그후부터 나는 웃음에 자유롭지 못합니다. 여럿이 있을 때도 절대로 남들보다 먼저 웃지 않습니다. 웃음에 대한 아픈 기억입니다.

아내의 웃음, 섹스 때마다 터져나오는 폭소를 나름대로 이해해보려고 했습니다. 한데 아내의 폭소는 무엇일까요. 아내는 완전한 사랑, 엄숙한 삶의 존엄성을 마음껏 조롱하고 싶었던 걸까요. 아직까지도 나는 아내의 폭소를 이해할 수 없습니다.

"당신 속에서 무엇인가 기계가 작동하고 있는 거 같아."

어느 날 섹스 중에 아내는 이런 말을 한 적이 있습니다.

"마치 증기기관차가 달리려고 피스톤 운동을 하는 것 같다구."

아내는 그러며 눈에 눈물까지 단 채 까무라칠 듯 웃는 것이었습니다.

그러나 평상시의 아내의 얼굴은 점점 어두운 가면을 쓴 듯 굳어가고 있었습니다. 아이를 보는 눈도 초점을 잃어갔습니다. "쟤는 인간이 아니야. 쟤가 살아가는 힘은 도대체 무엇일까. 저 아이 안에는 도대체 뭐가 들어 있을까. 녹슨 톱니바퀴와 피대줄?" 아내는 나와 아이를 더이상 피와 살이 있는 인간이라 인정하고 싶지 않은 것 같았습니다. 점점 아내는 나를 멀리했고, 바퀴에 집착하는 아이를 보면서 마치 작은 로봇을 대하듯, 아니 아내 스스로가 로봇처럼 되어갔습니다. 하긴 어찌 보면 사랑이란 이름의 섹스는 물리적이고 기계적인 반복, 학습된 연애감정의 모방 그리고 연상작용에 의한 속임수인지도 모르겠다는 생각이 들기도 하는군요. 우리 모두는 그렇게 녹슨 기계처럼 황폐해져갔습니다.

점점 아내는 내가 어찌 해볼 수 없이 허물어져갔습니다. 결국 미국에서 나오신 장모님이 아내를 데리고 미국으로 가버렸습니다. 그곳에서 정신과 치료를 받고 있다는 얘기를 들은 게 벌써 이 년 전입니다.

아내를 원망하지는 않습니다. 떠나버린 아내를 용서할 수 있어요. 신의 실수도 용서했는데……

아내가 떠나고, 다니던 은행에 정리해고 바람이 불자 사표를 냈습니다. 오히려 아이를 위해서 잘된 일이라 생각했어요. 그 퇴직금으로 주식에 투자를 하고 아이를 위해 집에서 할 수 있는 일을 찾아보았습니다. 아이는 이제 제법 커서 다른 사람이 다루기에는 너무 힘이 듭니다. 친구가 하는 인터넷 쇼핑 사업을 함께 하기도 했었죠. 아이 때문에 컴퓨터로 집에서 할 수 있는 일을 찾다보니 벌이와 발전성이 있는 일을 찾는 건 거의 불가능했어요. 주식에 투자한 돈은 얼마 안 걸려 밑천까지 거덜이 났고 아이의 특수 교육비는 이제 댈 수가 없어졌어요. 억지로 일반 학교에 집어넣었더니 사흘이 멀다 하고 학교에서 전화가 오고 있지요.

언제부턴가 아이와 함께 떠나는 걸 꿈꾸었습니다.

지난 겨울에 한적한 바닷가에 간 적이 있었어요. 햇빛은 아주 맑았는데, 바람이 많이 부는 날이었어요. 물빛이 눈이 시리게 푸르러 눈물이 날 지경이었습니다. 햇빛에 하얗게 떠오른 방조제가 보이더군요. 차가 들어갈 수 있는 그 흰 길의 끝…… 난 눈을 가늘게 뜨고 그 끝을 가늠해보았지요.

그때 벨리코빅의 그림이 떠올랐습니다. 바다로 나 있는 보도처럼, 또 도약대처럼 보이기도 했던 그 길. 나는 미친 듯 방조제 위로 차를 몰았습니다. 갑자기 남은 길이란 이 길밖에 없다는 절박한 느낌이 솟구쳤습니다. 액셀러레이터를 힘껏 밟으면 부웅, 순간 자유로운 새처럼 날아오르겠지요. 그 순간의 유혹은 대단했습니다. 하지만 나는 그 길의 끝에서 멈추었습니다. 아이를…… 아이를 혼자 남겨둘 수는 없었습니다. 내가 떠난 후 홀로 이 거대한 바퀴들 속에 끼어 짓이겨질 아이를 그대로 둘 수 없었던 겁니다.

좀더 따스해진 봄날, 굴렁쇠를 챙기고, 아이가 좋아하는 파인애플 맛 환타와 생크림 케이크를 준비하고…… 참, 아이는 촛불 끄기를 좋아하지요. 실컷 촛불을 끄라지요. 케이크에 덤으로 주는 가는 초 말고 긴 양초를 몇 개 더 준비하고…… 아이에게 짜증내지 않고 『인류의 진화』라는 책을 처음부터 끝까지 읽어주고…… 그리고 밤이 되면 케이크에 초를 꽂아 가짜 생일놀이를 하며 축하를 하고, 긴 양초가 줄어들 때까지 아이와 두 손 가득 촛불을 나눠쥐고 소원을 빌고…… 그리고 예전의 따스했던 아내처럼 아이를 가슴에 안고 마지막 기도를 할 겁니다.

아이가 품에서 잠든다면 더 바랄 나위가 없겠지만 잠들지 못한다 해도 준비해간 수면제를 먹이면 되니까요. 아이는 뒷좌석에서 편안히 잠이 들겠지요. 그리고 운전석의 나는 밤바다를 잠시 바라보다가 기계를 조작해 무서운 속도로 질주하겠지요. 인간의 두 다리가 아닌 네 개의 바퀴를 가진 괴물은 괴력으로 달리겠지요.

달리는 그 길의 끝엔 무엇이 있을까요.

갑자기 〈델마와 루이스〉라는 영화의 마지막 장면이 떠오르는군요. 절벽에서 바다를 향해 질주한 자동차가 공중에 정지한 채 스톱모션으로 처리되어 엔딩 크레딧이 올라가던 장면 말입니다.

*

저녁에 수신 메일을 확인해보니 편지함에 긴 편지가 한 통 와 있었다. 아이디는 시지프.

시지프? 그런 아이디를 쓰는 아는 사람이 있나 곰곰 생각해보았지만, 잘못 배달된 편지인 것 같았다.

그러나 글의 맨 마지막을 보니 내게 추신을 붙여놓았다.

추신—이런 편지를 보내서 놀라시겠죠. 평소에 선생님의 소설에 관심이 많았습니다. 어느 인터뷰에서 선생님 소설의 화두는 인간의 자유라고 하셨던 게 기억납니다. 또 그림에 관심이 많은 선생님이 벨리코빅의 그림을 좋아하신다는 글도 읽었어요. 저 또한 벨리코빅의 그림을 좋아합니다.

저의 이야기를 선생님께 풀어놓고 싶은 적도 많았답니다. 한데 이게 처음이자 마지막이 될 것 같네요. 그저 이렇게라도 마지막으로 제 속을 털어버리고 싶었습니다.

이런 편지를 선생님께 보내는 게 감상적인 처사인지는 모르겠지만…… 잠깐 후회가 되기도 하네요. 이런 편지…… 죄송합니다. 하지만 전 늘 떠나길 꿈꾸었어요. 바윗덩일 들고 바다로 간 신화 속의 '시지프'를 상상해보세요.

이 편지를 보실 때쯤이면 저는 어떻게 되어 있을까요? 저는 그 마지막 순간 망설이게 될까요? 물론 저는 이미 결정을 했고, 그 결정은 저의 의지입니다. 만약 선생님이라면 결말을 어떻게 쓰시겠어요?

시지프라는 사람의 메일을 읽고 나자 순간 소름이 끼쳐왔다. 저녁 내내 시간이 흐를수록 바다로 질주하는 자동차가 머릿속으로 들어와 깊은 바퀴 자국을 내며 돌아다니는 것 같다. 그는 어떻게 되었을까.

희망도 절망조차도 무의미해져버린 삶. 어느 날 '시지프'는 그 삶에서 탈출하고 싶어졌다. 끊임없는 고통을 안겨주는 바위 덩어리를 안고 그는 산의 정상이 아닌 바다로 떠났다……?

바다로 떠난 시지프에게 답장 메일을 보내볼까. 신화 속의 '시지프'는 바위보다 강하답니다, 라고. 다시 굴러떨어질 것임을 알면서도, 고통이 영원히 계속될 것임을 알면서도 수백, 수천, 수만 번 바위를 산으로 밀어올리는 행위의 경건함과, 가장 절망스럽고 참혹할 듯한 순간, 바로 굴러떨어진 바위를 향해 다시 내려오는 그 순간이야말로 '시지프'가 자신의 운명을 이기는 승리의 순간이라고.

그러나 왠지 그에게 그렇게 말하는 건 억지처럼 여겨졌다. 나는 망설였다.

그리고 만약 그가 최후의 순간을 이미 선택해버렸다면…… 그럼 어차피 내가 보낸 답장은 영원히 봉인될지도 모른다.

그는 탈출을 한 것일까. 도피를 한 것일까. 그는 자유로워졌을까.

가슴이 답답해져온다. 서재의 창을 열고 숨을 크게 쉰다. 아파트 정원의 꽃이 활짝 핀 목련나무 위로 휘영청 달이 떴다. 보름달이다.

나는 책상으로 돌아와 컴퓨터를 켰다. 하늘 같기도 하고 바다 같기도 한 푸른 화면이 떴다.

그곳에 첫발을 내디디듯 자판을 천천히 눌렀다.

*

한적하기 이를 데 없는 방조제 한켠에 차를 세워두고 그는 바다를 바라보고 있다. 자동차 문을 열고 운전석에 앉아 국산 양주를 벌써 네 모금째 마시고 있다. 노을이 번지는 시각. 너무 이르게 도착했다. 이른 저녁을 먹으러 들어간 횟집에서 아이가 한바탕 말썽을 피우지만 않았어도 술이 얼큰히 취해서 충분히 어둠이 깔릴 시각에 이곳에 도착했을 것이다.

저녁을 먹고 케이크를 하나 살 겸 작은 포구 마을에 도착하자 아이는 처음 보는 바다와 갯내음, 배들이 묶여 있는 낯선 포구의 풍경에 놀랐는지 몸이 얼어붙었다. 불안한지 계속 자신의 이마를 손바닥으로 탁탁 쳐댔다. 아이의 이마는 금세 발개졌다. 그는 아이가 그러지 못하도록 아이를 목마 태우고 아이의 두 손을 꼭 쥐어주었다. 그리고는 아이의 호기심을 끌기 위해 죽 늘어선 횟집의 수족관과 횟집 앞에 즐비한 함지박 속의 멍게며 조개, 소라, 해삼 따위를 구경시켜주었다. 아이는 기분이 좋은지 몸을 들썩들썩했다. 아이와 함께 수족관 안의 물고기를 세어보기도 하고 아이의 손을 가져다 툭 쳐보게 하기도 했다. 물고기들이 혼비백산 도망가는 걸 보고 아이가 입을 열었다.

"이 짐승새끼, 죽어버려."

갑자기 쓴웃음이 터지려고 했다. 그건 그가 아이에게 쓰던 말이었다. 아이가 말썽을 피울 때마다 쥐어박으며 하던 그의 말을 아이의 입을 통해 들으니 슬퍼졌다.

"여기 이 수족관에 물고기가 몇 마리?" 그가 물었다.

"몇 마리?" 아이가 그의 말을 흉내냈다.

"아홉 마리가 살아 있네."

"아홉 마리가 살아 있네, 아홉 마리가 살아 있네."

그가 한 대답을 아이가 계속 반복했다.

그때 수족관 안으로 뜰채가 들어오더니 광어 한 마리를 건져내갔다.

아이는 물고기를 도로 가져다놓으라는 시늉을 하더니 온몸을 심하게 흔들며 울기 시작했다. 울면서도 "아홉 마리가 살아 있네"라고 계속 말했다. 이제는 아홉 마리가 아닌 수족관. 아이는 조금 전의 강박관념에서 벗어나지 못한다. 그는 아이를 꼭 잡고 횟집의 수족관에 있는 물고기 수를 세며 지나갔다. 요행히 네 집을 건너자 수족관에 광어와 우럭이 합쳐 아홉 마리인 횟집이 나왔다.

"봐라, 아홉 마리가 살아 있네."

"살아 있네."

아이와 하나씩 세어보자 아이는 얌전해졌다. 그는 그 횟집으로 들어갔다.

아이는 식당 안에 들어와서도 수족관 앞을 떠나지 않았다. 대하 구이와 소주를 시켜놓고 그는 아이를 눈여겨보고 있었다. 아이는 아까처럼 수족관 유리를 주먹으로 툭툭 쳐서 물고기들을 놀래키고 있었다.

그런데 갑자기 아이가 소리를 질러댔다. 웬일인가 싶어 가봤더니 아이의 옆 테이블에 오른 커다란 우럭 때문이었다. 온몸이 회쳐진 그 물고기는 아가미로 숨을 팔딱거리며 눈알을 굴리고 있었던 것이다. 아이는 마치 자신이 물고기인 양 눈알을 위로 치뜨며 숨을 헐떡여댔다. 불쌍하다는 건지 공포스럽다는 건지…… 아이에게 무슨 느낌인가가 전해지는 게 분명했다. 그러나 그걸 좀더 생각해볼 틈도 없이 아이는 일을 저지르고 말았다.

온몸이 난도질당해 단말마의 숨을 몰아쉬고 있는 우럭을 접시째 잽싸게 수족관 안으로 처넣은 것이다. 말릴 틈도 없이 또다른 테이블에 있던 생선회 접시까지 수족관 안으로 밀어넣자 횟집 여주인과 손님들의 비명이 터져나왔다.

저녁도 못 먹고 쫓겨나온 그는 아이 손을 잡고 작은 빵집에 가서 몇 종류의 빵과 생크림 케이크 하나를 사고 자신과 아이의 나이를 합한 수만큼 작은 초를 얻었다. 그리고 가게에 들러 음료수와 국산 양주 한 병을 샀다. 아이는 자신의 잘못을 아는지 풀이 죽어 있었다.

"준아, 왜 그랬니? 물고기가 불쌍했니?"

"준이 나빠."

"물고기가 무서웠니?"

"준이 나빠."

아이는 제 손으로 끊임없이 자신의 머리통을 때렸다.

차에 탄 아이는 기운 빠진 얼굴로 얌전했다. 그는 차를 몰아 석양으로 붉게 번들거리는 바다를 끼고 방조제로 달려왔다.

아이는 빵과 음료수를 먹고, 그는 빈속에 양주만 들이켜고 있다. 노을진 하늘은 벌겋게 취해가는데, 이상하게 그는 취하지 않았다. 빨리 취하고 싶었다. 아이는 처음 본 바다에 이제 좀 익숙해진 것 같았다. 트렁크를 열어 굴렁쇠를 꺼내주자 차 밖으로 나와서 살살 굴리면서 놀았다.

"굴렁굴렁 굴렁쇠야 굴러굴러 어디 가니……"

아이가 노래를 불렀다.

그 노래를 들으니 갑자기 아내 생각이 났다. 아내는 유난히 바퀴에 집착하는 아이를 위해 차라리 굴렁쇠놀이에 몰두하게 하자며 굴렁쇠를 마련했다. 굴렁굴렁 굴렁쇠야 굴러굴러 어디가니. 어디서 배웠는지 아내는 아이에게 이 노래도 가르쳐주었다. 불쌍한 사람.

"준아, 엄마 보고 싶니?"

"엄마……? 굴렁굴렁 굴렁쇠야 굴러굴러 어디 가니……"

아이가 기억이나 할까. 그는 큰 한숨 끝에 꿀꺽꿀꺽 양주 두 모금을 연달아 목구멍으로 넘겼다. 모든 걸 잊고 싶었다. 산다면 저 굴렁쇠처럼 어디로든 굴러가겠지. 어디로 가는지도 모르면서 끊임없이 굴러가겠지. 하지만 이제 어둠이 오면 그는 네 바퀴를 굴려 새로운 세계로 떠날 것이다. 그 스스로는 결코 브레이크를 밟지 않을 것이다.

그는 또 한 모금을 삼켰다. 고개를 들어보니 눈앞의 하늘도 온통 취해 있었다. 누군가는 이렇게 노을지는 하늘을 두고 에테르로 마취되어가는 환자의 의식에 비유했었지. 죽음이 결단의 의지가 아니라, 아름다운 마취였으면…… 그는 취해가는 자신을 느꼈다. 의식이 가뭇해지면서 참으로 오랜만에 평화로움을 느꼈다. 마치 깊은 심해의 물고기가 된 듯 둔중하면서도 부드러운 물살이 온몸에 따스하게 느껴졌다. 그런데 갑자기 물살이 빨라지면서 숨이 가빠오기 시작했다. 그 불길한 물살은 소리의 진동이었다. 멀리서 고양이 울음소리가 들려왔다.

그는 눈을 번쩍 떴다. 어느새 해는 바다에 떨어졌는지 보이지 않았다. 하지만 그 잔광으로 주위는 농염한 복숭아빛으로 물들어 있었다. 아이가 보이지 않았다. 본능적으로 두 귀를 모아보았다. 어디선가 밤고양이 같은 날카로운 아이의 울음소리가 들려왔다.

그는 차에서 뛰어내려 아이를 큰 소리로 불렀다. 방조제 주변엔 사람 그림자는 물론 지나가는 차 한 대 없었다. 세상에, 어떻게 아이를 두고 잠이 들 수 있단 말인가. 그는 가슴을 쳤다. 그는 아이 이름을 부르면서 미친 듯 방조제 위를 달려나갔다. 양쪽이 바다로 이어진 방조제 끝을 향하여 그는 달렸다. 달리며 그는 생각했다. 아니야, 이 길을 이렇게 달리다니, 아니야.

아이의 울음소리가 점점 가까워졌다. 그가 달리고 있는 방조제의 오른쪽 깊은 곳에서 아이의 울음소리가 올라왔다. 그는 자신의 눈을 의심했다. 맙소사! 아이는 축대 벽처럼 돌과 콘크리트로 축조된 방조제 측벽 중간에 매미처럼 바짝 달라붙어 있었다. 이미 지상으로부터 삼 미터 이상 떨어진 곳이었다. 아이의 발 밑으로는 번들거리는 바닷물이 거품을 물며 달려들고 있었다. 어쩌다가 이 지경이 되었을까. 다행히 아이는 삐죽 나온 돌에 걸려 있긴 했다. 방조제 측벽은 경사가 몹시 급한 편이긴 해도 박아놓은 돌짬들 사이로 키 작은 관목 뿌리나 풀뿌리들이 엉겨 있었다.

"준아, 울지 말고 가만있어. 아빠가 구해줄게."

그는 요동치는 가슴을 누르며 아이를 부드럽게 불러보았다.

아이가 잠깐 쳐다보더니 발 밑으로 고개를 숙였다. 아이의 발 밑 저 아래, 툭 튀어나온 돌무더기에는 굴렁쇠가 모로 걸쳐져 있었다. 파도가 계속 굴렁쇠 사이로 혓바닥을 날름댔다. 아이는 굴렁쇠를 굴리면서 놀다가 그만 굴렁쇠를 놓쳤을 것이다. 달아나는 굴렁쇠만 바라보고 달리던 아이는 방조제 밖으로 발을 뻗었을 것이다. 미끄러지다가 마침 툭 불거져나온 돌 하나가 아이를 막았을 것이다. 한데 아이는 지금도 굴렁쇠에 미련을 가지고 있는 것일까. 굴렁쇠는 마지막 잔광을 받으며 유혹적으로 반짝거리고 있었다. 그는 속으로 안 돼! 라고 악을 썼다. 이상하게 몸이 종이로 된 것처럼 무게감이 하나도 느껴지지 않았다. 마음은 급한데 한 발도 내디딜 수가 없었다. 위에서 보니 아이의 몸이 반짝이는 굴렁쇠 안에 들어 있는 듯이 보였다. 아이를 꺼내와야 한다.

이번엔 아이가 고개를 들어 그를 쳐다보았다. 순해 보이는 눈물 머금은 커다란 눈동자가 흑진주처럼 빛났다. 아이를 세상에서 처음으로 만났을 때의 그 눈이다. 가슴이 미어져왔다. 그는 앞으로 주저앉아 한 발을 내디뎠다. 구두 뒷굽이 주욱 미끄러졌다. 아이가 움찔했다. 아이를 놀라게 하면 안 된다. 아이가 한 발만 잘못 내디디면 끝장인 것이다. 그는 가까스로 엉덩이를 뒤로 빼서 방조제 턱에 다시 앉았다. 정신은 말짱했는데 취했는지 몸이 말을 듣지 않았다. 현기증이 핑 일었다. 대신 그는 아이에게 손을 내밀면서 애원하듯 말했다.

"준아, 아빠가 나빴어. 미안해. 준이가 아빠한테 오면 이젠 정말 아빠가 준이를 지켜줄 거야."

아이는 알아들었는지 못 알아들었는지 그와 굴렁쇠를 번갈아 쳐다보았다. 삶과 죽음은 이제 그의 의지를 떠난 것 같았다. 선택은 아이에게 달려 있었다. 하지만 아이를 이대로 바다로 떨어지게 할 수는 없었다. 아이의 발 밑에는 흰 이를 드러낸 파도가 협박하듯 달려들고 있었다. 그때 달려든 파도에 굴렁쇠가 바다로 휩쓸려갔다. 그는 아, 하고 소리쳤다. 다행히 아이는 그걸 보지 못했다.

아이는 비로소 공포에서 조금 벗어났는지 그의 얼굴을 쳐다보며 뜬금없이 말했다.

"살아 있네."

아까 수족관을 보며 반복했던 말이었다.

"그래, 수족관엔 아홉 마리 물고기가 살고 있었지. 아까 죽어가는 물고기를 다시 살려주고 싶어서 준이가 수족관에 넣었던 거지?"

그는 아이에게 생의 의지를 일깨우고 싶었다.

"오스트랄로피테쿠스……"

아이는 이제 자신이 얼마나 공포스런 처지에 놓여 있는지를 잠시 잊고 있는 것 같았다. 어쩌면 다행인지도 몰랐다. 하지만 사위가 조금씩 어두워져가는 시각이다. 그런데 갑자기 그의 머릿속이 조금씩 밝아왔다.

"준아, 준이는 네 발 달린 오스트랄로피테쿠스야. 자 아빠를 향해서 천천히 네 발로 기어올 수 있겠니? 자, 그쪽에 불쑥 튀어나온 나무뿌리를 움켜쥐어. 그렇지. 준이는 훌륭한 오스트랄로피테쿠스구나. 아빠 있는 여기까지 다 오면 우리 준이는 훌륭한 인간이 되는 거야. 두 발로 걸어다닐 수 있는."

아이는 그를 향해 몸을 돌리더니 나무뿌리 하나를 잡았다. 그는 긴장으로 몸이 오그라드는 것 같았다. 마침내 아이는 다른 한 손에 풀뿌리를 잡더니 마치 원숭이처럼 방조제 벽을 타기 시작했다. 아이는 이제 두려움을 이기고 마치 유희를 즐기듯 천천히 올라오고 있었다. 하지만 아이가 한 걸음씩 올라올 때마다 그에겐 아찔한 현기증이 지나가곤 했다. 이제 아이와 그의 거리는 일 미터 정도로 좁혀졌다. 아이가 점점 속도를 냈다. 그는 불안했다. 아아, 아니나 다를까. 서두르다 아이는 오십 센티 정도 미끄러졌다. 아이가 놀랐는지 소리를 질러댔다.

아, 안 돼. 이럴 순 없어. 순식간에 어둠이 내려앉기 시작했다. 차로 가서 휴대폰을 찾아 구조를 요청해볼까. 그러나 그사이 아이는 어떻게 될지 모른다. 잠시라도 아이를 혼자 내버려둘 수는 없다. 만약 아이가 굴렁쇠를 바다에 빠뜨리는 돌발 사태가 나지 않았다면 지금쯤 그의 자동차 바퀴는 바다를 향해 굴러가고 있었을지도 모른다. 그가 꿈꿔왔던 죽음이 이 순간엔 용서할 수 없는 사치로 여겨졌다. 그의 자동차도 이제 어둠에 먹혀 제대로 보이지 않았다. 파도 소리가 더 크게 들리기 시작했다. 아이는 잠시 바짝 엎드려 있다가 다시 고개를 들었다. 아이의 얼굴이 허여스름 떠 보였다. 아이가 또렷이 말했다.

"준이 살아 있네."

그 말. 아이가 조합한 그 말. 늘 자신을 남 부르듯 지칭하는 아이. 삶이 뭔지도 모르는 아이. 그러나 아이는 살고 싶은 것이다. 삶은 의지가 아니다. 본능이다. 그에겐 그 말이 "준이 살고 싶어"라는 말로 아프게 들려왔다. 그는 이성을 잃었다. 그는 아이를 향해 어떡하든 발을 내딛으려 했다. 아이를 잠시라도 껴안아볼 수만 있다면. 그때 아이가 고개를 들고 환한 목소리로 물었다.

"저거 뭐야?"

"뭐? 어디?"

아이가 손을 들어 하늘을 가리켰다.

"저기…… 하얀 동그라미."

그는 뒤를 돌아보았다. 어두워진 하늘 위로 하얀 달이 떠올라 있었다. 보름달이었다.

"달, 보름달이네."

어둠 속에서 아이 얼굴에 웃음이 번지고 있다고 생각한 건 착각이었을까.

아이가 다시 조금씩 기어올라왔다. 마치 보이지 않는 달의 인력이 밧줄처럼 끌어올려주기라도 하는 듯 아이는 급경사진 가파른 벽을 타고 올라오기 시작했다. 이제 아이는 그가 손을 뻗칠 만한 거리에까지 올라왔다. 아이가 손을 뻗어왔다. 아무리 본능이라고는 하지만 아이가 먼저 손을 뻗어오다니. 그는 아이를 향해 간절한 마음으로 손을 뻗었다. 손이 닿지 않았다. 한 발에 체중을 싣고 상체를 조금 숙여보았다. 더이상 내려가면 아이도 그도 위험할 것이다. 가까스로 손끝이 닿았다. 아이의 작은 손이 물컹하게 잡혔다. 그는 달이 파도를 끌듯 온 생명을 바친 에너지로 아이의 손을 잡아끌었다. 아이가 끌려올라와 그의 존재 속으로 화살처럼 박히는 강렬한 느낌이 밀려들었다. 아이는 그 반동으로 그와 함께 길바닥으로 나동그라졌다.

그는 다시는 놓치지 않겠다는 듯 아이를 껴안고 몸을 떨며 마침내 통곡을 토해내었다.

　나는 결국 시지프에게 답장을 보내려고 한다. 삶이란 건 숨이 막힐 정도로 아귀가 꼭 맞게 돌아가야 하는 바퀴인지도 모른다. 그러나 굴렁대를 쥐고 자신이 원하는 방향으로 자신만의 굴렁쇠를 굴리다가 굴렁쇠를 놓치기도 하는 것. 놓쳐버린 굴렁쇠처럼 가끔은 삶이 주는 그런 우연성. 삶이란 것이 얼마나 인간의 의지를 배반하는 우스꽝스런 것일 수 있는지를 나는 그에게 말하고 싶은 걸까. 그가 답장을 열어보게 될지 어떨지는 모르겠다.

　다만 마지막 장면은 벨리코빅의 그림과는 달리 두 사람이 바다로 향한 방조제를 등지고 걸어가고 있는 것이다. 뛰지도 않을뿐더러, 그야말로 터벅터벅…… 두 손을 꼭 잡고서 말이다. 혹시 달빛에 어른대는 긴 그림자만은 바다 쪽으로 끌릴지도 모르겠다. 한데 아이는 계속 자기만 따라오는 달이 신기한지 싫증도 내지 않고 자꾸 고개를 뒤로 빼고 보름달을 쳐다본다. 어쩌면 잃어버린 동그란 굴렁쇠가 하늘에 걸렸다고 아이는 생각할지도 모르겠다.

기차가 소실점 너머에서
보이기 시작했다. 아지랑
이가 아물아물했다. 그때
우리 앞으로 노란 나비
한 마리가 나풀댔다.

설탕

그애의 입에서 저
나비…… 하는 소
리를 언뜻 들은
것도 같았다. 나는 나비를 향해 그애의 손
을 놓고 몸을 뒤로 돌려 손을
뻗었다. 그런데 그 순간 믿을
수 없는 참혹한 일이 벌어지
고 말았다. 그애가 기차를 향
해 몸을 던진 것이었다.

주머니 속 휴대폰이 부르르 한 번 몸서리를 쳤다.

미나한테서 문자메시지가 왔다.

"엄마 가셨어. 오빠 빨랑 와. 기분 꿀꿀해 죽겠당."

비가 오려나보다. 꼭 솜사탕이 녹아내리는 듯 공기가 눅진눅진 허물어지는 것이 살갗에 느껴진다. 공기가 무거워지면서 언덕 위 아카시아 향이 유령의 흰 치맛자락처럼 서서히 내려와 코끝을 휘감아돈다. 미나의 머리칼 냄새가 떠올랐다. 약간 아찔해진다.

난 잠시 망설였다. 아직 마지막 칠, 팔 교시 수업이 남아 있었다.

미나는 요즘 우울하다. 부쩍 짜증이 늘었다. 그게 다 생리통 때문이다. 그녀의 생리통은 장난이 아니다. 하지만 내게는 생리통에 시달리는 미나가 이상하게 더 사랑스럽다. 그때만큼은 미나가 여자라는 느낌이 확실히 들기 때문이다. 미나와 섹스를 할 때조차도 미나가 여자라는 사실이 그렇게 실감나지 않는데 말이다. 두통과 치통은 경험해보았지만 생리통은 나로선 영원히 경험해보지 못할 고통이기 때문일까.

게다가 오늘은 미나의 어머니가 한 달에 한 번 들르시는 날이기도 하다. 김치와 밑반찬을 싸온 보따리를 잔소리와 수다와 함께 풀어내고 가셨을 거다. 미나는 그 세레모니의 맨 마지막 순서인 흰 봉투를 받기 위해 짜증과 생리통을 꾹 참으며 인내심을 발휘했을 것이다. 그리고 내가 나타나면 발정난 암코양이 같은 얼굴로 잔뜩 날카로워져 있을 것이다. 난 여자의 어딘가 숨겨져 있는 고양이 발톱 같은 적의를 사랑한다.

제2강의동 앞을 지나는데 달콤한 케이크 굽는 냄새가 흘러나왔다. 미나가 적을 두고 있는 외식산업학과에서 오늘 제빵 실습이 있는 날인가보다. 미나는 세상에서 가장 아름다운 웨딩케이크를 만들어보고 싶어한다. 그리고 세상에서 가장 부드럽게 녹는 아이스크림을 만들어 자신의 브랜드로 키우는 것이 꿈이다. 있잖아, 오빠. 파리의 아주 유명하고 오래된 아이스크림 가게에는 마릴린 먼로가 비행기를 타고 와서 아이스크림을 먹고 가곤 했었대. 지금도 유명인사들이 세계 각국에서 전세 비행기를 타고 온대. 가끔 꼭대기가 잘 부푼 식빵처럼 생긴 운두 높은 요리사 모자를 쓴 미나를 조리실 창 밖에서 보기도 한다.

그러나 미나는 생리통이 있는 날은 학교에 오지 않는다. 하긴 걸핏하면 출석을 하지 않는 건 그녀나 나나 피장파장이다. 간혹 학교에서 실습을 놓친 미나가 레시피를 구해다 집에서 실습을 해보는 경우도 있었다. 일요일 한낮 같은 때, 오빠 슈퍼 가자 하고 애교 섞인 목소리로 졸라댄다. 한데 재료가 워낙 복잡해서 이 도시에서 제일 큰 하이퍼마켓에 가서 장을 봐도 재료를 찾을 수 없을 때가 많았다. 그럴 때면 아유, 이 동네 후져, 이럴 때마다 비참해, 라고 쫑알대며 이 도시를 욕했다. 하긴 미나는 이 후미진 해안 도시에는 어울리지 않는 아이다. 강남의 물 좋은 곳에서 놀던 아이인 만큼 눈이 번쩍 뜨일 만큼 예쁘다. 분명 아이큐는 높지 않아도 똑똑한 놈들의 머리를 마비시킬 만큼의 미모를 강력한 무기로 갖고 있는 애다. 학교도 정말 너무 후져. 나이트도, 카페도, 노래방도, PC방도, 원룸도, 남자애들도 어쩌면 하나같이…… 미나는 이 도시의 모든 걸 참을 수 없어했다. 근데 바다는 캡이야. 오빠는 정말 짱이구.

난 미나보다 일 년을 더 이 도시에서 살아서 그런지 그런대로 모든 게 참을 만하다고 생각하며 산다. 어차피 우린 삼류 인생이고 그렇게 정교한 레시피가 필요한 존재가 아닌지도 모른다.

사회과학동 언덕 돌계단으로 김민정 교수가 내려오는 게 보인다. 아마 나와 그녀의 보폭을 대충 계산하면 제1강의동 분수대 앞에서 얼추 만나게 될 것이다. 마지막 수업은 그녀의 수업이다. 그녀의 소설 창작론 수업은 그래도 몇 번 빠지지 않은 수업이다. 요즘 한창 '사물을 삐딱하게 보기'라는 주제로 공부를 하고 있다. 교수는 모름지기 현대소설은 작가의 시선이 각별해야 한다는 점을 역설했다. 하지만 원래 우리 같은 범생이가 아닌 삐딱한 놈들에게도 그건 어려운 문제였다. 요컨대 삐딱함에도 '그럴듯한 각도'가 있는 게 아닐까.

난 잠시 망설인다. 물론 난 미나에게로 가겠지. 내가 어찌 미나의 호출을 거절할 수 있을까. 난 미나의 중독에서 벗어나지 않을 것이며 벗어나고 싶지도 않다. 가능한 한.

내가 망설이는 건 저만치 걸어오고 있는 교수한테 결석 핑계를 한 번 그럴듯하게 대보느냐 아니면 무시하고 결석을 하느냐 때문인 것이다. 한데 난 곧 포기했다. 며칠 전에 중간고사 대용으로 제출한 리포트 생각이 났다. 교수는 학생들에게 좋은 소설을 쓰기 위해서는 자신의 인생을 어떤 식으로 바라보고 해석하느냐의 문제가 중요하다며 소설쓰기의 가장 기본적인 텍스트는 바로 자신의 과거라고 했다. 그러며 자서전을 써서 내라고 했던 것이다. 나 역시 '스물두 살의 자서전'이란 제목의 리포트를 냈다. 그리고 나서 머리를 치며 후회했다. 그런 고백을 그깟 학점에 팔다니. 병신 같은 놈. 하지만 난 얼마나 자유롭고 싶었던가. 그래선지 그 이후 교수의 얼굴을 보면 슬그머니 자괴감이 드는 거였다. 공연히 여교수가 나를 보는 것도 왠지 전과는 다른 것 같은 느낌이 자꾸 들었다. 따로 교수의 얼굴을 대하면 바보처럼 당장 홍당무가 돼버릴 거 같다.

그런 생각이 들자 왠지 부딪치고 싶지 않아 난 그만 양키 모자를 깊게 눌러쓰고 벤치에 앉아 고개를 숙여 휴대폰을 만지작거렸다. 잠시후 김민정 교수가 내 앞을 지나쳤다. 후끈한 땀 냄새와 씩씩대는 숨소리가 잠깐 내게로 밀려왔다 사라진다. 난 오빠네 그 여교수 보면 가슴이 답답해. 어떻게 그럴 수 있냐. 그렇게 살이 찌도록 놔둘 수 있냐 말이야. 남들은 살과의 전쟁을 치르는 동안 공부만 해서 교수가 되면 뭘 하냔 말이야. 마흔도 훨씬 넘었다는데 시집도 못 가구. 청승맞아 보여. 여자로서 정말 안됐어. 나 같으면 자살해버려. 언젠가 미나가 한 말이다. 여교수는 살집이 터질 듯 꼭 끼는 연분홍색 투피스를 입었는데 등판과 겨드랑이 밑의 땀에 젖은 부분이 철쭉꽃빛으로 물들어 있다. 미나의 그런 말을 들어서인지 몰라도 난 자꾸 그녀의 부푼 몸 속에 공기처럼 갇혀 있을 욕망을 생각해보곤 한다. 그렇다고 그녀를 내가 여자로 생각하는 건 물론 아니다. 그녀가 좀 안됐다는 얘기다. 그녀만큼, 즉 내가 살아온 것보다 두 배나 더 살고 나면 모든 것으로부터 자유로워질 수 있을까. 그녀를 보면 꼭 그렇지도 않을 것 같았다. 아마도 그녀는 자신의 집에서 끊임없이 혼잣말로 중얼대며 욕구불만으로 달디달고 기름진 음식을 먹어댈 것 같다. 자꾸 그런 그림이 떠오른다. 난 쓸데없는 상상력만 발달한 놈인가보다.

그녀가 제1강의동 건물로 들어가는 뒷모습을 보다가 난 자리를 털고 일어선다. 빗방울이 듣기 시작한다.

미나의 원룸으로 가니 예상과는 달리 미나는 디아블로 게임을 하고 있었다.

"넌 내가 며칠만에 와도 쳐다보지도 않고 디아블로나 하고 있냐? 어째 오늘은 견딜 만한가보지?"

"진통제 두 알이나 먹었어. 이거 소리가 안 나. 사운드 카드 좀 잡아줘. 그리고 참 다음 주 화요일까지 영양학 리포트가 있는 거 깜박 잊었어. 오빠가 좀 도와줘."

그제서야 미나가 컴퓨터에서 눈을 떼고 말했다. 나는 인터넷을 뒤져 드라이버를 찾아 설치해주고 소리가 나나 확인한 후에 컴퓨터를 껐다. 미나는 그새 침대에 누워 큰 베개를 배 위에 안고 있었다. 나도 슬그머니 미나 옆으로 기어들어갔다.

"약기운이 떨어지나봐. 살살 아파오네. 배 좀 만져줘."

난 미나의 티셔츠를 살짝 들어올려 아랫배를 부드럽게 쓸어주기 시작했다. 미나의 배는 바닷물 속에서 꺼낸 비치볼처럼 차고 단단했다. 미나의 배가 따뜻하게 풀릴수록 나의 그곳이 점점 단단해졌다. 미나의 까칠한 거웃이 손가락 끝에 닿자 미나가 흠칫 몸을 틀었다.

내 왼손이 어느 순간 미나의 브래지어 호크로 갔다. 미나의 생리통을 진정시켜주다보면 야생마처럼 날뛰는 내 욕구를 진정시키는 게 고역이다. 그러나 어쩌랴. 오늘은 가슴으로 만족할 수밖에.

"아이 피곤하단 말야. 입기도 귀찮구……"

호크를 벗기려는 어설픈 내 손의 움직임이 성가셨는지 미나는 등을 살짝 들어주긴 했다. 미나의 젖가슴은 미나의 표현대로 버터가 촉촉하게 잘 녹은 따뜻한 크라상 반죽처럼 매끄럽고 차졌다. 미나의 몸을 만지면 그 부드러움으로 내 몸이 걷잡을 수 없이 녹아내리는 것 같다. 아무 생각도 할 수 없어진다. 살이 그냥 아이스크림처럼 야금야금 녹아내리고 두개골 속의 뇌는 큰 숟가락으로 푸딩을 떠먹듯 누군가의 입 속으로 뭉텅뭉텅 들어가 녹아버리는 것 같다.

미나는 신음소리를 길게 내고는 몸을 뒤채며 엎드렸다. 눈처럼 흰 그녀의 등을 난 마치 설탕가루를 핥듯 살짝 핥아본다. 달큰하다. 커튼을 내린 부드러운 빛 속에서 벗은 등의 굴곡이 마치 스키장 슬로프처럼 보였다. 그녀의 등줄기를 타고 내 혀는 천천히 활강했다.

난 갑자기 미나 속으로 들어가고 싶어졌다. 난 여자의 얼굴을 보지 않고 뒤로 하는 섹스를 좋아하지만 미나는 싫어한다. 그건 짐승들의 체위라는 게 그녀의 변이었다. 그녀는 내 눈 속을 들여다보고 내 눈동자에서 무언가를 확인하고 싶어했다. 여자들은 이상하다. 키스를 할 땐 모두 눈을 감으면서 섹스를 할 때 왜 남자의 얼굴을 보고 싶어할까. 여태까지 많은 여자애들과 키스를 해봤지만 눈을 빤히 뜨는 여자애들은 없었다.

"됐어. 이제 그만 해, 오빠. 안 들려? 그만두라니까!"

미나가 신경질을 내며 벌떡 일어나 냉장고로 걸어갔다. 코카콜라

병을 꺼내 병째로 들이마셨다. 냉장고엔 새로 반찬통이 쟁여져 있는 게 보였다. 그러나 미나는 그걸 먹지 않고 일 주일 지나면 대부분 음식물 쓰레기통으로 처넣을 것이다.

"오빠, 오늘부터는 여기서 자지 마. 오빠 방으로 가라."

망할 기집애, 변덕은…… 미나는 변덕이 심했다. 분명 그렇게 말해놓고도 내 방으로 돌아가 잠이 들 만하면 휴대폰이 울리곤 한다. 잠이 오지 않는다고 코맹맹이 소리를 내는 거다.

그러나 이번엔 왠지 좀 다르다.

"오빠, 우리 그냥 친구로 지내자. 응?"

"으음…… 무슨 뜻이지?"

"그게 오빠와 나한테도 좋지 않겠어? 나 편입공부 다시 시작할까봐. 오빠도 정신차려라. 하긴 오빤 올 겨울에 군대 갈 거라며?"

미나는 내가 뭐라기도 전에 오디오 스피커의 볼륨을 높이며 머리칼을 두 손으로 움켜쥐더니 갑자기 아악, 비명을 질렀다. 지오디의 〈길〉이 배경음악으로 깔린다.

나는 왜 이 길에 서 있나

이게 정말 나의 길인가

이 길의 끝에서 내 꿈은 이뤄질까

"미치겠어. 뭐가 뭔지 모르겠어."

미나는 침대 위의 곰 인형과 베개를 마구 집어던지기 시작했다.

또 시작이군, 생리 때마다 저 히스테리. 미나는 냉장고를 열어 배스킨라빈스 아이스크림 통을 꺼내 퍼먹기 시작했다.

그리곤 혀로 입술을 핥으며 날 흘겨보더니 말했다.

"승진이 오빠가 휴가 나온대."

미나의 원룸 건물을 나오니 그새 어두워진데다 비마저 추적거리고 있었다. 다시 들어가 우산을 빌릴까 하다가 그만둔다. 대신 근처 금성원룸에 사는 같은 과 동기 영우네 집으로 가보기로 했다. 이층 계단을 오르는데 벌써 왁자지껄하다. 신발 벗을 공간이 좁아서 그런지 더워서 그런지 현관문이 열린 실내엔 얼굴 익은 녀석들 다섯이 모여 앉아 라면에 소주를 마시고 있었다. 영우란 녀석은 좀 모자란 놈이다. 보기에도 딱 그렇게 생겨먹었다. 키는 커다란 녀석이 머리통이 앞뒤로 튀어나와 외계인처럼 보인다. 들리는 말로는 겸자분만인지 감자분만인지로 세상 밖으로 나오다 의사의 실수로 뇌에 손상을 입었다고 한다. 그래서 지능이 좀 낮은 놈인데 인간성은 꽤 괜찮다. 순진하고 낙천적이라고 할까. 하긴 그런 녀석이 낙천적이지도 못하면 어떻게 세상을 살까. 이곳 대학에 입학해보니 그런 녀석들이 몇 눈에 띄었다. 아무리 삼류지만 이건 너무한 거 아닌가. 자존심이 상했다. 이학년이 되자 그런 녀석들이 모두 국문과에 와 앉아 있었다. 어쨌거나 국문과는 그래도 한글로 공부를 하니 좀 안심이란 말인가. 이건 대학이 아니라 완전 '봉숭아 학당' 이구만. 하지만 길이 없는 것도 아니다. 그중 좀 낫다고 하는 놈들은 모두 빠져나가니 말이다. 좀더 나은 대학으로 편입을 하거나 휴학을 하거나 군대를 가거나 한 녀석들이 빠지고 나니 삼학년이 되어 아직 남아 있는 놈들은 나 같은 놈들과 구제불능의 그런 녀석들이다. 하지만 영우 같은 놈이 나보다 더 행복하고 구원받은 놈인지 모른다는 생각이 든다.

녀석들과 어울려 소주 두 잔을 마시고 화장실 가는 척 아무 우산이나 들고 슬그머니 나와버렸다. 그리고 원룸 건물들이 드문드문 박혀 있는 동네를 떠나 아카시아나무와 소나무가 섞여 있는 언덕길을 걸어올라 내 방이 있는 동산원룸으로 발길을 돌렸다.

이 동네 원룸 중에선 동산원룸의 방값이 제일 싸다. 버스 정류장도 멀고 무엇보다 숲길을 올라와야 하는 것 때문에 특히 여학생들에겐 인기가 없다. 제일 비싼 곳은 미나가 들어 있는 허니 스튜디오다. 목조 건물로 제법 멋을 내어 지었다. 아침에 학교 가다 보면 튼실해 보이는 원목 벽위에 'HONEY STUDIO' 라는 금박 글자가 햇빛에 산뜻하게 빛났다.

하지만 난 이 동산원룸의 내 방을 좋아한다. 동떨어져 있어 조용히 지낼 수 있다. 기숙사나 동네의 원룸촌은 절대 개인생활이 보장되지 않는다. 대부분 서울 같은 대도시에서 이곳까지 흘러들어온 신출내기들은 공부에 익숙하지도 않을뿐더러 타지에서 왕따당하지 않을까 늘 두려워했다. 도대체 홀로 견디질 못했다. 어디서건 남학생들이나 여학생들이나 모여앉아 술을 마시거나 시내로 나가 나이트를 가거나 바닷가로 몰려가 싸움박질을 해댔다. 그런 생활에서 벗어나는 길은 그저 떠나는 수밖에 없다. 아니면 여자와 동거를 하거나, 공인된 커플을 만드는 수밖에. 그래야 그나마 그들로부터 반쪽짜리나마 자신을 지킬 수 있었다.

미나도 그런 방식의 삶을 택했던 건지 모른다. 새벽까지 술 퍼먹고 놀고 싸움질하는 아이들이 너무 지겨워 밤새 아르바이트를 나가곤 했다고 한다. 구체적으로 얘긴 안 했지만 시내나 항구 쪽엔 제법 그럴듯한 룸살롱이 있다. 아마도 그런 데였을 것이다. 하지만 그건 잠깐일 것이다. 애인이 없는 아주 짧은 기간 말이다. 미나 방의 불빛과 휴대폰은 늘 밤엔 꺼져 있었고, 그 다음날 3교시가 되도록 잠에 취한 목소리로 전화를 받았던 그 무렵, 난 그렇게 짐작했다.

나 또한 한때는 시멘트 공장에서 시멘트 포대를 져 나르는 아르바이트도 했고 호프집에서 서빙도 했었다. 도서관은 항상 공사중이고 학교와 공부에 마음을 못 붙인 아이들은 늘 몰려다니며 고함을 지르며 술을 마셔댔다. 난 그렇다고 내 자신을 성찰하는 그런 인간도 아니지만, 아이들과 무조건 어울려다니는 그런 생활에도 잘 빠질 수가 없었다.

뚜우우, 항구에서 들려오는 뱃고동 소리. 바다로부터 불어오는 미친 듯한 바람 소리. 바람을 가르며 어디론가 달려가는 기차 소리. 새벽과 늦은 밤 부유하는 안개…… 나는 견딜 수가 없었다. 할 수 있다면 내 자신을 안개 입자처럼 잘게 부수어 오징어배에 실어 먼바다로 나가 미친 바람에 날리고 싶었다. 그러니 나는 내 존재를 붙들어줄 닻이 필요했다.

미나는 이곳 대학에 와서 만난 세번째 여자다. 물론 이럭저럭 친하게 지내는 여자애들이야 있지만 말하자면 '사귀는' 여자애로서 말이다. 미나는 사진 동아리의 선배인 경영학과 승진이 형의 애인이었다. 미나와 승진이 형과 다 함께 어울려 나이트 가서 논 적이 한 번, 술자리를 함께한 게 아마 세 번, 노래방에 간 게 두 번 정도 되었을 때 승진이 형이 군에 입대했다.

승진이 형은 교수들이 주로 사는 아파트 단지에 살고 빨간색 알파로메오 2인승 스포츠카를 몰고 다녔다. 빨간 스포츠카에 여자애들을 바꿔가며 태우고 다니느라 승진이 형의 성적표는 총포상 진열장 같다는데, 그래도 새학기가 되면 빨간 스포츠카는 여전히 학교로 들어오는 숲속 길로 미친 듯 질주하곤 했다. 계집애 옆에 태우고 에메랄

드빛 바다를 끼고 한적한 해안도로를 마음껏 달리는 맛에 그 형은 학교에 다니는 것 같았다.

그 형이 군대에 가자 미나는 잠시 공허함을 견디지 못해 잠깐 아르바이트를 시작했을 것이다. 그 무렵, 서울 집에 거의 발길을 끊은 내가 잔뜩 밀린 빨래 때문에 고민을 하자 누군가 허니 스튜디오 옥상에 설치된 세탁기를 요령껏 쓰는 방법을 알려주었다. 도시의 독신자 아파트 근처엔 있을 법한 빨래방이 이상하게 이곳엔 한 군데도 없었다. 나는 가끔 밀린 빨래와 세제를 들고 허니 스튜디오 옥상에 잠입해 몰래 세탁기를 돌리곤 했다. 그러다 어느 날 세제를 잊고 온 바람에 머뭇거리다 미나의 방에 세제를 빌리러 가게 되었다. 늦잠에서 깬 듯한 미나는 생각보다 무척 반갑게 맞아주었다. 그후 나는 자주 빨래를 하러 갔다. 빨래가 되는 동안 미나가 원두커피를 끓여주기도 했고 함께 음악을 듣기도 했다. 우리의 음악적 취향은 둘 다 데스메탈이나 하드코어보다는 얼터너티브 쪽이었다. 함께 음악의 리듬을 듣노라면 그녀와 내가 똑같은 맥박을 갖고 있는 것 같은 이상한 결속감이 느껴지는 거였다. 세탁기가 자주 고장이 나자 원룸 주인은 간혹 불시에 지키기도 했는데 그땐 미나가 자신의 빨래와 내 것을 합쳐 세탁기에 돌리러 옥상에 올라갔다.

내가 네번째 빨래를 하러 갔을 때 미나가 선언했다.

"오빠, 우리 사귀자."

"그렇게 공식적으로 얘기해야 하는 거야?"

"응."

"우리 그 동안은 그럼 뭐야?"

"그냥 친한 오빠였지 뭐."

그날 미나는 나와 잤다.

난 피식 웃음이 나왔다. '사귀는' 사이도 아닌데 섹스를 하는 것에 대해 고민해본 적은 없다. 난 그렇게 선언해본 적도 없다. 상대방이 거부하지 않으면 나로서도 마다할 이유가 없으니 내가 굳이 무얼 선언할 필요가 없었던 것. 내게 있어 섹스는 그렇게 자연스러울밖에.

그러나 굳이 그렇게 섹스가 무슨 조약인 것처럼 선언을 하는 미나가 귀엽기도 했다. 아무리 미나가 어른인 척해도 적어도 그런 선언을 할 때는 순정을 가지고 있다는 게 내 생각이다. 감상적이고 순결한 여자애보다 미나처럼 솔직하면서도 의외의 순정을 가지고 있는 여자애가 훨씬 매력적이다.

우리가 '사귀게' 되자 미나는 아르바이트를 그만두었다. 대신 미나는 끊임없이 탐욕스럽게 내 존재를 장악하고 싶어했다. 나는 미나를 피할 도리가 없었다. 수업중엔 휴대폰의 문자가 시도 때도 없이 날아들었고, 수업이 없는 시간엔 끊임없이 벨이 울려댔다. 그뿐인가. 방학 때 서울 집의 컴퓨터 앞에 앉으면 메신저로 끊임없이 메시지를 보내왔다. 하지만 귀찮은 것도 잠시, 난 곧 흐물흐물 녹아버린다. 마치 입 안에 넣은 설탕 한 조각처럼 어느새 달디단 맛으로 녹아 뱉어낼 수가 없게 된다. 치명적 매혹인 것이다.

미나에게선 밤이 늦어도 휴대폰이 울리지 않았다. 대신 열어놓은 창으로 멀리 항구에서 뱃고동 소리가 취침나팔 소리처럼 들려온다. 창으로 고개를 빼어 동쪽을 보면 항구의 불빛이 보인다.

5월, 밤 여덟시의 바다다.

바다는 하늘과 몸을 섞어 하나가 된다. 이 시각이면 바다와 하늘을 가르는 수평선이 사라진다. 그래서 수평선에 떠 있을 오징어잡이 선박들의 등불이 마치 하늘에 점점이 떠 있는 별처럼 보인다.

멀리 거대한 성채처럼 웅크린 시멘트 공장을 배경으로 삐죽 나온 방파제의 실루엣이 꼭 거인의 외로운 생식기처럼 길게 바다에 나와 있다. 내 눈에만 그렇게 보이는 걸까. 언젠가 미나와 함께 이곳에 오면서 그 비유를 썼다가 엄청 등짝을 얻어맞았다. 뭐 눈엔 뭐만 보인다고. 하지만 아무리 생각해도 거인의 생식기는 얼마나 외로울 것인가. 거인이므로. 거인은 남들과 다르기 때문에 늘 혼자이겠지. 그러니 저 홀로 발기한 거인의 커다란 생식기는 얼마나 외로울까.

오늘은 나 혼자다.

미나에게서 일 주일째 아무 연락이 없다. 미나는 어디 있을까? 미나를 사귀고 이렇게 일 주일씩이나 서로 완벽하게 연락이 두절되었던 적은 여태 한 번도 없었다. 휴대폰도 미나의 서울 집 전화도 이메일도 메신저도 도무지 응답이 없다. 만능기기 같던 그런 초현대식 통신 시스템도 미나의 존재를 알려주지 못하다니. 지구를 떠났다면 모를까. 그 동안 그런 기기로 끊임없이 내 존재를 장악했던 미나와 며칠간 소통이 안 되자 금단증세 같은 것이 나타났다. 남의 휴대폰 벨소리만 듣고도 휴대폰을 꺼내보고 피시방 컴퓨터 앞에서 게임을 하다가도 끊임없이 어딘가에 있을 미나와 접속되길 간절히 바랐다. 습관은 그렇게 무서운 걸까. 더듬이 잘린 곤충처럼 갈팡질팡 헤맸다. 초조하고 불안했다. 머리가 멍하고 입맛도 없고 의욕도 없다.

처음엔 휴대폰도 꺼놓고 휴가 나온 승진이 형과 함께 밀월여행이라도 간 줄 알았다. 화가 났지만 승진이 형이 없는 새에 애인을 뺏었으니 그 형에게 맞아죽어도 싼 놈이라고 생각하며 분을 삭였다.

한데 오늘 본관 앞에서 일등병 계급장을 단 승진이 형과 딱 만났다. 미나가 도대체 어디 있는지 연락이 안 된다며 서울 집으로 올라가 있을 테니 미나를 보면 꼭 좀 연락을 달라고 당부를 하는 거였다. 그리곤 이틀후면 귀대라며 그을은 얼굴로 우울한 미소를 지어 보였다.

그저 오늘도 집에서 하릴없이 뒹굴다가 저녁때가 다 되어 바다로 오게 됐다. 답답해서 바닷바람이라도 쐬지 않으면 돌 거 같았다. 여긴 미나와 자주 와서 음악을 듣곤 하던 곳이다. 촛대바위라고 하는 바위와 그 주변에 촛농처럼 떨어진 암석에 부딪치는 파도가 일품인 곳이다. 미나와 난 모래밭에 서로 등을 대고 앉아 엠피쓰리 플레이어의 이어폰을 하나씩 나눠 끼고는 파도의 리듬을 눈으로 쫓으며 록의 리듬을 즐겼었다. 지금 본 조비의 〈It's my life〉가 끝나고 헬로윈의 〈I want out〉이 터져나오고 있다.

바위 틈에 부서지는 흰 포말이 마치 거품기로 잔뜩 거품을 낸 계란 흰자처럼 부풀어올랐다 사라진다. 미나를 만나기 전엔 흰 파도 포말을 보면 시원한 생맥주가 생각났었다. 케이크 만들기가 취미인 그녀를 만나고부터는 사물을 보는 것이 이렇게 달라지다니. 케이크를 만들 때 미나는 팔이 아프다며 거품 내는 건 꼭 내게 시켰다.

미나는 케이크뿐 아니라 아이스크림도 몇 가지 만들 줄 알았다. 그 중에 가장 기억에 남는 건 딸기를 좋아하는 날 위해 만든 파르페글라스인가 하는 것이었다. 연유를 거품을 내어 생크림을 만들어 냉장고에 넣어두고, 계란은 깨끗이 노른자만 취해서 끓인 설탕을 부어 휘저은 후 으깬 딸기와 생크림을 섞어 냉동을 하면 기가 막힌 아이스크림이 되었다. 가장 중요한 포인트는 설탕을 얼마나 정확한 온도로 끓여내야 하는가라는 점이라고 했다. 눈처럼 흰 설탕을 넣은 소스 팬을 불에 올려놓고 나무젓가락으로 젓다보면 어느새 설탕은 형체가 사라져버린다. 맑고 투명해진다. 그러고 보면 설탕은 참 신기하다. 불에도 녹고, 물에도 녹고 오로지 자신의 존재를 녹이기 위해 태어난 물체가 아닐까.

"오빠, 설탕이 마약이란 거 알아? 중독성이 있다는 얘기지. 일차대전 끝나고 미국서 금주령을 내렸더니 설탕 소비가 늘었대. 또 예전에 설탕이 귀할 땐 약처럼 처방전이 있었대. 요즘엔 어디고 설탕 안 들어간 음식이 없지만 말야. 아이스크림, 콜라, 케이크…… 모두 설탕 덩어리야. 콜라에 이빨을 몇 시간만 담그면 싹 다 녹는다더라. 그러니까 자기만 녹는 게 아니라 모두 다 녹여서 없애는 거지."

"무시무시한 거네. 야, 너도 설탕 중독 아냐? 살찐다고 밥은 잘 안 먹으면서 노상 설탕을 먹는 셈 아냐?"

"아이 참, 말 시키지 마. 금세 타서 노란 캐러멜이 돼버렸잖아!"

그렇게 되면 다시 소스 팬을 깨끗이 씻어 물기를 닦고 설탕을 다시 붓고 그리고 또 설탕이 녹기를 기다려야 한다. 그러나 녹았다고 다 되는 것이 아니라 가장 정확한 온도에 이르는 시간을 잘 포착해야 한다. 정확히 기억은 잘 안 나지만, 설탕의 온도가 180도나 얼마라나. 미나는 용케 그걸 알아냈다. 이럴 때 보면 감탄을 할 만큼 영리하다. 그녀가 세계 최고의 아이스크림 브랜드를 가질 수 있다고 난 그 순간만큼은 확신할 수 있다. 미나는 냉수 그릇을 대령하게 했다. 그리고 어느 순간 눈빛이 꼿꼿해지더니 녹은 설탕을 한 방울씩 물 속에 떨어뜨려보았다. 설탕 방울은 물 속에 들어가 녹지도 뭉개지지도 않고 미나가 손가락으로 비비는 대로 동글동글해졌다. 미나는 마법사처럼 그렇게 투명하고 말랑말랑한 작은 설탕 구슬을 물 속에서 꺼냈다.

"오케이. 됐어. 너무 온도가 낮으면 물에 풀어지고 너무 높으면 구슬이 그만 노랗게 굳어서 딱딱해져. 이렇게 말랑말랑하게 내 맘대로 뭉쳐질 때가 딱이야." 그러며 기뻐했다. "손에서 그걸 느낄 때 그 느낌은 말로 표현할 수 없어. 자 오빠도 한 번 느껴봐." 미나는 나와 함께 그 느낌을 공유하고 싶어했다. 손을 넣어 물 속에 떨어진 뜨거운 설탕을 만져보니 금새 말랑해지면서 손끝에서 따뜻하게 뭉쳐지는 것이었다. 그 느낌은 뭐랄까…… 설탕에게도 운명의 순간이 있는 것이다! 너무 빠르지도 너무 늦지도 않아야 하는.

갯내음이 물큰, 내 얼굴을 핥는다. 이상하게 바닷가 갯내음은 여자의 속살 냄새와 비슷하다. 비가 올 것 같다. 나는 집에 가려고 자리를 털고 일어났다. 해변을 좀 걸었다. 외롭다. 그래서 두렵다. 주술을 외듯 〈I want out〉을 다시 들으며 코러스 부분을 따라해보았다.

"I want out to live my life alone. I want out to leave me be. I want out to do things on my own. I want out to live my life and to be free."

내가 이렇게 불안한 건 미나에게 중독되어 있기 때문이란 생각이 든다. 미나는 설탕이다. 내가 생각해도 멋진 비유다. 아이스크림을 만들면서 어느 순간 떠올랐던 생각이다. 미나는 달콤하며, 환각을 주며, 또 나를 서서히 파멸시킬지도 모른다. 하지만 난 파멸할지라도 달콤한 환각 없인 못 산다. 한때 난 마약을 생각한 적도 있었다. 결코 호기심 때문만은 아니었다. 내게서 벗어나고 싶었기 때문이다. 난 내가 아니었으면 하기 때문이다. 두렵다. 난 누군가가 곁에 있어야 한다. 나를 중독시킬 누군가가.

예상대로 안개비가 내리기 시작했다. 나는 일어나서 윈드브레이커의 후드를 쓰고 걸음을 빨리했다. 저만치 아무도 없는 줄 알았던 해변에 검은 실루엣이 보였다. 비와는 상관없다는 듯 흔들거리는 걸음으로 무엇에 홀린 듯 그 실루엣은 가고 있었다. 여자였다. 곁을 스쳐 지날 때 우린 동시에 고개를 돌려 쳐다보게 되었다. 앗, 그녀는 김민정 교수였다. 아무도 없는 밤 바닷가에서 여교수를 만나는 건 전혀 예상 밖의 일이다. 게다가 난 요즘 계속 결석을 했다. 멋쩍었지만 반갑게 인사를 했다.

"어? 교수님, 혼자서 여기 웬일이세요?"

"응, 너구나? 김현우…… 웬일이냐구? 으음…… 오늘은 나를 위로하는 날이거든. 여기 바다 참 좋지? 난 원래 햇빛 쨍쨍한 낮에 오곤 하는데 말야. 밤바다도 좋네. 음 이 비냄새."

자세히 보니 그녀는 좀 취해 있었다. 목소리에 비음이 섞여 있었다.

"살다보면 자신만이 자신을 위로해줘야 할 때가 있거든. 어때, 김현우. 이해하겠니? 어쩜 넌 이해하리라 믿어. 너하고 언젠가는 얘길 좀 하고 싶었다."

왠지 가슴이 조여왔다. 하지만 술이 취해서인지 그녀는 강의실에서완 달리 날 막내동생 대하듯 편하게 말했다.

바닷가를 벗어나 택시 정류장까지 걷는 동안 비가 조금씩 굵어졌다. 이곳 해수욕장은 평소엔 그저 자그마하고 한적한 어촌 마을일 뿐이다. 교수님은 왜 혼자 이렇게 한적한 바닷가까지 왔을까. 하지만 난 그녀가 했던 자신을 위로한다라는 말이 왠지 가슴에 콱 맺혔다.

"요즘 수업에 나오지 않더구나. 힘든 일 있니?"

난 그만 고개를 꺾었다. 택시는 오랫동안 오지 않았다.

"콜택시를 부를까요?"

그녀는 대답이 없었다. 바닷가 길에서 무슨 생각을 하는지 그저 안개비만 속절없이 맞고 있던 그녀가 툭, 뱉었다.

"네 리포트 봤다."

이번엔 내가 침묵했다. 이런 순간을 난 피하고 싶었다. 어쩔 수 없다. 하지만 왠지 오늘은 나도 누군가에게 위로받고 싶다는 생각이 든다.

"어때? 오늘밤 나랑 한잔하는 건 어떠니?"

그녀가 안개비에 젖은 머리를 털면서 내게 물어왔다.

"좋아요."

기억하고 싶진 않지만 리포트는 내 첫사랑에 관한 거였다. 내 첫사랑은 내가 열일곱이었을 때 교회에서 만난 여자애였다. 교회 학생부 예배에서 피아노를 치던, 그야말로 천사 같던 아이였다. 너무도 해맑고 순진하기가 이를 데 없어서 가슴이 싸아하게 느껴지는 그런 여자애가 요즘 같은 세상에도 존재할 수 있다니 신기하기만 했다. 난 너무도 좋아했지만 교회에서만 애타게 바라보곤 했다. 그앨 보고 있으면 왠지 슬펐다. 그냥 청승맞게 슬픈 게 아니라 무슨 슬픔의 정수 같은 거라고 할까. 바라보면 그냥 아름다운 꿈을 꾸고 있는 것처럼 안타까웠다. 이런 걸 미나한테 고백하면 믿지도 않을 것이다. 어떻게 나에게도 그런 시절이 있었나 모르겠다. 어쨌거나 사랑은 속일 수 없는 법. 우린 서로의 마음을 자연스럽게 알게 되었다. 그 이후론 무척 아껴주고 서로를 위해 기도도 해주고 그래서 정말 행복하다고 느꼈다.

그러다 어느 봄날, 나는 그앨 데리고 오랫동안 계획했던 당일치기 나들이를 했다. 우리집엔 경기도에 있는 시골 농가를 사서 개조해 여름 별장으로 쓰는 집이 한 채 있었다. 난 그앨 데리고 거길 갔다. 무르익은 봄날 양지바른 그 집 둘레엔 라일락꽃이 흐드러지게 피어 있었다. 바람결을 타고 살랑살랑 향기가 실려왔다. 지금도 그 향기를 잊지 못한다. 그애도 나도 너무 행복했다. 그날 우리는 처음으로 서로의 몸을 열었다.

해가 서쪽으로 설핏 기울 무렵, 우린 그 집을 나왔다. 서울로 가는 막차를 타기 위해서였다. 우린 손을 꼭 잡고 철둑길을 걸었다. 서울 가는 버스를 타려면 제법 긴 철길을 걸어서 신작로로 나가야 했다. 노란 애기똥풀꽃, 민들레, 보라색 자운영이 철길 근처에 자잘하게 피어나 있었다. 우린 민들레 대궁을 꺾어 저 멀리 철로의 소실점 너머로 민들레 홀씨를 후루룩 불며 함께 웃었다. 바로 우리가 함께 걷는 이 길이 영원으로 가는 길처럼 여겨졌다. 무슨 얘길 했는지도 기억에 없다. 아무 얘기도 안 했는지도 모르겠다. 그냥 모든 게 자연스럽고 충만하다는 느낌이랄까. 처음으로 서로의 몸을 열었던 어색함이나 불편함마저도 그저 자연스레 느껴졌던 것 같다. 나중에서야 생각이 났는데, "참 기분이 이상해. 그전에도 너랑 꼭 이 길을 오래 걸었던 것 같은 느낌이 들어", 내가 그렇게 말해주었을 때 그애는 고개를 들어 내 눈을 한참 바라보았었다.

그때 기차가 소실점 너머에서 보이기 시작했다. 아지랑이가 아물아물했다. 그때 우리 앞으로 노란 나비 한 마리가 나풀댔다. 나비가 그애의 코 언저리를 몇 번 돌더니 산기슭 쪽으로 날아갔다. 그애의 입에서 저 나비…… 하는 소리를 언뜻 들은 것도 같았다. 나비를 잡아달라는 건지…… 점점 커지는 기차 소리 때문에 잘 들리질 않았다. 나는 나비를 향해 그애의 손을 놓고 몸을 뒤로 돌려 손을 뻗었다.

그런데 그 순간 어떻게 세상에 그런 일이 일어날 수 있을까. 믿을 수 없는 참혹한 일이 벌어지고 말았다. 그애가 기차를 향해 몸을 던진 것이었다. 후에 기관사도 그렇게 증언했다. 하지만 왜 그랬을까. 도대체 왜……? 난 믿을 수가 없었다. 그애와 나의 앞, 바로 한 걸음 앞의 선로를 경계로 그애와 나는 영원히 결별했다. 도대체 믿을 수 없는 일이었다. 혹 그애를 나도 모르게 밀쳤던 건 아니었을까. 내가 혹 그애를 슬프게 한 걸까. 어쩌면 노엽게 했던 건 아니었을까. 그애를 내가 죽게 한 것일까. 나는 내 생의 알리바이를 찾아야만 했다. 그후부터는 내 삶을 기억하고 싶지 않다. 꿈에서도 그 철길에서 내 눈을 한참 바라보던 그애가 나타나곤 했다. 그러나 들여다볼수록 깊이를 알 수 없는 우물처럼 그애의 눈은 아무 것도 말해주지 않았다. 그러다 그애는 어느 순간 노란 나비가 되어 호르르 호르르, 무심하게 날아가버렸다. 언제부턴가 난 이 세상 모든 일에 왜? 라고 묻지 않는다.

그애가 죽고 나서, 그날 내가 입고 갔던 바지 주머니에 넣어둔, 그애가 수첩을 뜯어 몇 자 적은 메모지를 다시 읽어보았다. 내가 시골 집 목욕탕에 들어가 씻는 동안 그애가 몇 자 적은 거였다 손바닥만한 스프링 메모장에 볼펜을 꼭꼭 눌러 적은 걸 뜯어서 두 번 접은 종이였다.

"현우야. 나 왜 이렇게 떨리니? 네가 샤워하는 이 시간에 뭔지 참을 수 없어 그냥 쓰는 거야. 부끄럽지만, 고백하자면 나 오늘 너무 행복해. 네게 이 말을 해주지 않고는 못 배길 것 같은 기분이야. 난 항상 널 위해 기도할 거야. 정말 우리 사랑이 영원했으면 좋겠다. 나도 변하지 않을게. 너도 변치 마. 앞으로 우리 공부도 더 열심히 하고 멋진 인생을 늘 함께 계획하자, 알았지?"

글재주도 글씨체도 어설픈 그애의 마지막 육필 메모. 그애도 설마 그게 유서가 될 줄 알았던 걸까?

그애는 왜 달리는 기차에 몸을 던진 것일까. 너무 참을 수 없이 행복해서라고 할밖에. 메모는 그렇게 말하고 있는 것 같았다. 그걸 믿으라고? 난 죽은 그앨 저주했다.

아무튼 나는 끝끝내 버리지 못했던, 동그란 구멍이 쪼르륵 뚫린 작은 스프링 노트의 그 육필 메모지를 코팅을 해서 겉장으로 장식해 '스물두 살의 자서전'이란 제목을 달아 과제물로 냈던 것이다. 교수의 과제가 마치 그애에게서 벗어날 핑계를 주었다는 듯이.

김민정 교수는 뜨거운 감자를 내게서 받은 것처럼 그 리포트를 보고 곤혹스러웠던 것일까.

그날 밤 비 내리는 해변의 구석진 카페에서 그녀와 나는 취했다. 어느 정도 시간이 지나고 취기가 돌자 내 속에 있던 객기가 동했는지 조금 울었던 기억도 있다.

그럴 땐 그녀가 푹신한 어깨를 빌려주고 등을 토닥여주었다. 그녀에겐 미안하지만, 그녀는 오래되어 편한 소파처럼 느껴졌다. 그러나 나로선 고맙게도 너무 편안했다.

"그래 울어라. 이런 시가 있지. 슬픔만한 거름이 어디 있으랴. 울어라 울어. 눈물이 말라 소금이 되도록. 아주 깊이 아파본 사람은 바다를 이해할 수 있다. 그래 이것도 어느 시에 나와. 자 바다 좀 봐라. 너 바다 좋아하니?"

"예."

"바다의 어떤 모습을 좋아하는데?"

"파도와 바위에 부서지는 포말이요. 교수님은요?"

"으음…… 난 사실 동해바다보다는 서해바다 쪽을 더 좋아해. 삶이 녹아 있는 바다는 서해바다인 것 같아. 아주 햇빛 뜨거운 염전에 가본 적이 있니? 소금이 졸여지고 있는 바다를 한번 보여주고 싶어. 소금은 증오의 결정이지. 고통의 정수고. 인생은 쓰고 짜고…… 눈물 맛, 소금 맛이라는 걸 철저히 맛볼 필요도 있는 거야."

그녀는 그러며 맥주를 마셨다. 목구멍으로 맥주 넘어가는 소리가 아주 가깝게 들렸다. 이상하게 무척 정겹게 느껴졌다.

"왜 결혼 안 하세요?"

그녀는 장난스럽게 어깨를 들썩, 하며 웃었다. 술이 취하면서 뚱뚱한 교수는 어깨로 숨을 쉬기 시작했다.

"누굴 사랑해 보신 적 있죠, 교수님?"

실례란 생각도 들지 않았다. 이상하게 교수와 학생이란 벽을 넘어 내가 완전하게 이해되고 있다는 신뢰감이 내 마음을 편안하게 해주었다.

"이 얼굴에 이 몸매에?"

교수는 하하, 웃었다.

"어쩜 아주 오래 전에는……"

그러며 말끝을 흐렸다.

"언젠가 얘기해주려고 했다만 너 글을 써보는 게 좋을 것 같아."

"에이, 교수님. 제가 무슨……"

"네가 글을 쓴다면 네게 해줄 얘기가 많은데 말야. 내 친구 중에 어떤 애는 첫사랑 남자의 뼈마디 하나를 목걸이로 옷 속에 몰래 걸고 다니는 애가 있어. 뭐 그런 재밌는 얘기가 많은데……"

그러며 또 한 잔을 쭈욱, 들이켰다. 그녀는 정말 술을 잘했다.

"이게 다 술살이야. 예전엔 한때 슬플 때마다 초콜릿을 까먹는 버릇이 있었지."

그러며 웃었다.

"아이스크림도 좋아하세요?"

"응."

나는 파르페글라스를 생각하고 있었다.

"설탕 녹이는 게 중요해요. 너무 늦지도 빠르지도 않아야 하거든요."

"뭐라구? 잘 못 들었어."

그녀는 많이 취했다.

"늦지도 빠르지도 않아야 된다구요."

"그래 그럴 거야. 삶에는 그런 결정적인 순간이 있지. 그런 순간을 잘 포착하는 것은 본능일 거야. 인간은 암튼 자신의 생에선 결국 최선을 다 하려고 하거든. 죽음도 마찬가지고……"

그녀는 나를 응시하더니 머리를 흔들었다. 둘 다 몹시 취했다. 그러나 그 말이 내 가슴에 맺혔다. 그앤 왜 기차에 뛰어들었을까? 그애에겐 그 순간이 참을 수 없는 결정적 순간이었을까.

그 이후로 우리가 어떤 이야길 나눴는지 기억이 더이상 잘 나지 않는다. 그만 집으로 가기 위해 밖으로 나왔을 때 어느 순간 그녀가 내 귓속에 대고 이렇게 말했던 것 같다.

"내가 비밀 하나 말해줄까? 나 아직 처녀야. 어떻게 생각해? 나 빙신 아니니? 하하하."

밖에 비는 그쳐 있었지만 물안개가 잔뜩 끼어 있었다.

미나는 사라진 지 한 달쯤 후에 돌아왔다. 마침 기말고사 기간이 코앞에 닥쳐 있는 때였다. 미나는 외국에 가 있었노라는 말만 간단하게 했다. 그저 그쪽의 요리학교의 단기과정을 좀 밟다 왔다는 얘기였다. 그걸 나보고 믿으라고? 뭐 그럴 수도 있겠지. 하지만 그저 이곳을 떠나고 싶었다고 말해도 난 충분히 이해할 수 있을 텐데. 아니면 내가 너무 지겨워 날 좀 떠나 있고 싶었다고 말해도 난 이해할 텐데. 어쩜 미나도 '미나인 자신'이 지겨웠을지도 모르지.

돌아온 미나에게 변화가 있다면 생리통이 사라졌다는 점이다. 그러나 생리통이 사라진 미나는 더 우울해졌다. 학기말고사가 끝나자마자 미나와 나는 병원에 갔다. 미나에게 생리통이 없어진 것은 미나가 엄마가 되는 것을 의미하는 거였다. 난 그 의미를 알고는 아직 어른이 될 준비는 안 되었다고 말했다. 미나는 오빠와는 상관없는 일이라며 울었다. 미나는 수술을 받기로 결심했다. 결국 미나는 생리통을 택한 것이다.

미나가 그렇게 많이 우는 건 처음 보았다. 좀 과장한다면 그 눈물에서 소금이 닷 되 정도는 나왔을 것이다. 그리곤 바다처럼 깊은 침묵에 빠져버렸다. 김민정 교수 말은 맞는 것 같다. 깊이 아파본 사람은 바다를 이해할 수 있다는. 미나가 쓸쓸하고 짭짜름한 소금 맛, 눈물 맛을 알게 된 것일까.

그후 정말로 미나는 프랑스로 떠났다. 코르동 블루라는 이름의 요리학교라고 한다. 풀 코스로는 삼 년이라고 하던가.

김민정 교수와는 그날 밤 이후 바닷가에서 부딪친 적은 한 번도 없었다. 다만 학교에서 만나면 서로 미소를 짓긴 한다. 나는 동산원룸의 내 방에 누워 멀리 항구에서 울리는 뱃고동 소리를 듣거나, 기차가 지나는 소리, 바닷바람이 솔잎을 흔드는 속에서, 첫사랑 남자의 작은 뼈마디를 몰래 걸고 있는 여자를 생각해보곤 한다. 어쩌면 마흔도 넘은 그 여자는, 여태껏, 어쩌면 영원히 처녀일지도 모른다고.

안개 긴 밤이나 새벽, 내 방 창에서 고개를 빼고 동쪽을 바라보면 하늘과 바다의 경계가 불분명한 가운데서도 항구의 불빛이 반짝인다. 그럴 땐 설탕을 끓여내다 어느 순간 찬물 속에서 뜨거운 설탕으로 작은 구슬을 뭉치던 미나의 모습이 떠오른다. 오빠, 이 느낌……느껴봐. 너무 빠르지도 너무 늦지도 않아야 돼……

그는 뭐라 할 틈도 없이 바지를 까내렸다. 그는 취해 있었던 걸까.

풋 고 추

일어설 듯 일어설 듯 쓰러지는 서글프게 꿈틀대던 검붉은 살덩어리. 그러나 성재는 어처구니없게도 곧바로 잠이 들어 버렸다. 들창 밖 숲에서는 뻐꾸기가 피를 토하듯 울어댔다.

갑자기 토하고 싶어졌다. 나는 방바닥에 먹은 걸 몽땅 다 토해내고 말았다. 그리고 눈가에 눈물을 달고 정말로 후회하고 있었다.

이 진지한 시대에는 아무도 유혹하는 법을 가르쳐주지 않았던 것이다.

기억을 환기시켜주는 음식이 있다.

마르셀 프루스트의 『잃어버린 시간을 찾아서』에 나오는 마들렌이라는 과자처럼 말이다.

그것은 봉인된 과거에 대한 하나의 패스워드다. 내게 있어 그것은 풋고추다. 가을 햇볕에 타는 듯 투명하게 말라가는 태양초가 아니라갓 따내어 본성대로 매운맛을 독처럼 간직한 풋고추.

내게 있어 풋고추는 청춘의 한때를 상징하는 오브제였다. 그러나나는 그 시절로 다시는 돌아가고 싶지 않았다. 그래서 한동안 풋고추를 먹지 않았다.

그후 나는 이 땅을 떠나 있었고, 내가 오랫동안 살았던 나라에 그런고추는 없었다.

생각나지 않은 것은 아니었다. 오히려 이 땅의 풋고추가 미치도록그리울 때가 있었다. 크고 울퉁불퉁한 피망이나 파프리카, 헝가리 고추, 아랍 고추, 앙증맞게 작은 멕시코 산 고추. 하지만 프랑스에 있던 그런 고추들이 나의 고유한 기억 속의 고추를 대신해줄 수는 없었다. 한 입 베어물면 입 안으로 확, 퍼지던 매운맛. 그리고 어김없는 눈물. 그 최루(催淚)의 기억들. 프랑스에서 사는 동안, 내가 너무도 멀리 흘러와버린건 아닌가 막막해질 때면, 거기에, 그 최루의 시대에 간혹 닻을 내리고도 싶었다.

해마다 여름은 돌아온다. 그리고 나도 이제 내가 태어난 이 땅으로 돌아왔다. 그러나 그해 그 여름, 그리고 스무 살의 나는 어디 있는 것일까.

*

그해 여름은 풋고추가 유난히 쌌다. 아마 가지도 쌌던 모양이다. 그해 여름을 생각하면…… 온통 맵다. 식용유에 고추를 듬뿍 넣고 볶은 매운 가지나물 냄새가 나기도 한다. 우린 거의 매일 저녁 가지나물과 풋고추를 지겹도록 먹었다.

낮보다 밤이 더 아름다운 동네에 어둠이 깃들이면 식구들은 말없이 둘러앉아 식사를 했다. 아버지는 풋고추 소쿠리에서 성난 고추만 집어들었다. 고추를 씹을 때의 아버지의 모습은 잠깐, 와신상담이란 고사성어를 생각나게 했다. 그 모습을 바라보면, 미끈덕거리는 가지나물과 보리알이 잘 섞이지 못하는 내 입 안에도 쓴 물이 고이는 듯했다. 나는 할 수 있는 한 한껏 입을 비틀어 씹으며 속으로 아버지를 조롱했다.

그걸 눈치챘을까? 목청이 큰 아버지는 짐짓 큰 소리로 활달하게 말했다.

"히야, 고놈 참 독하대이! 이건 참말로 아무나 못 먹는다."

그러며 자신이 아무나가 아닌 대단한 인간임을 과시하듯 단단하고 윤기 나는 풋고추를 덥석 베어물었다. 그것 또한 내게는 아버지의 한심스런 위세와 알량한 자존심으로 여겨져 고깝기만 했다. 거기서 가만히나 있으면 좀 좋을까. 아버지는 우리들을 둘러보며 대견하다는 듯 한마디했다.

"아따, 느거들 식성 한번 좋구나! 자고로 집 안에 쌀 떨어지면 입맛이 더 동하는 법이다. 땡길 때 보리밥이라도 많이 묵거라. 밥 먹고 방구 두 번만 뀌면 배가 꺼진대이. 참, 와 이리 식욕이 자꾸 돋노. 참말로 돌이라도 삭일 거 같단 말이다. 이것도 참 타고난 복이제. 어이, 여보! 그런 의미에서 나 밥 한 그릇 더!"

입맛 까탈스런 아들이 그릇을 비우고 엄마의 칭찬을 기대하듯 아버지는 보란 듯이 엄마에게 밥그릇을 내밀었다. 아버지에게는 가끔 어찌 해볼 수 없는 천진함이 있다. 한 달 전부터 모자 공장에 나가기 시작한 엄마가 눈을 하얗게 흘겼다.

"없어요! 으이구, 저 밉상!"

집 안엔 늘 눅진눅진 습기가 차고 곰팡이 냄새가 났다. 모자 공장에 나가 하루 종일 모자챙만 줄창 다림질해대는 엄마는 늘 어깨가 시리다고 했다. 그러나 연탄 아궁이마저 신통치 않아 불은 자주 꺼졌다. 엄마는 연탄값보다 번개탄값이 더 무섭다고 툴툴댔다. 매캐한 번개탄 냄새는 공기중의 습기와 야합하여 음험하게 집 안을 돌아다녔다. 번개탄 냄새는 어딘지 최루탄 냄새와도 닮았다.

저녁식사 후의 아홉시 뉴스는 늘 "전두환 대통령은……"으로 시작해서 끝날 때까지 그의 이름이 여러 번 반복됐다. 목청이 큰 대신 청력이 좀 약한 아버지와, 미싱 소리에 가는 귀가 먹었는지 요즘 늘 귀가 먹먹하다는 엄마는 텔레비전을 크게 틀어놓았다.

보지 않아도 아버지는 이빨에 낀 것도 없는데 습관적으로 이쑤시개를 물고 턱을 괴고 엎드려 있을 테고, 엄마는 아랫목에 어깨를 붙이고 반듯하게 누워 화면 속으로 늘 비가 내리는 듯한 낡은 흑백 텔레비전을 보고 있을 것이다.

"세상 참말로…… 저 친구, 불과 한 십 년 전에야 지나 내나 같은 계급장 달고……"

아버지는 한숨을 쉬며 이쑤시개를 잘근잘근 씹을 것이다. 그리고 그 모습을, 얼마 전 단행된 개각에서 한자리 차지한, 아버지가 형님 형님, 하던 장군 출신 인사의 사진이 액자 속에서 내려다보고 있을 것이다. 곰팡이로 얼룩진, 아무런 장식 없는 벽에 걸린 확대된 그 사진 속에서 아버지와 전직 스리스타는 웃으며 포즈를 취하고 있다. 자제의 결혼식이었다고 했던가. 장군의 양복 가슴엔 훈장 대신 장미꽃이 꽂혀 있다.

나는 마루를 사이에 둔 건넌방 책상에 앉아 창 밖으로 펼쳐진 만리동, 공덕동 일대의 꽃밭 같은 야경과 건너편 여의도로 이어지는 서울대교의 가로등을 안경을 벗고 바라보았다. 초점 흐린 내 눈에 번진 불빛들은 잘 섞인 물감처럼 내 가슴에 잠시나마 비현실적인 아름다움으로 스며들었다.

다섯 달 전 이사 온 만리동 고개의 허술하기 짝이 없는 슬래브 축대 집. 그 집의 방 두 칸짜리 이층을 우린 전세 내어 살고 있었다. 말이 좋아 이층이지 방수 처리가 잘못된 탓인지 지하방 못지않은 습기와 바퀴벌레에 점점 이골이 나는 터였다.

하긴 적응 못 할 일이 세상에 어디 있겠는가. 아버지의 마지막 파산으로 돈암동의 이층집과 가구들을 빚쟁이들에게 고스란히 내주고 쫓겨났을 때만 해도 곧 죽을 목숨들만 같았던 식구들 아닌가. 그게 벌써 재작년.

그러나 불행은 혼자 오는 법이 없는지, 옮겨간 신길동의 월셋집에서 손아래 남동생이 작년 봄, 뺑소니 차에 치여 죽었다. 어처구니없는 죽음이었다. 사람들은 그해 봄 몰래몰래 광주 학살에 치를 떨며 분노했지만 나는 그 오월에 뺑소니 차에 치여 죽은 동생의 죽음에서 한동안 헤어나지 못했다.

궁지에 몰려도 늘 낙천적이던 아버지도 그때만큼은 우리들 앞에서 막힌 둑이 터지듯 처음으로 울었다. 북한강변에 재를 뿌린 지 석 달이 넘은 어느 날 밤, 잔뜩 술에 취한 아버지가 전에 없던 주사를 하더니 양복 속주머니를 뒤졌다. 그 안에서 속이 비어 축 늘어진 부드러운 송아지 가죽 지갑이 나왔다. 아버지는 술이 취해 들어오면 우리들을 불러 차례대로 이름을 부르며 기분좋게 지폐 한 장씩을 나눠주곤 했었다. 늘 텅 비어 있던 송아지 뱃가죽에 오랜만에 돈이 들어왔나보다! 우리는 눈을 동그랗게 떴다. 그러나 아버지의 지갑에서 차례대로 나온 것은 박정희 대통령의 사진, 군대 시절부터 아버지가 존경하던 상관인 예의 그 스리스타 모씨, 그리고 최근에 떠오른 실력자 중 한 사람의 사진이었다. 그것들을 하나씩 바닥에 화투장 내다꽂다시피 내던지자 비장의 마지막 패처럼 말간 비닐 안에 죽은 남동생이 웃고 있었다. 돈암동 집에 있던 목련 앞에서 교복을 입고 꽃 만큼이나 활짝 웃고 있는 남동생의 사진 한 장을 아버지는 몰래 간직하고 있었던 것이다. 께름칙하다며 엄마가 유품을 다 태워버렸기에, 마지막 단 한 장의 사진으로만 남은 장남의 이름을 부르며 그는 호랑이 울음소리를 내었다.

"어흐…… 어흐…… 성진아, 내 자슥아. 이 아부지는, 오늘 와 이리도 니가 사무치노……"

엄마도 조금씩 변해갔다. 늘 깔끔하고 얌전한 자태로 주변의 부러움을 샀던 그녀가 한동안 살림에도 자신의 치장에도 손을 놓았다.

"아들 죽인 년이 무슨 호사할 일이 있다고……"

사람 사귀길 싫어하고 화초처럼 집 안에만 있길 좋아하던 엄마도 이제는 공장에 나간다. 해가 설핏 질 무렵, 진이 빠진 얼굴에 여윈 몸을 휘청이며 들어오는 그녀의 양손엔 가지 한 봉지, 고추 한 봉지, 때로는 봉지쌀이 들려 있는 것이다.

하지만 이런 상황에도 자존심 강한 엄마의 말대로라면, 그녀가 아까운 고졸의 학력을 뭉개고도 달동네 모자 공장에 나가는 것은, 돈보다도 순전히 하나 남은 남동생 철진이 때문이라는 것이다. 맞는 말이었다. 의료보험증 때문이었다. 남동생은 언제부턴가 웃음을 잃고 얼굴이 가면처럼 굳어갔다. 이상한 낌새를 눈치챈 엄마는 애가 닳았다.

"쟤, 빨리 손써야지…… 아이고 쟤가 어떤 앤데……"

엄마가 만든 의료보험증으로 진찰을 받았을 때, 그의 병명은 피해망상증이라는, 일종의 정신병의 시초였다. 고2인 그애는 저녁만 먹으면 한 움큼의 약을 먹고 아침 등교시간이 될 때까지 코를 골며 잠만 잤다. 그 옆에서 막내 여동생이 배를 깔고 숙제를 했다.

전락(轉落). 모든 것은 아버지의 전락 탓이다. 아버지는 군인이었다. 그것도 이 땅에서 무소불위의 끗발을 자랑하는 정보계의 장교였다. 하지만 그는 무슨 이유에선지 월남전이 끝나고 군복을 벗었다. 그 때부터 아버지의 인생은 진흙탕을 포복했다. 그후 아버지의 원래 꿈은 돈을 벌어 정계에 진출하는 거였다. 아버지는 어린 우리들을 앉혀 놓고 박정희 투로 연설하길 좋아했다. 꼬장꼬장 힘이 들어간 그 목소리는 박정희 대통령의 성대를 잠시 빌려온 듯했다. 그러나 어디 가서 점을 치면 십 년 폐운이 든 인사라고 단박 나왔다. 하는 일마다 아버지는 지치지도 않고 망했다. 아버지는 해가 바뀔 때마다 올핸 틀림없이 개운(開運)이 될 끼다, 두고 보래이, 눙치며 사람 좋게 웃었다. 그 십 년 세월에, 좀 산다 하는 시골 집안의 외아들인 아버지는 유산으로 받은 논과 과수원, 남들보다 일찍 장만했던 집을 톡톡 털듯이 날렸다. 지금 이 집의 보증금도 외삼촌에게 빌린 것이라고 한다.

아버지는 허옇게 약살이 올라 잠에 빠진 남동생을 힐끗 보며 우리에게 들으란 듯이 말하곤 했다.

"느거들은 대가 너무 약해서 탈이라. 이럴 때일수록 정신 무장을 단단히 하고 살아야지. 군기가 빠지니까 병도 드나드는 기라. 이 아부지를 봐라. 원래 소심하고 허약한 체질이었지만 군에 투신해서 죽을 고비도 많이 넘기고 하다보니 세상 무서운 것 없다. 돈? 그거, 아무것도 아니다. 하는 일마다 엎어져도 이 아부지 절대 절망이란 없다. 다른 사람 같으면 벌써 폐인이 되었거나 죽었을 기다. 사람은 말이다, 자신이 강하다는 신념을 갖고 희망을 버리지 않고 살면 죽으라는 법은 없는 기라."

나는 아버지의 신념이 한없이 부러웠다. 적어도 아버지는 행복해 보였다. 그러나 나는 갓 성인이 되어도 숨통 조이는 이 집을 뜨지 못

하는 스스로에게 분노가 치밀었다. 경제적 독립이란 불가능해 보였다. 공장엘 나갈 수도 없고, 더군다나 몸을 팔 수도 없는 나는 허울 좋은 명문대생이란 껍질을 벗을 수가 없었다. 그건 주머니는 텅 빈 채로 대표이사나 회장이란 직함의 금박 명함에 갇혀 있는 아버지나 마찬가지였다. 그가 끼니를 위해 막노동판에 끼어들지 못하는 것처럼 말이다.

아침. 늦잠에서 문득 눈을 뜨면 지갑엔 버스비도 안 되는 동전 두 닢. 거기다 비까지 와서 집 안에 살 부러진 비닐우산 한 자루도 없을 때면 나는 벗어놓은 허물 같은 방금 전의 이불 속으로 그대로 기어들어가 잠을 잔다. 자자, 자자, 더 자자. 아직 때가 안 되었다. 번데기처럼 웅크리고 태어나기 이전 같은 어두운 수면 상태로 억지로 몰입한다. 그러면 시간마다 끈질기게 늘 출석을 부르던 영문학사의 노교수가 꿈에까지 찾아와 출석을 부른다.

작년까지만 해도 명문대생이라고 그런대로 과외로 용돈과 등록금을 벌어 쓸 수 있었지만 작년 여름, 새 군사정권이 들어서며 과외금지조치가 내려진 이후론 꼼짝달싹할 수가 없었다. 알량한 자존심과 자의식을 달래며 지압 슬리퍼도, 영자 잡지도 팔아보았지만 도무지 돈이 되지 않았고 여린 마음에 상처만 입었다. 아버지 말대로 나는 너무 여리고 대가 약한 건지도 모른다. 학교를 그만두고 공장에라도 뛰어들어야 하는 것 아닌가…… 돈이 되는 건 뭐든지……

얼마 전 여고 동창 경화를 만났더니 우리들 사이에서 한때 행방불명이 되었던 주희의 소식을 은밀히 전해주었다.

"걔가, 글쎄 전화를 했더라. 서울역 앞에서 잠깐 봤다. 세상에, 얼굴이 퉁퉁 부어 있어 못 알아볼 뻔했어. 인천의 무슨 공장엔가 취업해 있다는데 급하게 돈 얘기를 하더라. 너무 불쌍해서 가진 것 다 털어주고, 걸고 있던 14K 금목걸이까지 풀어줬다. 이헬 할 수 없어. 검찰청 판사의 외동딸이 웬일이니, 글쎄?"

나는 자신의 신분을 위장하며라도 취업하는 주희가 차라리 부러웠다. 위장은 고도의 포장으로 느껴졌다. 나로 말할 것 같으면, 돈을 벌려면 당장 노동자라도 되어야 하는 내 현실을 철저히 위장하고 싶을 뿐이었다. 나는 여전히 대학생이라는 신분에서 전락하고 싶지 않은 것이다. 그러나 그런 자의식이 현실과 부딪치면 앞뒤 없이 집을 뛰쳐나가고픈 충동으로 끓어올랐다.

하나 둘 꽃밭의 꽃들이 스러지듯 불빛들이 차차 꺼져가는 달동네를 보니 시간이 제법 흘렀나보았다. 집을 나가는 길이 아주 없는 것도 아니었다. 성재…… 그의 얼굴이 구름을 헤치고 나온 달처럼 어두운 하늘에 떠오르자 나는 담배 생각이 간절해졌다. 돈이 떨어져 담배를 못 산 지 벌써 이 주째다. 버스비도 없는 주제에 담배도 못 끊는 내가 한심스러웠지만, 장 그르니에의 명언은 훌륭한 핑계가 되어주었다. 그는 말했다. "담배를 피운다는 것은 세계를 내 안으로 흡수하여 그것을 소유하는 행위다." 나 역시 담배는 세계를 소유할 수 있는 가장 최소한의 밑천이라는 생각이다.

나는 가만가만 발소리를 죽여 불 꺼진 안방, 잠든 아버지의 머리맡을 더듬었다. 담뱃갑엔 딱 세 개비의 담배가 들어 있었다. 두 개비를 빼려다가 나는 멈칫한다. 한 개비만 남겨두자니 좀 위험하다. 나는 한 개비만 빼고 두 개비를 남겨둔다. 탄로나는 게 두렵다기보다 아버지에게도 담배 한 개비는 아주 소중할 거란 생각이 들었다. 어쩜 아버지는 언제부턴가 야금야금 줄어가는 담배를 눈치챘는지도 모른다.

나는 아예 마루문을 열고 시멘트 베란다로 나가 장독들이 옹기종기 놓인 곳으로 가서 허겁지겁 담배를 입에 문다.

"어어어억!"

그때 아버지의 비명이 터져나온다. 아니 습관적인 잠꼬대 소리다. 이제 우리 식구는 아무도 놀라지 않지만, 우리집에서 처음 자본 사람은 모두 놀라게 되는 저 엄살기 섞인 비명 같은 잠꼬대.

"아이구 못 살아. 저 소리, 저 겁 많고 물러터진 양반이 군대 가서 처음 장교 유격훈련 받을 때 심하게 놀란 뒤부터 잠잘 때면 가끔 저런단다. 이웃이 깰까 창피하다. 니 아버지는 모르고 잘 잔다만 처음 몇 년, 옆에서 자던 나도 벌떡 일어나서 가슴을 쓸어내린 적이 많았다. 흥감스럽기는……"

아버지는 꿈에서도 유격훈련을 받는 것일까? 하긴 산다는 것 자체가 유격훈련인지도 모른다는 생각이 들었다.

밤새 유격훈련에 시달렸어도 아버지의 아침은 희망차다. 이른 아침, 한껏 혀를 꼬부려 TV 민병철 영어회화 프로그램의 영어 문장을 목청껏 따라하는 소리. 베란다에서 역기를 들어올리는 으라찻차차 소리. 헌나 뚜울, 헌나 뚤, 아령 드는 소리. 아버지의 십팔번 노랫소리. 죽장에 삿갓 쓰고 방랑 삼천리…… 새벽잠이 없는 아버지의 아침 스케줄이 잠결에 지나는 것 같았는데 일어나 눈을 뜨니 벌써 아침 열 시가 넘어 있었다. 그러고 보니 일요일이다. 안방에서 티격태격하는 소리가 들린다.

"아이구, 난 몰라, 난 몰라. 이제 이게 마지막이야. 내가 어떻게 모은 패물인데, 이 론진 시계가 마지막이야. 얼마 전 기어코 넘어간 진주 목걸이도 가슴이 아파 죽겠어. 내 살점이 뜯겨나가는 것 같아. 이제 내 평생 언제 그런 거 꿰찰 날이 오겠어."

엄마의 징징대는 소리.

"이 사람아, 그깟 돈은 있다가도 없고 없다가도 있는 거. 내 돈 벌면 더 좋은 걸로 다 해준다 카이, 알았나! 마, 천하의 박기봉이 안 죽는다!"

아버지의 어르고 달래는 소리.

"흥, 어느 천년에! 그럴 거 없이 당신 거를 다 잡히면 될걸, 자기 건 바들바들 떨면서 안 내놓고. 잡힐 수 있다면 마누라도 당장 전당포 아가리에 처넣을 인간!"

"어허! 전쟁터에 무기 안 갖고 나가는 군인 봤나!"

아버지의 무기란 월남에서 귀국할 때 사들고 온 목숨같이 귀중한 롤렉스 손목시계와 왼손 약지에 낀 삼 부짜리 다이아 반지나 자잘한 보석이 박힌 넥타이핀, 커프스버튼 같은 장신구를 말한다. 아닌게 아니라 그런 것들은 사람과의 일들을 도모하는 아버지에겐 세상의 무기였다. 거기다 한때 을지로에서 양복점을 경영하다 망한 적도 있어서 좁은 옷장엔 아버지의 고급 양복이 넘쳐날 지경이었다. 타고난 신체 구조와 록 허드슨을 닮은 미끈한 얼굴에 질 좋은 양복과 최고급 장신구를 걸친 아버지는 단연 눈에 띄었다. 고3때 원서를 쓸 때 크림색 싱글에 백구두까지 맞춰 신고 학교에 온 아버지를 보고 아이들이 한마디씩 했다.

"쟤네 아버지 딴따란가봐."

어느 부부싸움 끝에 자리를 박차고 나가는 아버지의 등뒤에 대고 엄마가 쏘던 말도 이랬다.

"당신 일이 왜 그렇게 꼬이는지 알기나 해? 먼지 하나 안 붙게 뺀지르르하니, 딱 사기꾼 상이야."

전당포로 나가는 엄마는 마지막으로 요즘 늘 후렴처럼 달고 다니는 앙탈을 한번 더 부린다.

"이렇게 살면 뭘 해. 이렇게 살면…… 몽땅 탄불 피워놓고 싹 다 끝장내든지……"

"허어, 이 사람. 이제 딱 며칠이라니까. 십 년도 견뎠는데 며칠 못 참나. 이번 군납 건만 되면 딱 쇼부가 난다니까!"

엄마의 전당포 걸음은 아마도 남동생의 병원비와 약값 때문일 것이다. 마루로 나온 엄마가 내가 누운 건넌방 문을 확 젖히며 소리친다.

"이제 좀 일어나거라. 집안의 맏딸이란 년이 해가 중천에 뜰 때까지 너부죽이 누워 있는 꼴 좀 봐. 아이구 허파 뒤집어져!"

파랗게 약이 오른 풋고추 같은 엄마의 얼굴에서 매운 독기가 더 뻗쳐오기 전에 나는 슬근슬근 일어나 세면장으로 갔다. 세면장엔 남동생이 거울을 들여다보며 물끄러미 서 있었다. 그는 무언가에 몹시 질린 얼굴을 하고 있다가 희번득, 이상한 빛이 나는 눈길을 내 쪽으로 휙 돌렸다.

"모두 날 속이려들지 마. 보라구! 이 얼굴 좀 봐! 내 얼굴이 점점 요괴인간처럼 변해가는 게 안 보인단 말야? 난 인간이 아니야. 인간이 아니라구. 다들 내가 괴물이라는 걸 알면서 시침 떼고 있어. 사람들이 날 처치하려고 몰래 칼들을 숨기고 다니는 거 나, 다 알고 있어."

나는 그의 일그러진 얼굴에다 대고 씹어뱉듯이 소리를 쳤다.

"지랄 육갑 떨고 있네, 병신새끼! 나가!"

그러자 그는 푹 고개를 꺾고 나갔다. 잘 잠기지 않는 녹슨 수도꼭지에서 늘상 물이 새는 통에 귀퉁이 깨진 세면대 한쪽이 녹물로 누렇게 변색되어 있었다. 나는 동생이 보고 있던 거울을 들여다보았다. 또 하루가 주어졌다. 아, 녹슨 수도꼭지에서 새어나오는 녹물 같은 지겨운 시간. 거울 속의 노랗게 시들어가는 얼굴. 혐오스러웠다. 눈까풀이 싸하게 매워지고 쳐다보던 거울이 부예진다. 이상하게도 언제부턴가 모든 감정은 결국 누선을 자극한다. 나는 동생이 혹시 카프카의 『변신』을 읽었을까 갑자기 궁금해졌다.

엄마의 로션을 찍어바르러 들어간 안방에서 아버지는 와이셔츠를 다리고 있었다. 깃과 칼라를 특히 신경 써서 다리느라 골똘해진 아버지의 얼굴을 곁눈질하며 나는 날 선 한마디를 툭 던졌다.

"아버지도 그 솜씨면 엄마 따라 공장 나가 모자챙 다려도 되겠네요. 부부 다림질공으로 장안에 명성을 떨칠 텐데요."

언젠가 사업에 실패한 아버지 친구가 사무실에서 고스톱 판을 벌여서 먹고산다는 얘기를 들었는데, 늦게 배운 그 부인의 실력이 더 뛰어나 부부 도박사로 재미를 본다는 것이었다.

"어, 우리 박박사님이 오늘 아침 기침이 좀 늦으셨구만. 공부하느라 어젯밤에 너무 무리를 했던 모양이지? 열심히만 해라. 이 아부지가 미국에 유학 보내줄 생각도 다 하고 있다."

나는 기가 차서 코방귀를 뀌며 비실비실 입꼬리를 허물어뜨렸다. 내 풀어진 얼굴을 보고 아버지가 은근한 목소리로 내 이름을 불렀다.

"야, 영선아. 너 오늘 이 아부지한테 투자하는 셈치고 활동비 쫌 주라. 며칠 뒤에 5부 이자로 쳐주마. 얼마 전 강재득씨 아들, 군대 좀 빼달라고 술값 주는 거, 느거 엄마가 솔개처럼 채갔다. 하여간 니 엄마 무서운 여자야. 오늘 술 약속이 있는데……"

갑자기 속에서 불이 일었다.

"아버지! 아버지가 저한테 전에 빌려간 돈 원금 이십만원, 지금까지 이자가 십오만원, 도합 삼십오만원 잊지 않았겠죠? 그 돈이 어떤 돈이란 것도. 인생이 부끄러운 줄 아세요. 내가 무슨 돈이 있어요? 그렇게 뜯어먹으면 됐지, 학교고 뭐고 다 그만두고 공순이나 될 거야!"

그 돈은 영어 서클의 회계인 내가 맡아 가지고 있는 회원들의 연회비 적립금으로, 개학이 되면 축제행사와 회보지를 낼 용도의 돈이었던 것이다.

나의 앙칼진 반응에 좀 놀랐는지 아버지는 더듬더듬 나를 달랬다.

"야야, 그렇다고 그렇게 화내지 마라. 그리고 학교 그만두고 공장 간다고 함부로 얘기하지 마라. 니는 아부지 희망이고 우리집 대들보다. 며칠이면 다 해결 난다. 너무 걱정 말아라. 알았다. 마, 인제 고만 됐다."

머쓱해진 아버지가 잘 다려진 와이셔츠에 엉겁결에 다시 물을 뿌렸다.

"이런! 내 정신 봐라. 기껏 다 다려놓고!"

아버지가 나를 보고 멋쩍게 씨익 웃었다.

그 통에 이학기 등록금까지 싸잡아 다짐을 받으려던 내 심통도 은근슬쩍 누그러지긴 했다. 화를 낸 만큼 속도 편치 않았다. 육친에 대한 어쩔 수 없는 애증으로 늘 가슴은 불에 덴 듯 쓰라렸다.

이학기 등록금 고지서가 며칠 전 도착했다. 등록금의 반이 넘는 장학금을 매학기 타고 있긴 했지만 남들의 반만 내는 등록금도 이십만 원돈이었다. 아버지는 현재 무일푼이고, 반찬값 정도밖에 안 되는 엄마의 모자 공장 수입으론 '새 발의 피'였다.

아버지는 다시 다림질을 한, 티끌 한 점 없는 순백의 와이셔츠 위에 블루마린의 양복을 걸쳤다. 그리고 상자를 열어 모조 사파이어 커프스버튼과 넥타이핀으로 살짝 멋부리는 것도 잊지 않았다. 고급 카지노에나 어울릴 만큼 성장을 한 아버지가 찌그러진 거울을 보며 바지 뒷주머니에서 마지막으로 빗을 꺼내 기름이 잘잘한 머리를 빗었다. 외출 준비가 다 끝났는데도 아버지는 뭔가 망설이는 눈치다.

그걸 짐작한 나는 마지못해 선심 쓰듯 아버지에게 말한다.

"점심 드시고 가실래요?"

"어? 점심? 지금 몇시야? 벌써 점심때가 됐나? 에에, 또오 나가서 먹어도 되지만…… 마침 때가 됐으니 마, 간단하게 먹고 나갈까? 거어, 라면 있나?"

아버지는 반색을 한다. 그냥 나가면 팔월의 불볕더위 속을 빈속으로 다닐 게 뻔하다.

"두어 개 있을걸요."

"됐다. 너도 아침 안 먹었지? 두 개 끓여서 니캉 내캉 먹자꾸나."

아버지는 양복을 입은 채로 엉거주춤 다시 앉았다.

부엌으로 나간 나는 불구멍을 꼭 막고 있는 걸레뭉치를 빼고 냄비에 물을 올려놓고 연탄 아궁이 옆에 쪼그리고 앉았다. 쌀단지의 쌀은 바닥이 나고 라면 세 개가 선반 위에 올려져 있었다. 아버지의 목소리가 다시 들렸다.

"이왕이면 계란도 좀 풀어넣고 맛나게 끓여봐라."

찬장을 열어보았지만 빗자루로 쓴 듯 텅 비어 있었다.

"계란은 한 개도 없어요!"

나는 안방을 향해 일부러 톡 쏘듯 말했다.

"아, 그래? 그럼, 고추는 있제? 먹다 남은 풋고추 말이다."

고추라면 있었다. 덜 매운 것으로 골라 된장에 찍어먹고 남은 매운 고추 몇 개가 독한 화병을 앓듯 붉은 물이 들어가며 소쿠리에 남아 있었다.

"있어요."

"오우라이트! 뭐 넣을 거 없으면 그거라도 넉넉하게 썰어넣고 푹 끓여봐라."

고추를 썰려고 칼을 대니 톡, 터지는 매운 기에 금방 재채기가 일었다. 나는 좀 망설이다, 에라 모르겠다, 끓고 있는 라면에 고추를 몽땅 썰어넣었다.

"햐, 이렇게 얼큰하고 맛 좋은 라면은 내 생전 처음이다. 라면 끓이는 솜씨는 대한민국에서 니가 최고다. 델리셔스!"

아버지는 혀끝을 태울 듯한 라면을 땀을 뻘뻘 흘리면서 들었다. 혀끝을 찌르는 매운맛은 어김없이 또 내 누선을 자극했다.

그해 여름, 어느 깊은 밤. 나는 처음으로 나의 성기를 들여다보았다. 보았다기보다는 탐색하였다고 하는 것이 옳을 것이다. 아버지가 면도할 때 쓰는 탁상용 거울과 엄마의 화장용 거울을 이용해 여러 각도에서 샅샅이 살펴보았다. 그리고 나는 무너져내리는 절망감으로 무릎에 얼굴을 박아버리고 말았다. 그건 아름다운 핑크빛도 장밋빛도 아니었다. 자세히 보니 결코 아름답다고 할 수는 없었다. 탄생 후 이십 년 만에 열어본 그곳은 영롱한 진주가 숨어 빛나는 것은 아니고, 그저 입 벌린 상한 조개처럼 내게 무참하고 혐오스럽게 느껴졌다.

스무 살이 되어 그곳을 스스로 열어본 것은 호기심 때문이 아니었다. 그것이 나의 출구가 되기를 나는 비장하게 바라고 있었기 때문이다. 누군가 그 문을 따주거나 부숴뜨렸으면 했기 때문이었다. 그러면 나는 아무 자의식 없이 타락할 수도 있을 것 같았다. 타락의 대가로 유흥가 같은 데서 돈을 벌고 싶다는 생각까지 들었던 것이다.

그 누군가로 나는 성재를 택했다. 그는 가난한 제적생이었다. 지금까지 내가 만난 남자애들 중에 그가 가장 불행해 보였다. 내가 성재에게 너와 함께 여행을 하고 싶어, 라고 했을 때 놀란 그애는 한동안 나를 빤히 쳐다보았다. 성재는 영어 서클의 친구였고, 데이트도 몇 번인가 하고 로맨틱한 편지도 주고받긴 했지만 서로에 대해 확신은 없는 사이였다. 하지만 나는 확신했다. 스무 살 성재도 나를 거부하지는 못할 거라고.

그 다음날 나는 청량리 시계탑에서 오전 열시에 성재를 만났고, 우리는 경춘선을 타고 춘천으로 갔다. 소양강 나루터에서 배를 타고 청평사로 들어가자는 건 순전히 성재의 제안이었다. 나는 아무래도 좋았다. 우린 아무것도 정하지 않았다. 여행의 목적에 관해서도, 여행의 일정에 대해서도, 여행 경비에 대해서도. 그래서 우리는 서로 아무 말이 없었다. 성재와 나는 소양강 물살을 가르는 뱃전에 서서 강물만 바라보았다.

그해의 유난스런 가뭄으로 청평사 계곡은 몹시 메말라 있었다. 우리는 민박을 정하고, 저녁 먹기 전까지 계곡을 따라 산책을 하기로 했다. 물이 없는 계곡은 황폐했고, 성재는 자꾸 깊은 계곡 속으로 들어갔다. 나는 발 밑의 돌들 때문에 자주 휘청거렸고 그는 그럴 때마다 내 손을 잡아주었다. 차갑고 끈끈한 손이었다. 그러곤 서로 놀란 듯 슬그머니 손을 빼내었다. 저만치 돌돌돌, 흐르는 작은 시내를 발견한 그가 양말을 벗고 물 속에 발을 담갔다. 그가 나를 향해 웃으며 너도 발을 담가봐, 하며 내 쪽으로 물을 퉁겼다. 나도 양말을 벗고 맨

발을 물 속에 집어넣었다. 섬뜩하게 물이 차가웠다.

"너 발 참 하얗다."

성재가 말했고 나는 어두워지는 사위에 유독 형광물체처럼 떠오르는 내 발을 쳐다보았다.

성재가 또 물었다.

"흐르는 물에 두 번 발을 담글 순 없다. 이 말 누가 한 건지 아니?"

나는 고개를 흔들었고 더이상 우리는 할말이 없었다. 너무도 고즈넉한 계곡이 무서웠고, 아무래도 좋다고 생각했지만, 성재와 내가 어두운 산 속에서 길을 잃을까 나는 두려워졌다.

민박집으로 돌아오니 아주머니가 양초 두 자루를 건네주었다. 전기도 들어오지 않는 방 안에서 초 한 자루를 켜고 우리는 된장찌개와 산채나물이 오른 밥상을 마주하여 말없이 밥을 삼켰다.

"많이 먹어라. 하긴 내가 많이 먹어야지. 밤에 힘 좀 쓰려면."

그러며 그가 내 밥그릇에서 밥 한 숟가락을 덜어가며 너스레를 떨었다. 평소에 유머가 많은 그였지만 그날 그가 하는 말들은 왠지 좀 억지스럽게 들렸다.

어색한 분위기를 의식했는지 그가 물었다.

"으음, 술 할래? 소주 같은 거 있을 텐데……"

밥상을 물리고 소주 두 병을 앞에 두고 그는 배낭에서 휴대용 카세트를 꺼냈다. 〈더스트 인 더 윈드〉〈더 새디스트 씽〉〈롱롱 타임〉〈투나잇〉〈원더풀 투나잇〉 등이 섞여서 녹음된 테이프도 함께 나왔다.

둘이서 소주를 들이켜는 소리가 유난히 커서 좀 거슬린다고 느낀 순간, 그가 음악을 틀었다. 한참 동안 우리는 흘러나오는 팝송의 의미에 귀를 기울이는 척 미동도 없는 서로의 그림자를 바라보며 속으로 떨고 있었다. 꼼짝도 할 수 없었다. 술도 용기를 주지는 못했다. 성재는 들창 밑 벽에, 나는 방문 옆에 버티듯이 앉아 서로의 거리를 절망스럽게 바라보았다.

누군가 먼저 취해야 했다. 성재가 나를 유혹해온다면 나는 기꺼이 무너질 각오가 되어 있다, 라고 내 자신에게 최면을 걸었다. 하지만 나는 점점 더 말짱해지고 있었다. 그리고 순간, 어젯밤 거울을 통해 본 나의 자줏빛 작은 문이 떠오르자 나는 갑자기 처참한 기분이 되었다. 그곳을 그가 보게 될지도 모른다는 생각이 들자 더욱더 그의 얼굴을 마주 볼 수가 없었다. 그래도 나는 나를 부숴뜨려야 한다고 재차 다짐을 했다. 유혹. 나는 성재를 유혹할 찬스를 포착하기 위해 그의 일거수일투족을 노려야 한다.

시간이 헉헉거리며 힘겹게 흘러가는 것 같았다.

초는 들창 밑 앉은뱅이책상 위에서 타고 있었고, 방 가운데는 소주병과 멸치 안주, 그리고 카세트 테이프가 제멋대로 돌아가고 있었다. 배터리가 다 되어가는지 가수들의 목소리는 점점 더 늘어지고, 그래서 더욱더 협박조의 저음이 되어갔다. 그 사이로 들창 밖 뻐꾸기는 줄기차게 울어댔다.

그 이상한 소음을 깨고 성재가 뜬금없이 물었다.

"있잖아, 뻐꾸기는 왜 밤에 우는 거니? 거 왜, 정윤희가 나오는 〈뻐꾸기도 밤에 우는가〉라는 영화 말이야. 그 생각 난다."

성재가 촛불에 담배를 붙여 물었다.

"나도 한 개비만."

성재는 불붙인 담배 한 개비를 무릎걸음으로 다가와 내게 건네주었다. 나는 그때 성재의 목덜미를 와락 끌어당기려 했다. 그러나 그것도 생각뿐, 성재는 내 팔이 닿지 않는 들창 밑 그의 자리로 금세 다시 돌아갔다. 나는 그의 타액이 묻은 담배를 빨았다.

"나에 대한 특별한 느낌이 있니?"

내가 물었다. 성재는 금방 대답하지 않았다. 그러나 열에 들뜬 눈을 들어 나를 바라보더니 곧 고개를 푹 꺾었다.

"넌 후회할 짓은 절대로 하지 않는 애란 건 알고 있어."

그가 단정적으로 말했기 때문에 나는 화가 났다. 후회할 짓이란 도대체 무언가. 그가 말하는 그 '후회할 짓' 을 나는 후회 없이 하고 싶다고 말하고 싶었다.

그러나 곧 성재는 수줍은 듯 고백을 해왔다.

"나는 널 좋아해."

가슴이 뛰기 시작했다. 하지만 그것도 잠시 그가 눈을 감고 낮게 부르짖었다.

"하지만 난 널 지켜줄거야."

나는 무언가 맥이 빠지는 걸 느꼈다. 성재는 한숨을 쉬고 나서 진지하게 말했다.

"난 지킬 수 있는 건 지키고 살아야겠다고 결심했어."

내가 원하는 건 진지한 남자가 아니었다. 내가 원하는 건 어쩌면 남자의 폭력이었는지 모른다. 그는 갑자기 병째 입에 대고 소주를 마시기 시작했다. 그때 촛불이 일렁거리더니 저절로 꺼져버렸다. 나는 침을 한 번 삼키고 나서 블라우스의 첫 단추로 손을 옮겨갔다.

하지만 짧은 순간에 성재는 새 양초에 불을 붙였다. 방 안이 다시 밝아지자 나는 결국 블라우스 단추를 끄르지 못하고 열이 오른 목만 쓰다듬다 손을 내려버렸다.

성재는 나머지 소주 한 병을 이빨로 따더니 몇 모금 벌컥거리며 들이켰다. 성재의 숨소리가 거칠어졌다. 그리고 나를 향해 고통스런 눈빛으로 말했다. 나는 그 눈빛이 나를 향한 참을 수 없는 사랑의 갈망이나 욕정 때문이라고 생각되었다. 나는 바짝 긴장했다.

"지킬 걸 지키지 못해 후회하는 인간만큼 비참한 건 없는 거야."

성재의 목소리에는 슬슬 취기가 배어나왔다.

"종환이 형 있지, 나는 그 형을 끝까지 지켜주지 못했어. 나 정말 어쩔 땐 죽고 싶을 만큼 괴로워."

성재의 몸이 들창 밑에 개어놓은 이불 더미 위로 무너졌다. 내 몸에서도 기운이 빠졌다. 종환이 형 때문에 성재가 내심 괴로워할 거라고 생각하긴 했지만, 성재의 갑작스런 호소가 나는 새삼스러웠다. 종환이 형이란 우리 영어 서클의 대선배였다. 서울대 공대의 촉망받는 조교로, 작년까지만 해도 미국의 유수한 대학으로 유학을 떠날 예정이었다. 작년 80년의 봄, 운동 조직에 있던 성재는 유난히 글씨를 잘 쓰는 종환이 형에게 유인물을 써달라고 부탁을 했다. 유인물을 돌리던 성재는 경찰의 불심검문에 잡혀 고초 끝에 필체의 주인이었던 종환이 형의 이름을 대주고 말았다. 성재는 그 일로 제적이 되었고 종환이 형은 비무장지대로 끌려가 군복무를 하다가 어느 날 의문의 죽음을 당했다.

성재는 이불 더미에 얼굴을 묻고 괴로운 듯 몸을 비틀었다.

"나, 이렇게라도 토해내고 싶었어. 가슴속에 있는 이 답답함, 억눌린 죄의식, 다 배설하고 싶었다구."

그를 지켜보는 나는 머리가 텅 비는 것 같았다. 들창에는 날름대는 촛불의 그림자가 방황하는 넋처럼 흔들렸다. 그런데 그가 누운 채로 갑자기 혁대를 풀기 시작했다.

"야 영선아, 너 내 꼬추 보여줄까. 널 사랑해. 야 씨발, 사랑이고 뭐고 좆도 아냐."

그는 뭐라 할 틈도 없이 바지를 까내렸다. 그는 취해 있었던 걸까. 나는 그때 남자의 성기를 처음 보았다. 일어설 듯 일어설 듯 엎어지는 서글프게 꿈틀대던 검붉은 살덩어리. 그러나 성재는 어처구니없게도 곧바로 잠이 들어버렸다. 들창 밖 숲에서는 뻐꾸기가 피를 토하듯 울어댔다. 갑자기 토하고 싶어졌다. 나는 방바닥에 먹은 걸 몽땅 토해내고 말았다. 그리고 눈가에 눈물을 달고 정말로 후회하고 있었다. 그 진지한 시대에는 아무도 유혹하는 법을 가르쳐주지 않았던 것이다.

"내 너한테 이런 말 하기는 남사시럽다만 최사장 사무실에 곧바로 들어가면 혹시 그 패거리 중에 코 옆에 점 있고 눈 굵다란 여자가 있나 단단히 봐라. 지가 인물 잘난 죄로 여자들이 파리 꼬이듯 붙는 데야 어쩌냐고 발뺌을 한다만 나도 더이상은 못 산다. 아무래도 모두 날 속이는 것 같단 말이다. 전화도 하지 말고 바로 쳐들어가거라. 오늘, 꼭! 알았지?"

간밤에 한숨도 못 잤는지 발개진 토끼 눈으로 내 손에 '회장 박기봉'이라 찍힌 금박 명함 한 장을 내밀며 엄마가 당부했다. 마지못해 명함을 받아들었지만 뿌루퉁하니 부어 있는 내가 맘이 안 놓였는지 엄마는 내 뒤꼭지에 대고 다시 입술을 앙다물며 말했다.

"철진이가 발작을 일으켜서 입원했다고 해라!"

"왜 그런 거짓말까지 해?"

"충격을 줘야 한다, 니 아버지한테는. 이젠 이판사판이다. 목돈을 보더니 환장을 한 게지."

아버지는 벌써 나흘째 외박이다. 좀처럼 없던 일이다. 첫날은 어디서 술이 과해 그런가보다 했다. 집에 전화가 없으니 기다리는 수밖에. 이틀이 지나서 연락처로 적을 두고 있는 최사장 사무실로 엄마가 전화를 하니 종무소식이라는 대답뿐이었다 한다. 군납 건이 정말로 성사되려는지 계약금의 일부라며 얼마간의 돈까지 가져와 큰소리치던 그 다음날 아버지는 사라졌다.

그러나 무조건 찾아간 충무로의 최사장 사무실에도 아버지는 없었다. 뚱하게 생긴 여사무원은 텔레비전 야구 중계에 빠져 있다가 박기봉 회장 딸이라고 했을 때에야 내실인 사장실로 나를 안내했다. 그곳은 담배연기 때문에 마치 포연이 가득한 전쟁터 같았다. 아버지 또래의 중년 남자들이 러닝셔츠 바람으로 거의 살기에 가까운 눈빛으로 열을 내고 있었다.

"이런 니미럴! 도를 닦나, 급살을 맞았나? 뭐 혀? 아이구 저 피 좀봐!"

"미리 고도리 안 까고 뭐 하고 있어? 돈독 좀 올랐다고 너 황사장 그럴래?"

"이제 끗발이 슬슬 오를라 카는데 누가 왔다 카노?"

최사장이란 작자가 머리가 반쯤 벗겨진 벌건 얼굴을 들어 나를 한번 일별하더니 매조 한 장을 세차게 내려꽂고 "투 고대이" 하고 호기차게 외쳤다.

한 순배 더 돌아 9점으로 판을 마무리하고 화투장을 모두어쥐고 나서야 그는 시큰둥하게 말했다.

"박회장 말이다, 지금 어디 있는고? 우리도 마, 애타게 찾고 있다 꼬 회사로 꼭 연락 좀 달라꼬 하소. 이런 중차대한 순간에 어디서 나타나질 않는 긴지. 마, 참 내도 답답타."

나는 말없이 목례를 하고 문을 나섰다. 내 뒤로 사내들의 목소리가 들렸다.

"미스 김, 우리 스포츠 할 때는 아무도 들여보내지 말라고 했잖나."

"딸이 즈거 아부지만 모하다."

"아부지사 인물 훤하제, 박력 있제, 빽줄 있제, 훤훤장부라. 돈이 좀 없다 아이가."

"그러니 노린재비 최사장한테 붙어 있지. 그 사람 인물 보니 여복도 어지간하겠데."

"뭐 하노. 아이쿠, 저 집에 공산 광으로 났다. 번쩍번쩍하구마. 청와대 형님 머리에 비치는 광발맨쿠로."

거리엔 닭장차들이 늘어서 있고 삼엄한 군장을 갖춘 전경들이 도열해 있었다. 지하도 앞에선 몇몇 청년들이 불심검문을 받느라 가방을 뒤적거리고 있었다. 언젠가 나도 검문을 받은 적이 있었다. 수배자 중에 나와 닮은 학생이 있는지 꼬치꼬치 물으며 한동안 놓아주지 않아 애를 먹은 기억이 났다. 나는 얼른 버스를 집어탔다. 최근에 생긴 종로의 롯데리아로 가기 위해서였다. 그곳에 아르바이트 지원 서류를 냈는데 오늘이 합격자 발표날이었다. 예상대로 나는 불합격이었다. 경쟁률도 셌지만 신장 미달이었다. 163이상이 합격선인데 내키는 159이다. 햄버거 하나를 팔아도 예쁘고 키 크고 날씬해야 한다. 불합격 판정이 마치 인간 불량품 판정이나 되는 듯 울컥 살기 싫은 마음마저 들었다.

"마, 인생이 고스톱 판인 기라."

존경하던 박정희 대통령의 피살 이후 전개되던 일련의 사태와 정국의 흐름을 아버지는 그즈음 도를 튼 고스톱 철학으로 피력하기도 했다. 사실 아버지의 그 말 속에는 불운한 사나이의 자기 위안과 안쓰런 희망이 숨어 있었다.

"쥔 패가 안 좋다고 실망할 필요 없다. 언제 뒤집어질지 모르는 게 인생인 기라."

그런데 군에 그대로 있었으면 아버지의 직속 상관이었을지도 모를 김재규의 사형 집행이 있던 날, 아버지는 나지막이 혼잣말처럼 중얼 거렸다.

"내가 지금까지 군에 있었다면 나도 아마 제 명에 못 죽을 기라. 저 사람 명령에 따랐겠지. 그전에 군대생활 스톱한 게 참말로 잘한 일 이다."

그런데 아버지는 지금 어디 계신 걸까…… 엄마 말대로 코 옆에 점 있는 눈 굵은 여자와 붙어지내는 걸까. 매사에 엄마의 직감은 정확했 다. 아버지는 '못 먹어도 고!'를 외치며 가정이란 판을 아예 깨고 싶은 건가. 그래, 깨려면 아주 박살을 내는 게 좋아. 아아, 이 숨통 막히는 세상도. 차라리 무슨 일이라도 일어나주었으면. 아버지의 부고를 지금 듣는다 해도 난 괜찮아. 어떻게든 모두 끝장이 나라……

위악적인 말들을 주술처럼 삼키면서 집으로 돌아왔다. 엄마는 내 보고를 듣더니 차리던 밥상마저 팽개치고 아버지의 헌 넥타이로 이마를 질끈 묶고는 자리에 누워 앓는 소리를 냈다.

"이 인사가 기어이 일을 저지르는구나. 그년이 또 붙은 게 틀림없어. 아이구우."

엄마가 안달을 하건 말건 아버지에게서는 소식이 없이 일 주일이 넘어가고 있었다. 학교는 등록기간이 지나 개강이 내일모레 코앞이었다. 엄마는 추가등록을 하라는 말만 하고 한숨만 지을 뿐이었다.

"며칠 내로 돈이 더 나온다는 말만 믿고 그 계약금 몇 푼을 급한 빚부터 좀 끈다고 한 게 잘못이다. 이럴 줄 알았으면 너 등록시킬걸. 아휴, 증말 인간도 아냐. 어쩨 이럴 수 있어?"

엄마는 말끝에 아버지에 대한 원망으로 턱을 바르르 떨었다. 며칠 새 엄마의 몸은 더 쪼그라들고, 여기저기 다림질에 덴 자국들에선 벌겋게 진물이 흐르고 있었다. 공장에서도 아버지의 생각으로 가끔 넋이 나가 있는 모양이었다.

등록금뿐 아니고 개강이 되면 서클 돈도 갚아야 했지만, 나는 이상하게 마음이 편했다. 이미 마음속으론 학교를 작파할 결심을 굳히고 있었기 때문이다. 모든 껍질을 벗고 취직을 할 생각이었다. 변신을 할 단계에 이른 것 같았다. 차라리 아무도 모르는 소도시 공단의 여공이나 시골 구석에 처박혀 농투성이나 되어버릴까.

이제부터는 여대생이라는 환상적인 엘리베이터에서 내려 노동자의 길로 곤두박질치듯 내려가야 한다. 나는 어금니를 힘주어 물고 내 안의 나에게 마음의 장례를 치렀다. 인생에 대한 복숭아빛 섣부른 환상도 벅벅 힘주어 지웠다. 그런데 왜 이렇게 눈물이 나. 수정처럼 결정(結晶)된 싸늘한 마음과는 달리 눈에선 뜨거운 물이 솟구친다. 꼭 최루탄을 맞으며 거리에 서 있는 것같이 그저 아무 슬픔 없는 매운 눈물이 말이다. 그러면서도 이런 생각을 하는 내 자신이 부끄러워졌다. 소아(小我)를 버리고 대아(大我)를 위해 싸우는 사람들도 있는데…… 하지만 나는 어쩔 수 없는 나다, 라고 생각하니 마음이 좀 진정되었다.

성재 생각이 났다. 청평사 계곡의 민박집에서 다음날 아침을 맞은 우리는 서로 고개도 들지 못하고 누가 먼저랄 것도 없이 각자의 배낭을 짊어지고 첫 배를 타고 서울로 돌아와버렸다. 그후 그를 만난 적이 없었다. 두 달째 그는 자취를 감추었다. 들리는 말로는 수배중이라고 한다.

나는 그날 밤 꿈에서 성재를 보았다. 고문하는 사람은 보이지 않고 일인극의 배우처럼 스포트라이트를 받은 그는 입 속에 말뚝을 박는 고문을 받고 있었다. 비명도 들리지 않아 꼭 무언극을 보는 듯했다. 뭐 그런 꿈이 다 있지? 다음날 아침 밥상머리에서도 온통 성재의 생각뿐이던 내게 엄마가 기운 없는 소리로 물었다.

"애, 요즘도 삼청교육댄가 뭔가가 아직 있다니?"

나는 화들짝 놀랐다. 갑자기 삼청교육대에서 고통으로 헐떡이고 있는 머리를 빡빡 민 성재의 모습이 지나갔다.

"놀라긴, 경찰에 신고를 해얄까보다."

"……누구?"

"누군 누구야? 느이 아버지 말이다. 벌써 열흘이 다 돼간다. 내가 영 꿈자리가 사납다."

엄마는 한숨을 후우, 쉬고는 공장에 출근을 하러 마루로 나서다가 건넌방 쪽으로 고통스런 시선을 한 번 던지고 유령처럼 몸을 끌며 집을 빠져나갔다. 건넌방엔 철진이가 이불을 뒤집어쓰고 누워 있었다. 사람을 피하는 증세가 눈에 띄게 나타나더니 급기야 학교를 가지 않고 두더지 숨듯이 이불 속에 숨어서만 지낸 지 사흘째였다.

아버지가 돌아온 건 열하루째 밤이었나보다. 내가 이렇게 말하는 것은 그를 발견한 것이 열이틀째 아침이었고, 그때 그는 깊이 잠들어 있었기 때문이다. 그 전날은 나도 학교에 나갔다가 우연히 친구들의 술자리에 끼어 몹시 취해서 집에 오자마자 곯아떨어졌다. 그렇다곤 하지만 분명 아버지가 들어왔을 때 엄마가 반짇고리라도, 아니, 그 동안의 분통으로 미루어 텔레비전이라도 집어던졌을 텐데, 엄마의 악다구니 한 번 들은 일 없이 그 밤이 지나갔단 말인가. 사실 아침에도 나는 아무것도 알아차리지 못했다. 출근도 접은 엄마가 내가 마루로 나오자 안방 문을 열고 쉬잇, 하며 손가락을 입에 댔을 때까지도.

"쉿! 조용히 하거라. 아버지 오셨다. 고단하셔서 주무시니 소리내지 마."

나는 좀 얼떨떨했다. 엄마의 얼굴은 전쟁에서 돌아온 고단한 아들을 맞은 어미의 낯처럼 기껍고 숙연하기까지 했다. 게다가 시장에서 소뼈와 양지머리까지 사와서 푹 고고 불고기까지 양념에 재어놓느라 부엌에서 부산스러웠다. 아버지는 수염만 좀 자랐을 뿐 천하태평의 얼굴로 혼곤하게 하루 종일 잠들어 있었다. 아버지가 깬 것은 그 다음날 저녁 무렵이었다.

"참 죽은 듯이 잘 잤다. 집이 최고다."

아버지는 엄마가 차린 밥상을 예의 그 식성대로 말끔히 비우고 또 자리에 누웠다. 그러나 그가 다시 잠들지는 않았다는 걸 나는 그의 떨리는 눈까풀로 알 수 있었다. 신문이 며칠째 방에 쌓이고 뉴스가 왕왕거려도 아버지는 손 하나 까딱하지 않았다. 말이 없어지고 대신 베란다 장독가에 앉아 햇빛 속으로 담배연기만 뿜어냈다. 엄마도 덩달아 말수가 줄었다.

스튜어디스로 있는 여고 동창의 부추김으로 승무원 입사원서를 내고, 학교에 가서 휴학계를 내려고 하니 담당 직원이 그날부로 내가 등록이 되었다고 했다. 집에 돌아오니 아버지는 외출을 하고 엄마는 파를 다듬고 있었다.

"그래? 누가 등록을 했다니? 집 안엔 돈이라곤 씨가 말랐는데."

그때 아버지가 들어왔다. 그는 노타이 차림이었다. 아버지가 넥타이를 매지 않고 외출을 하는 걸 본 적은 한 번도 없었다.

"영선이, 나 좀 보자."

아버지는 나를 안방에 불러앉히고 의미심장한 눈빛으로 바라보았다. 그리고는 흰 봉투를 하나 꺼냈다.

"니한테 빌려쓴 원금 이십만원이다. 이자는 차차 갚아주마. 약속은 약속이니, 부녀간에도 셈은 정확해야지. 그리고 오늘 니 학교 가서 등록했다. 니는 아무 생각 말고 공부나 해라. 쓸데없는 생각 말고. 전에도 얘기했지만 니는 내 희망이다. 니가 돈 못 버는 이 아부지 원망하더라도 나는 니 생각하면 이쁘고 자랑스럽다, 허허허."

아버지는 약간 과장한 듯한 사람 좋은 웃음을 흘리며 내 볼을 살짝 꼬집었다. 그때 나는 보았다. 왼손에 빛나던 아버지의 마지막 무기, 황금빛 롤렉스 손목시계와 다이아몬드 반지가 빠져나간 허전한 손을. 아버지는 무장해제가 된 포로처럼 허허로워 보였다.

그해 초가을, 아버지는 고향으로 떠났다. 벌을 치는 육촌오빠와 함께 꿀을 따러 다닌다고 했다. 아버지가 떠난 이후로 시골에서 몇 가마의 쌀이 부쳐져왔고 약간의 돈도 송금이 되었다.

벌들의 월동기인 겨울이 되어 아버지가 집으로 돌아왔다. 건강한 구릿빛 얼굴과 쑥색 점퍼가 썩 잘 어울렸다. 아버지의 큰 소리로 집 안은 다시 왕왕댔다.

"천하에 대통령도 안 부럽다. 내 밑에 충성스런 부하들이 수십만도 넘는다 카이. 마, 벌들만큼 조직적이고 충성스런 짐승도 없다. 사람보다 낫다. 두고 봐라. 내년에는 지금보다 벌통을 두 배는 더 늘릴 테니."

나는 언젠가 엄마에게 아버지의 열하루 동안의 행적에 대해 물어보았다. 엄마는 마지못해 대답했다.

"남산에 갔다 오셨다."

내가 의아스런 얼굴을 하자 엄마는 소리를 죽여 말했다.

"아버지한테 군납을 부탁했던 사람이 간첩이었단다. 그이가 군에 대해 잘 아는 아버지를 이용할라 그랬던 거지. 사람 잘 믿는 니 아버지가 새카맣게 또 속은 거야. 간첩 때려잡는 전문가였던 느이 아버지가 말이다. 아버지는 큰 고생은 안 했다고 그러시긴 하드라만. 다 하시는 소리지. 하지만 알 게 뭐냐. 속으로 곯았는지. 남은 모른다. 예전만 영 못하시다. 이 얘기 절대 아무한테도 하지 말아라."

*

귀국하니 많은 것들이 변했다. 아날로그의 시대가 가고 디지털의 시대가 왔다고 한다. 변한다는 것은 어쩌면 사람들에게 더욱더 빨리 모든 것을 잊어가길 요구하는 것은 아닐까.

흐르는 강물은 너무도 속도가 빠르고, 사람들은 그 강물에 이제 발을 담그지 않는다. 다만 디지털이라는 초고속의 배를 타고 스쳐 지나갈 뿐이다. 그리고 지나치는 것에 미련을 두는 법도 없다. 그 속도는 곧 망각의 속도인 것이다.

작년 가을, 병상에서 아버지가 말했다.

"인제 못 일어날 것 같다. 그런데 말이다. 딱 한 가지 먹고 싶은 게 있는데……"

아버지는 씨익 웃으며 입맛까지 다시는 모습이었다.

"그게 뭔데요?"

"고추 말이다, 풋고추."

"……?"

"니 생각나나? 내가 벌 치러 갔던 그해 여름에 우리 풋고추 참 많이도 먹었지. 어떤 건 참말 눈물이 쑥 나오게 매웠다."

"아버지도 그렇게 매웠어요?"

"그럼. 가장이 눈물은 흘릴 수 없고 속으로 울었다. 돌이켜보니 마, 나는 매운 고추를 묵으며 극기훈련을 한 기라. 세상살이 견디는 묘약으로 생각해 꾹 참고 먹었다. 왜 우리나라 옛 이야기에도 나오잖나. 동굴에서 백 일 동안 독한 마늘 묵고 곰이 사람 된 이야기. 우째 그리 그때는 동굴처럼 앞뒤가 그래 깜깜하등가……"

갑자기 상처에 고추를 분질러 문지른 듯 가슴이 쓰라렸다.

"너 그때 라면 참 잘 끓였느니라. 마음 같아서는 그 풋고추 넣은 라면을 지금 먹고 땀 한번 쫙 흘리고 나면 거뜬하게 일어날 것 같은데……"

아버지는 이제 영영 매운 고추를 먹을 수 없다.

벚꽃이 날리던 봄에는 성재로부터 한 통의 전화를 받았다. 그는 요즘 한창 상종가를 치는 벤처 기업의 사주로 변신해 있었다. 그 이후 그는 가끔 전화해 골프에 대해 주식에 대해 이야기하곤 한다. 그리고 한번 만나자, 이젠 널 정말 즐겁게 해줄 수도 있는데, 하며 너털웃음을 웃곤 한다. 스무 살의 성재…… 지킬 걸 지키지 못해 고통받던 그. 신념이 사랑을 억압하던 그 진지한 젊은 날, 여물지 못한 '꼬추'를 꺼내놓고 울다 잠든 우스꽝스런 옛사랑의 그림자.

하지만 나도 이젠 풋고추를 베어먹으며 눈물을 흘리지 않는다.

행복한 재앙

지영은 화옥의 침대 위에서 알몸으로 얽힌 남녀의 모습을 환영처럼 떠올린다. 상우...... 그리고 폭발적이고 위험한 열정. 지영이 상우를 만난 건 이른 봄 무렵이었다. 두 사람이 미칠 듯한 열정으로 달아오를 때 사고가 났다. 그를 만날 수 없는 병원 생활은 지옥이었다. 지영은 몸의 고통보다 그와 마음껏 사랑할 수 없는 고통이 더 처절한 형벌 같았다. 하루하루가 그를 향한 욕망 때문에 목이 말랐다.

제1장 얌전이, 한밤중에 전화를 받다

등장인물 :

김지영(38세) ― 별명 얌전이. 목, 허리 추간판탈출증으로 장기입원. 안경을 쓴 조용한 인상의 번역가.

박입분(60세) ― 별명 촉새. 깡마르고 자그만 체구지만 당찬 모습. 하이소프라노 음색으로 수다스러움. 독실한 천주교 신자.

최화옥(47세) ― 별명 삥끼. 카드회사 직원. 병실에 붙어 있지 않고 밤낮으로 하루에 다섯 차례 이상 외출함. 애교스러운 편이나 다른 여자들과는 말을 잘 안 함.

장봉자(53세) ― 별명 짱뚱이. 키가 작고 목이 짧아 자라목이라 불리기도 함. 골초. 남의 일에 나서길 좋아함. 다혈질.

오정숙(36세) ― 별명 똔똔이. 부동산 소개업자. 이재에 밝고 영악함.

이순임(35세)─별명 꺽다리. 큰 키에 입이 걸고 거침없는 성격.

김형래─병원 사무장. 눈빛이 느끼함. 환자를 위하는 척하면서 병원과 자신의 이익을 챙기는 사내.

고득수─보험회사와 환자의 보상금 합의를 중간에서 해주는 '조폭' 스타일의 브로커.

김간호사─노랑머리 간호사.

그 외 보험회사 직원과 청소부 안씨.

장소 : 어느 동네의 한 정형외과의원

지영은 노트를 한참 들여다보고 있다. 언젠가 이 병원 환자들 얘기를 소설로 써보려고 인물들의 성격을 정리해놓은 것이다.

환자들이 귀가한 병원은 괴괴하기까지 하다. 한데 방금 전 텅 빈 복도를 스쳐 지나는 발소리가 들린 듯하다. 지영은 다시금 병실 문의 잠금장치를 확인한다. 시계를 보니 밤 열두시가 다 되어간다. 지영이 누워 있는 곳을 빼고 네 개의 침상이 텅 비어 있는 병실이 휑뎅그렁하고 썰렁하다. 하루 종일 에어컨 바람이 쉴 없이 천장으로부터 몰아쳐, 앞 침대의 뚠뚠이 아줌마의 모포까지 걷어다 몸에 두르고 앉아있어도 연신 재채기가 터져나온다. 이 시간이면 병원은 텅 비게 된다. 환자들은 대개 저녁식사를 받아먹고 나서 일곱시쯤이면 앞서거니 뒤서거니 '퇴근'을 한다.

24시간 교통사고 지정 병원인 아래층 접수대에는 지금쯤 방사선실 정기사가 끄덕이며 졸고 있거나, 한 달에도 몇 번씩 바뀌는 바람에 얼굴이 기억나지 않는 간호사들 중 하나가 껌을 씹으며 티브이 심야

토크쇼를 보고 있는지도 모른다.

지영이 이 개인병원에 온 지도 벌써 삼 개월이 훨씬 넘었다. 이제 이 병실에선 최고참이다. 그 동안 이 병실에서 지영과 스쳐간 사람들이 줄잡아 오십 명은 될 것이다. 대부분 교통사고 환자가 오는 이곳엔 차에 스치기만 해도 합의를 보기 위해 무조건 입원하는 사람들이 대부분이다.

사고 후 지영은 한 달 반을 대학병원에 입원해 있었다. 겨우 절룩거리며 걸을 수 있게 되었을 때, 목과 허리의 디스크로 인해 몇 달을 더 물리치료를 받아야 한다는 의사의 진단이 나왔다. 비싼 검사를 다 마친 큰 병원에선 큰돈도 안 되고 자리만 차지하는 디스크 환자인 지영을 가만히 놔두지 않았다. 동네병원으로 가라고 채근을 하였다. 교통사고 환자들이 많이 가는 병원이라는 소문을 듣고는 치료를 잘해주는 줄 알고 찾아온 곳이 바로 이곳이었다.

처음 입원하던 날, 지영은 원장이란 작자를 만나보고는 기가 막혔다. 원장실로 들어가니 기름기라고는 짜려야 짜볼 콧기름마저도 없는, 퍼석하니 마른 왜소한 사내가 귀찮다는 듯 지영을 맞았다. 후줄근한 흰 가운을 걸친 그는 의사라기보다는 왠지 장의사의 염하는 늙은이 같은 풍모가 느껴지는 사내였다. 지영이 대학병원에서 가져온 검사결과와 의사의 소견서를 내미니 그는 양미간의 주름을 잡으며 억센 경상도 사투리로 씹어뱉듯 신경질적으로 말했다.

"이 꼬부랑 글씨 보나마나다. 결론은 디스크 아이가. 골치 아프다 카이. 그래, 아줌마는 얼매나 있고 잡은데? 내는 곪은 거 째는 의산데, 수술할 거 같으모 딴 병원에 가고, 마 알아서 하그라. 우린 마, 물리치료밖에는 모해준다. 하기사 디스크는 수술할 거 아이면 그 수밖엔 현재 없는 기라. 이 병원엔 마카 보상금 타묵을라고 붙어 있는 인간들 아이가. 그러니 내한테 우짜고저짜고 불만은 말고. 그라고 아줌마는 약도 묵지 말고 주사도 맞지 말고 마, 물리치료만 해라. 독한 약그래 오래 먹을 필요 없다. 몸에 다 안 좋다. 그라니께 아줌마 과실은 전혀 없고, 보험사에서 확실히 백 프로 병원비 낸다 이기지? 확실하요?"

뭐 이런 의사가 다 있어? 지영이 당황하고 있을 때 머리를 온통 금발로 물들이고 인조 속눈썹을 붙인 어린 간호사가 재촉하여 방사선실로 갔다. 거기서 형식뿐인 엑스레이 사진을 여러 장 찍고는 병실로 올라가니 아직 시트 정리도 안 된 쇠침대가 철골을 드러내고 있었다. 점심시간인지, 창문이 없어 어두컴컴한 병실의 형광등 불빛 속에서 푸른 줄무늬 환자복을 입은 퉁퉁 부은 여자 둘이 테이블도 없는 침대에 신문지를 깔아놓고 밥을 먹고 있었다. 쇠침대들만 앙상하게 놓인 것이 아마도 서양의 감옥이 이럴 것이란 생각이 불쑥 들었다. 서양은 죄수도 최소한 침대 생활은 할 테니.

간호사가 들어와 아예 이 주일분이라면서 불룩한 약봉투들을 건네고 링거 병을 매달았다.

"누가 처방을 내린 거죠? 원장님은 약도 주사도 맞지 말라 그러셨는데……"

지영의 말에 노랑머리 간호사가 인조 속눈썹을 붙인 눈을 동그랗게 떴다.

"그래요? 입원하면 원래 이렇게 하도록 돼 있는데…… 그러면요, 보험사에서 와서 물으면 매일 세 번 약 먹고 아침저녁으로 링거 맞는다고 말하셔야 해요. 꼭이요. 안 그러면 곤란해요."

노랑머리가 눈을 찡긋했다. 지영은 얼결에 알았다고 고개를 끄덕였다. 간호사가 나가고 나자 지영은 도저히 정이 붙을 것 같지 않은 병실을 둘러보았다. 웬 베니어 합판이 침대 옆 벽마다 세워져 있고 군데군데 벽이 갈라져 거무튀튀한 콘크리트 내벽이 을씨년스레 드러난 게 여간 심란한 것이 아니었다. 입원실이라기보다 마치 보수공사를 앞둔 창고 같은 느낌이 들었다. 지영이 저도 모르게 한숨을 푹 쉬자 두 여자 중의 하나가 말했다.

"그래도 이 병원만큼 편한 데가 없어요. 의사도 나이롱, 환자도 나이롱. 회진을 돌기나 하나. 더 있겠다고 하면 그저 진단서 끊어주고. 그래야 이런 병원도 먹고살지."

그때 문이 열리며 한 여자가 흥분한 낯으로 뛰어들어와 외쳤다.

"나 오늘 나간다. 합의 봤어!"

"아니, 얼마에?"

"장 반에"

"잘됐다. 나도 오늘 사무장 좀 만나봐야겠다. 사무장, 방에 있어?"

병원의 실세는 원장이 아니었다. 원장은 고용인에 불과했다. 오층짜리 정형외과 병원에 의사라곤 일반 외과의인 원장 딱 한 사람이고, 이 병원의 모든 걸 주무르는 실세는 오층에 있는 삼십대의 느글느글하게 생긴 병원 사무장이란 사내라는 걸 지영은 곧 알게 되었다. 그는 환자를 보면 한눈에 딱 견적을 내주었다.

"최아줌마, 절대 이백 밑으로 내려가면 안 돼. 아줌만 이백이 마지노야. 송아줌만 일 주일 입원에 백이면 떡 치겠어." 이런 식이다. 처음 입원한 환자들에게 병원 사무장 김형래는 한 달을 버티면 이백만 원, 두 달이면 얼마, 하고 부추겼다. 일 년만 병원에서 개겨버리면 부르는 대로 보험회사에서 돈을 싸들고 온다고 허풍을 치기도 했다. 그런 말이 완전 허풍은 아닌지 사람들은 친구의 사돈이라는 둥, 옆 집 사는 여자의 동서의 조카라는 둥, 그런 인물들의 보상 성공담을 하나씩은 가지고 있었다. 아무튼 사무장이란 작자는 처음 사고를 당해 아무것도 모르는 순진한 환자들의 몸값을 부풀려놓고는 그들의 욕망에 불을 당겼다. 일단 사무장을 한번 만나보면 누구라도 자신의 몸을 덤핑 처리하지 말아야겠다는 기특한 계산이 서게 된다.

한 달 전 퇴원을 하겠다는 지영을 만류하면서 그는 또 꼬드겼다.

"박사님, 박사님 같은 경우는 여기서 한 달 정도 더 버티다가 소송을 하세요. 편안하게 저희 병원에서 쉬신다 생각하며 말이죠. 부르는 대로 거뜬히 받을 수 있어요. 정신적 지적 손해까지 다 주장할 수 있어요. 박사님 같은 경우는 막말로 품질 면에서 다르잖아요. 보험사에서도 골치가 아파 죽으려고 할 겁니다. 사고는 대형 사고지, 딴 아줌마들하고 비교도 안 되는 대어 아닙니까?"

딱히 그것 때문은 아니었지만 사고에 대해 일차적으로 의논해야 할 보험회사 직원도 웬일인지 나타나질 않아 속수무책으로 있다보니 삼 개월이 넘어버린 것이었다. 사실 병원비 물어주겠다, 입원기간만큼 날짜 계산을 해서 보상금이 책정된다고 하니 날짜가 지나가는 게 손해는 아니란 계산이 있기도 했다.

올해 정초에 프랑스에서 학위를 받고 돌아와서 번역을 맡았던 프랑스 철학 책을 거의 마무리할 무렵에 교통사고를 당했다. 한 자도 못 쓰고 애만 태우며 누워 있다, 얼마 전부터는 연습 삼아 병실에 앉아서 조금씩 노트북을 두들겨보곤 했다. 단 삼십 분도 견디기 힘들 만큼 척추와 뒷목이 뻐근해지고 왼팔도 저려왔다. 몸도 몸이지만 보험회사 직원의 눈을 피해 작업을 해야 하는 게 영 내키지 않았는데, 언제부턴가 지영은 보험회사로부터 물먹는 신세가 되고 만 것 같았다.

보상금이 제법 나갈 것 같은 환자들은 보상금을 적게 주기 위해 환자가 제풀에 지쳐떨어질 때까지 그냥 내버려두는 작전이라고 병원 사무장이 귀띔을 주었다. 이 팽팽한 줄다리기에서 먼저 손을 놓으면 지는 거라고. 그러면서 그쪽에서 찾아오기 전에 절대 먼저 연락하지 말라고, 그러면 개값도 못 받는다고, 꿋꿋하게 버텨서 '인간 승리' 하라고 바람을 넣었다.

지영은 날마다 얼굴도 모르는 보험사 직원을 기다렸다. 아침에 눈을 뜨면 오늘은 그가 올까, 중얼거렸다. 그러며 도대체 자신이 기다리는 게 뭘까, 마치 사무엘 베케트의 『고도를 기다리며』에서처럼 부조리한 상황에 갇혀버린 건 아닐까 하는 막연한 불안감에 시달렸다.

그러다 오늘 오전의 일을 생각하면 보험회사 직원이나 병원 사무장이나 믿을 놈이 하나도 없다는 생각이 들었다. 그리고 누가 아군인지 적군인지 모르는 전투의 아수라장 속에 홀로 서 있는 것처럼 혼란스러워졌다.

오늘 아침 일을 생각하니 지영은 다시 울화가 치밀었다.

아침부터 후텁지근한 공기가 온몸에 달라붙고 하늘은 걸레 빤 물처럼 거무뎅뎅한 게 소나기라도 한소끔 내릴 것 같았다. 지영은 병원 현관이 저만치 보이자 택시에서 내렸다. 야구모자를 깊이 눌러쓴 그녀는 재빠르게 주변을 살폈다. 손에는 검은색 노트북 가방이 들려 있었다. 그녀는 엘리베이터가 있는 병원 일층 접수창구와 진료실을 피해 일부러 건물을 횡 돌아 계단으로 올라갔다. 이층부터 있는 입원실로 바로 통하는 계단이었다.

복도에는 짱똥한 자라 목의 203호 장씨 아줌마가 창 밖을 향해 막 담배연기를 내뿜고 있는 중이었다.

"늦었네? 주말 잘 지내고? 난 밤새 찜질방 가서 한증하고 좀 전에 왔어. 얌전아, 언제 나랑 거기 한번 가. 디스코에는 그만 한 게 없걸랑."

지영은 장씨 아줌마가 매번 '디스크'를 '디스코'라고 할 때마다 고쳐주고 싶었지만 참는다. MRI 촬영을 '에메랄드'라고 할 때도 마찬가지다. 지영은 될 수 있으면 튀지 않으려고 제깐에는 조심하고 있다. 물론 여자 환자들 중에 사 개월째로 접어든 최고참이지만 신경이 날카로운 이곳 장기입원 환자들과는 그럭저럭 잘 지내는 게 신상에 좋다는 걸 몸으로 느끼고 있었다.

"오늘도 찜질기 가져왔네."

"네……"

지영은 쑥스럽게 씨익 웃어주었다. 얼마 전 환자들이 모여서 포도를 먹으며 찜질 얘기에 열을 올릴 때였다. 지영이 무심코 노트북을 가방에서 꺼내자 같은 병실에 있던 박씨 할머니가 그 물건을 생전 처음 보았는지, "젊은 엄마, 그거 새로 나온 찜질기여?" 해서 한바탕 웃은 뒤로 노트북은 그만 찜질기가 돼버렸다.

202호 병실 문을 열고 들어서는 순간, 지영은 심상치 않은 분위기를 느꼈다. 자신의 침대 시트가 홀랑 벗겨져 있었던 것이다.

"사무장이 내동 찾더니만, 좀 전에 간호사가 와서 그냥 홀랑 걷어가버렸어. 어여 오층 사무장실로 올라가봐. 내가 그랬어. 아, 환자랑 면첨 얘길 혀야지, 기분 나쁘잖어, 허구 말여."

얼마 전부터 낯빛을 바꾼 사무장이 이렇게 나올 줄은 몰랐다. 지영은 숨을 한 번 고르고 시트가 벗겨진 을씨년스런 쇠침대에 걸터앉았다. 오전 열한시. 확실히 평소보다 늦은 출근이었다. 그리고 자신이 방심했는지도 모른다고 생각했다. 토요일과 일요일 이틀을 병원에 오지 않았던 것이다. 일요일은 모든 환자들이 맘놓고 병원을 비우지만, 토요일은 남편과 그렇게 한바탕 하지만 않았어도 분명히 병원에 출근은 했었을 것이다. 그렇게 방심을 한 데는 지영이 나름대로 생각이 있었기 때문이다.

사실 지영은 한 달 전에 일단 합의를 위해 보험회사에 선조건을 제시했다. 지영이 원하는 대학병원에서 검사를 다시 받아보는 것과 남편의 MRI 촬영이 그것이었다. 회사일 때문에 검사와 치료도 제대로 못 받고 급히 퇴원한 남편이 후유증을 호소했기 때문이다. 보험사에서는 묵묵부답이었다. 설상가상으로 의료계 파업까지 겹치는 바람에 대학병원의 업무가 마비되어 그 동안 한 달여의 시간이 소비되어버린 것이다. 보험사에서는 지영이 합의 의사를 비친 그때부터 아예 지영을 외면해버린 게 틀림없었다.

견디다 못한 지영이 브로커에게 의뢰를 하기로 마음먹고 변호사 사무장이라는 고득수에게 일을 맡겨버렸다. 고사무장은 지영에게 자신이 이제 다 알아서 할 테니 보험사 쪽엔 신경을 끄라고 했다. 그러니 둘이서 치고받을 일이지 보험회사의 직원이 병원으로 지영을 직접 찾아올 일은 없다고 생각하고 안심해버린 것이다. 그러나 고사무장에게서도 연락이 오지 않은 지 한참이 지났다. 금방 병원을 나갈 수 있을 것 같은 기대도 조금씩 무너져갔다. 자신이 기약 없이 볼모로 잡혀 있거나 사면을 기다리는 무기수인 것 같은 막막한 심정에 지영은 다시 우울해졌다.

지영이 퇴원을 못 해 초조해할 때마다 남편은 이죽거리며 말했다.

"그냥 느긋하게 지내라구. 당신이라도 제대로 보상을 받아야지. 이 복더위에 에어컨 꽉꽉 나오겠다, 병원에서 작업도 좀 하고 알차게 시간을 보내보라니까. 노트북도 가지고 다니고 말야. 사람 소심하긴, 남의 눈 의식하지 말구 말야. 당신 맨날 작업실 타령했잖아. 공짜로 방 얻었다 생각하고. 거 뭐야, 그냥 개겨도 하루에 주부 수당 이만원꼴은 보상이 된다며? 그저 쉬면서 돈 나오는 걸 행복하다고 여겨야지. 그리고 셋방 보증금 정돈 돼야 할 거 아냐?"

"넌 내가 병원에 처박혀 있는 걸 즐기고 있지? 날 인질로 해서 네가 바라는 게 뭐야? 그 꼴같잖은 자유야? 보상금 몇 푼이야? 그래, 그것 때문에라도 내가 차라리 죽었으면 했었지?"

마침내 스스로도 놀랄 만큼 억압된 감정이 폭발해 지영은 남편에게 대들며 울음을 터뜨렸다. 도대체 왜 이렇게 된 걸까. 무엇 때문에? 보상금 몇 푼의 미끼 때문에? 아니면 자기만 모든 사람들에게 바보처럼 당하고 있다는 피해의식 때문에? 지영은 절망감과 무력감 때문에 이틀을 병원에 가지 않은 것이었다.

죽음이 목전에 있을 땐 얼마나 가볍고 평화로 충만했던가. 지영은 사고 당시 혼절하기 전에 잠깐 찾아왔던 믿을 수 없는 평화와 행복의 순간을 목마르게 떠올려보았다.

끊임없이 이어지는 남편의 바람기에 지쳐가던 지영이 남편에게 별거를 제안한 것은 사고가 나기 사흘 전이었다. 남편은 순순히 응했다. 별거를 위해 지영이 기거할 셋방의 보증금을 마련해보자고까지 했다. 그도 그걸 기다리고 있었던 걸까.

그리고 어린이날, 아이들을 위해 오랜만에 함께 나들이를 갔다. 사고는 제부도에서 아이들과 조개와 게를 잡고 놀다 오는 길에서 났다. 앞서 가던 승합차가 갑자기 균형을 잃고 미친 말처럼 돌아서더니 뒤따라오던 지영이네의 승용차를 들이받은 것이다. 지영이 탔던 조수석을 깔아뭉갠 차는 공중제비를 몇 번 돌고 전복되었다. 전속력으로 달리던 승합차의 타이어가 갑자기 펑크가 난 것이 원인이라고 했다.

지영이 눈을 뜨니 상황은 이미 끝나 있었다. 앞유리에 금이 가고, 유리창이 박살이 난 채로 찌그러진 조수석 쪽의 문이 지영의 오른쪽 다리로 쳐들어와 있었다. 남편이 차에서 뛰쳐나갔다. 그러나 지영은 움직일 수가 없었다. 깨어진 차창 밖으로, 남편이 휴대폰으로 어디론가 계속 전화를 하는 모습이 찬란한 오월 하오의 햇빛 속에 새하얗게 떠올랐다. 무릎과 어깨 위로 쏟아진 유리 조각들도 햇빛을 받아 마치 다이아몬드처럼 황홀하게 빛나고 있었다. 몸이 너무나 가벼워지고 머릿속이 박하사탕을 문 것처럼 화아하게 휘발되는 느낌이 왔다. 살아서 다행이란 기꺼운 느낌도 전혀 없고 그저 이렇게 죽는다 해도 하나도 이상할 게 없을 것처럼 마음이 한없이 평화로웠다. 망가진 차 안에서 망가진 인형처럼 늘어져 있을 자신의 모습이 차라리 편하게 느껴졌다. 세상을 살면서 이렇게 욕심을 놓아본 적이 있었던가. 이렇게 가벼울 수 있다니…… 행복하기까지 했다. 뒷좌석의 아이들이 차 바깥으로 뛰어나와 지영에게로 왔다. 아이들은 지영의 얼굴을 보자 울음을 터뜨렸다.

"아악! 엄마가 귀신 같애!"

그때서야 얼굴에서 비릿한 피가 계속해서 흘러내리는 게 느껴졌다. 따뜻한 물로 샤워를 하고 있는 느낌에 젖어 눈을 감자 의식이 흐릿해졌다. 사이렌 소리가 끊임없이 다가오는 게 들려왔다.

"아니, 오라는 앰뷸런스는 사십 분째 안 오고 웬 래커차가 다섯 대나 떼지어 와. 이눔의 나라!"

귀국 후 언제부턴가 남편이 버릇 삼아 말끝에 올리는 '이눔의 나라' 소리에 슬며시 웃음이 나오는 것도 똑똑히 느꼈지만, 순간 남편의 목소리가 흐려지면서 지영은 의식을 잃었던 것이다.

오늘 아침에 지영은 병원의 사무장 김형래에게 배신감을 느꼈다. 오늘 일은 순전히 그의 개인적인 감정의 처사라고 밖에는 생각되지 않았다. 김형래는 그 동안 몇 번인가 합의 운운하며 지영에게 접근했었다. 하지만 지영은 병원 사무장으로서 그런 일을 서슴없이 하는 표리부동한 그가 마음에 들지 않았다. 흰자위가 많은 눈을 불안하게 굴리며 느글거리는 목소리로 음흉을 떠는 그 모습이 무조건 싫었는지도 모른다.

"그러길래 여기 사무장을 중신애비로 두면 쫓겨나가진 않을 거 아녀?"

입을 앙다물고 환자복으로 갈아입는 지영을, 성경을 읽던 박할머니가 돋보기 너머로 빼꼼이 쳐다보며 한마디 거들었다. 사무장이 아들 친구라며 먼 데서 입원한 할머니였다.

"옘병! 모르면 가만있어요. 사무장 빽 믿고 그따위 소리 하덜 말어. 그 얍삽한 놈, 얌전이가 브로까를 쓰니까 앙심을 품은 거야, 안 그래, 얌전아? 그놈이 환자들 값 매겨갖고 이리저리 이문 챙기고 팔아먹는 거 몰라?"

어느새 왔는지 병실 문을 연 203호 자라 목 아줌마가 거들었다. 자라 목 아줌마는 디스크 환자에게 주는 목 교정용 브레이스를 해서 안 그래도 짧은 목이 더 갑갑해 보였다.

"거그가 뭐 아는 척여? 그렇게 잘 알믄 판검사 다 해처묵지 이 방저 방 다니믄서 으짜구저짜구……"

"누가 아는 척을 해? 촉새처럼 껴드는 게 누군데?"

자라목이 목을 빼고 대들자 촉새 할머니가 돋보기 너머로 눈을 하얗게 흘긴다.

"그만들 하세요. 또 시작이세요?"

지영이 자라 목 아줌마를 복도로 끌어내며 문을 닫고 오층 사무장실로 올라갔다.

촉새 박할머니는 분하다는 듯 보고 있던 기도서와 묵주를 팽개치며 씨근덕거린다.

"짱뚱이 저년, 아프다는 거 다 그짓말이여. 나이롱 중에서도 완전 나이롱이여. 아, 아픈 년이 저녁마동 나가서 똥창 터지게 시장서 장을 봐서 잔뜩 들구 다녀? 에구, 저 짱뚱한 자라 목 뵈기 싫어. 혼자 아는 척 고상한 척은 다 해도 지년 하던 짓을 내 모를라구? 그 상판대기루 작부 짓이나 좀 하다가 저 짱뚱한 모가지 위루다 노가다판에서 부로꾸나 잔뜩 짜부라지게 이구 댕겼겄지. 온 병원에 너구리 잡듯 줄담배 연기루다가 숨을 못 쉬게 하질 않나. 하루 죙일 남들 욕을 끔처럼 씹어대질 않나. 하나님 의지하고 사는 우리네가 다 참어야지. 은총이 가득하신 마리아여 기뻐하소서…… 에이구, 허리, 발목이야. 왜 이리 오늘따라 시다냐. 별 비가 올라나."

가운데 침대의 화옥은 마스카라로 속눈썹을 말아올리느라 정신이 없다. 하루 동안 밤낮으로 대여섯 번은 화장을 고치고 옷을 갈아입고 외출을 한다. 얼굴에다 파운데이션으로 하도 두껍게 도포를 하는지라 '삥끼'라고 불린다. 그것도 밤엔 무슨 일을 하는지 며칠 전 퇴원한 곽씨 아줌마에 의하면 밤에는 낮보다 서너 차례나 더 들락거린단다. 곽씨는 부부싸움 끝에 이층에서 뛰어내려 다리가 부러져 꼼짝없이 병원 잠을 자야 했던 환자였다.

낮에 어쩌다 병실에 있을 때도 화옥은 카드 신청 장부를 들여다보고 있다. 入院 첫날, 환자복도 입지 않고 잔뜩 화장을 하고 있는 그녀를 아침에 출근한 환자들은 누구, 새 입원 환자의 보호자인 줄 알았다. 그런데 잠시 후 생글거리며 애교 있게 "카드 하나 만드세요" 하고 환자들에게 말을 걸었다. 그러나 그뿐, 화옥은 병실 안의 공통 화제에 끼는 법이 없었다. 휴대폰이 자주 울렸지만 늘 콧소리로 응응거리다가 복도로 나가 통화를 했다. 교통사고 입원 환자들은 저녁 어스름이 깔리면 집으로 모두 퇴근을 하건만 화옥은 한 번도 집이란 곳에 간 적이 없다. 빨래도 아예 이곳에서 하고 큰 옷가방을 침대 밑에 넣어놓고 있었는데 입원을 하면서 아예 이사를 온 것 같았다. 게다가 이층에서 유일한 남자 환자 병실인 204호엔 그녀의 외사촌 동생이라는 정건모가 있다. 그의 차를 함께 타고 가다 사고를 당했다고 한다.

"동생은 무슨 동생? 낮에는 동생이고 밤엔 여보지. 여자가 좀 낯짝이 두꺼워야지 시도 때도 없이 남자 병실에 들락거리니 우린들 불편해서 말야. 도대체 정체가 묘한 여자야."

그 병실에 함께 있는 산재 환자인 허씨 아저씨가 얘길 안 했어도 처음부터 뭔가 구린 관계임이 분명했다. 둘 다 집이 없는지 노상 밤이면 건모의 병실에 함께 붙어 있었다. 어떨 땐 밤에 둘이 함께 사라졌다 얼큰하게 취한 얼굴로 들어오기도 했다. 화옥이 따로 밤마실을 나갔을 때는 정건모가 확인을 하러 202호 병실 문을 시도 때도 없이 열어젯한다고 곽씨 아줌마가 푸념을 하곤 했다. 곽씨의 입을 통해 전해지지 않더라도 누구나 곧 짐작할 수 있는 일이었다.

화옥은 아슬아슬한 핫팬츠나 캐주얼웨어로 신세대 패션을 하고 있지만 어쩌다 보게 된 화장 지운 얼굴과 드러난 목과 팔뚝은 코끼리 피부처럼 검고 탄력이 없어 보였다.

그걸 보고 눈치 없는 상습 차치기 최씨 아줌마가 화통하게 까발린 적이 있었다.

"아니, 어떻게 마흔일곱밖에 안 먹은 이가 피부가 그렇게 갔어? 자긴 화장 안 하면 안 되겠다. 피부가 썩었어. 얼굴이야 찍어바르면 가릴 수 있지만 팔다리는 좀 가리지 애들처럼 그게 뭐야. 온통 다 드러내놓고."

그러나 최씨는 내심 화옥이 부럽고 시샘이 나는 듯했다. 마흔아홉인 자기가 훨씬 팽팽하다고 생각하지만, 겉늙은 화옥이 삼십대 후반의 희멀건한 애인을 둔 사실이 도대체 이해가 되지 않는다는 거였다.

남들이 뭐라건 화옥은 콤팩트로 콧등을 몇 번 눌러주고 정건모의 방으로 가버린다. 그녀는 모두가 자신을 '은따' 시키고 있다는 걸 알고 있었다.

지영이 오층 사무장실에 가니 김형래는 늙수그레한 부부를 앉혀놓고 어딘가로 전화질을 하느라 바빴다. 지영을 보자 대뜸 "강제 퇴원입니다"라고 어깃장을 놓고는 수화기를 든 채 잠깐 기다리라는 손짓을 한다.

"환자한테 상의도 없이 무슨 권한으로 그러죠? 그 동안 몇 달씩 봉으로 삼아 병원비 챙기더니 이젠 왜 찬밥으로 내몰죠?"

"거동이 불편하지 않으시잖아요? 합의를 보기 위해서 입원해 있는 건 안 된다는 말씀입니다. 그리고 입원 환자가 그렇게 자리를 비우면 어쩝니까? 보험회사에서 와서 난리가 났잖아요."

"지금 합의를 진행시키고 있는 중이잖아요. 종합병원 파업 때문에 모든 게 보류 상태고 그래서 보험사에서도 암 말 안 하잖아요. 합의를 보기 위해선 절대 퇴원하지 말라고 그 동안 나한테 사주를 한 사람이 누군데요. 언제부터 방침이 바뀌었죠? 이 병원에 거동이 불편해 움직일 수 없는 환자들이 몇이나 되죠? 그런 환자들은 아예 받지도 않잖아요? 그리고 난 병원에 비치된 출입 기록부에 정확하게 기록하고 나갔다구요."

김형래는 슬쩍 옆에 상담차 들른 부부를 보더니 손을 내저으며 지영을 내쫓는 시늉을 한다.

"김지영 아줌마, 이따 얘기합시다."

지영은 사무장실을 나와 휴대폰을 열어 변호사 사무장인 고득수에게 전화했다. 지영의 얘기를 들은 고득수는 대뜸 욕부터 했다.

"개새끼! 다 그짓말여. 보험사에서 가긴 워딜 가. 거그는 나만 바라보고 해결해주길 바라는구만. 아, 사모님 신경 쓰덜 말어. 내가 작신하게 밟아버려놓을 팅게요, 형래 그 새끼. 쪼께 좀 기달리씨요잉. 아 사모님, 사장님 MRI를 자문 보낸 대학병원서 아 쓰발, 파업인가 뭣이당가 땜에 지존허신 의사 선상들이 일을 안 보니 으짜요. 보험회사서도 최선을 다하고 있다니께 날 믿고 맘 편히 버텨보시오잉. 보험사에 사모님 담당 경수놈하고 그 윗대가리까지 다 우리 고향 후배들인 거 내가 얘기했지요잉? 염려 마쇼잉. 오늘밤에도 홀라 한판 놀기로 했당께."

보험회사와 싸워줄 변호사 사무장 고득수는 법보다 그의 주먹에 더 믿음이 가는 '조폭' 같은 인상을 풍기는 사내였다. 애초부터 그가 자기네 조직의 계보를 과시하듯 보험회사 사람들과의 친분을 거들먹거리는 게 어이가 없었다. 이 남자는 내 편이 맞는 걸까? 그의 말대로 이 바닥은 모든 게 거꾸로라는 게 맞는 말일까? 모두가 다 한통속인 것 같아 다시금 혼란스러워졌다.

시계를 보니 자정이 넘어버렸다. 화장실을 다녀올 때 보니 불 켜진 병실이 한 군데도 없었다. 갑자기 태풍이 오려는지 바람에 창문 덜컹대는 소리가 심상치 않다. 복도 창 밖의 전신주들의 전선이 위이잉 우는 소리가 을씨년스럽다. 그때 전화벨이 울렸다.

제2장 촉새, 손가락 세 개를 흔들다

물리치료실에서 치료를 받고 돌아온 정숙이 병실 문을 열자 청소부 안씨가 촉새 박씨를 붙들고 뭔가 쑤군댔다.

"우세스러워라. 병원에서 시상에……"

"그러게 말이여. 밖에 나가 하는 것도 모잘러? 그게 짐승들이지 인간들이여? 그래, 그건 우쨌는가?"

"내뻔져버릴라다가 냅둬봤당께요."

"무슨 일이 있어요?"

정숙이 눈을 반짝이며 묻는다.

"아, 글쎄……"

말하다 말고 박씨가 허허, 하고 멋쩍게 웃고 청소부 안씨가 목소리를 낮춰 말한다.

"듣고는 암 말 말어. 쩌기 오늘 아침에 청소를 하는디 뭣이냐, 하이 고 시상에 남자 삼각 빤스허고 양말 한 짝이 떨어져 있더랑게."

"어머 어머! 어디에요?"

"뭣이냐, 그렇제, 요기쯤 사물함 뒤쪽으로 떨어져 있더랑게. 내가 사물함 위를 걸레질허다 그만 약 봉다리를 사물함 뒤켠으루다 떨어 뜨려서 그걸 끄집어올릴라구 보다보니 카드 장사 침대 모서리 뒤편 하고 사물함 사이에 그게 콕 처박혀 있더라니께."

"아, 좋으면 나가서 할 일이지 노상 붙어 있으믄서 으째 여자 병실 꺼정 와서 짓거리여. 참 카드 장사 땜에 풍기문란이여."

"'삥끼'가 그랬을까요? 안 그래도 뻔히 행실 때문에 '따'를 당하고 있는데 그렇게까지……? 사물함은 안경 아줌마 거하고 붙어 있잖아 요."

"아니, 그럼 얌전이가 그랬을라구? 그럴 리가 있나."

"왜 옛말에 얌전한 고양이가 부뚜막에 먼저 올라간다잖아요."

"아녀, 혹시 껑다리 아녀?"

"종잡을 수가 없다니께. 간밤에 누가 자고 갔는지는 모르지만, 아 침에 청소할라고 오니 병실은 텅 비어 있제, 요상한 물건은 나오제, 알 수가 없다니께."

청소부 안씨가 마대자루를 껴안고 끙, 하고 궁둥일 침대에 부려놓 으며 궁시렁거렸다.

"전 어제 다섯시에 저녁 먹고 바로 퇴근했잖아요. 껑다리 아줌마야 어제 큰판 벌어진다고 일찍 나갔고. '삥끼'는 나 나올 때 보니 나가려 는지 화장 고치고 있었고, 할머니가 안경 아줌마하고 있는 거 보고 나갔는데……"

"나도 일곱시쯤 돼서 갔지. 아, 삥끼 짓이 틀림없어. 말해 뭣 햐."

그때 정숙의 환자복 주머니에서 휴대폰이 울린다.

"아, 예! 그 물건 아직 그대로 있어요. 낙찰가보다 물론 싸죠. 경매해봤자 주인한텐 손해고 세입자들도 쫓겨날 판인데요. 그러니 주인이 경매에 넘기기 전에 빼돌리는 거죠. 제가 중간에 이렇게 다릴 놓지 않으면 그런 집 쉽지 않아요. 서둘러야 합니다. 막말로 시세의 반값 아닙니까. 안 그럼 넘어가요. 아, 그럼요. 그래봤자 시간 버리고 헛수고만 하고 똔똔이라니까요. 지금 얼른 잡으세요. 아, 지금요? 아, 그럼요. 곧 뵙죠."

정숙이 휴대폰 뚜껑을 덮자마자 촉새 박씨가 껴든다.

"뭐여? 한 건 올렸어? 똔똔이는 좋겄네. 병원에 누워 있으면서 보상금 올라가, 틈틈이 껀수 올려 구전 뜯어……"

"능력 있는 사람은 다 그렇당게. 우리 같은 사람이나 하루 종일 마대자루 밀고 댕기제. 쩌그 삼층에 어떤 입원 환자는 이 주일에나 한 번씩 병실에 들어왔다 가는디 난 첨엔 보험사 직원인 줄 알았당게. 환자 같지도 않아. 미끈허게 양복을 빼입고설랑은 들어와선 환자복 갈아입고 몇 시간 앓다가 가. 근디 참 이상혀여라우. 고로콤 잘생긴 이도 환자복만 입혀놓으면 영락없이 오늘낼 하는 사람같이 보이니. 밖에 나가 회사에 출퇴근하면서 살다가 분위기가 좀 이상해지면 가끔 들어오는 거랑게. 근디 것두 병원서 받쳐줘야 혀. 빽이 있어야제, 그래야 즈거들찌리 연락을 해주제. 보험회사고 병원이고 환자고 다 짜고 치는 고스톱이여."

환자복을 활활 벗어부치고 침대 밑에서 원피스를 꺼내입은 정숙이 거울로 다가가 급하게 루즈를 칠하며 당부한다.

"할머니, 내 저녁밥 나오면 좀 타줘."

"들어올라고?"

"그럼요. 오늘 감이 이상해."

핸드백을 둘러메고 병실 문을 급히 열고 나가는 정숙의 뒤통수를 바라보며 청소부 안씨가 속삭인다.

"저이도 나이롱 아녀?"

촉새 박씨는 똔똔이 정숙을 보면 이혼한 맏딸 용선이 생각에 언짢아진다. 박씨의 딸과 동갑인 똔똔이는 이재에 밝고 영악한 반면, 용선은 이혼한 지 십오 년째인 지금도 제 앞가림을 못 하고 있는 것이다. 자신이 주장하여 시킨 결혼이라, 생후 삼 개월 된 손녀딸 보람이를 안고 결혼에 실패한 용선이 박씨 앞에 나타났을 때 박씨는 아무 말도 할 수 없었다. 그리고 이제껏 저건 내 십자가겠거니 하고 살아왔다. 이리저리 박씨가 몸을 재게 놀려 번 돈을 밑천 삼아 장사도 시켜보았지만 위인이 워낙 야물딱지지 못하여 손 털기 일쑤고 건달 같은 사내놈들한테 이용당하고 껍데기까지 홀랑 벗기운 게 한두 번이 아니었다. 차라리 집구석에서 식모처럼 살림이나 부려먹자니 한없이 게으르고 깔끔하지가 못해 잔소리 마를 날이 없었다.

딸은 밉지만 백일 무렵부터 박씨 손으로 살뜰하게 키운 보람이를 생각하면 가슴이 짜르르 끓으며 일 욕심이 생겼다. 밤낮으로 일거리만 생기면 닥치는 대로 몸을 놀려 손녀딸 유치원도 보내고 피아노도 사주고 컴퓨터도 사준 박씨다. 중학생인 손녀딸 대학 졸업시킬 때까지만이라도 건강하게 몸을 부려 돈을 모으고 싶은 생각에 늘 성모님께 건강을 주십사고 기도하건만, 올해 신수가 안 좋은지 정초에 한 번, 지금이 두번째로 당하는 교통사고다.

다행히 심하게 다친 건 아니지만 늙은 몸이 두 번씩이나 그런 사단을 겪으니 앞날이 걱정되지 않을 수 없다. 작년에 영감도 중풍으로 쓰러져 박씨의 도움을 받아 겨우 거동을 하고 있고, 딸년은 빈둥거리며 에미 골을 빼고, 손녀딸은 한창 키우기에 돈이 드는 시기인 것이다.

게다가 병원에 이렇게 출퇴근하느라 정신 없이 집 안을 들락거리는 통에 문단속을 제대로 못해 보람이 방에 있던 컴퓨터를 도난당했다. 모든 게 교통사고 때문이었다. 컴퓨터를 잃어버린 걸 보험에서 보상을 해주면 좋으련만 사람들이 그런 건 가당치도 않은 일이라고 말해줄 때마다 억울해서 환장을 할 지경인 박씨다.

보람이 컴퓨터가 없어 숙제를 못 한다고 징징대는 걸 보면 하루라도 빨리 합의를 보고 목돈을 좀 만져보고 싶은데 어찌된 일인지 보험회사에서 연락이 없어 애가 탔다. 정초에 사고 났을 때 사무장에게 잘 보이는 게 최고의 수라는 걸 몸소 깨달은 박씨는 이번엔 아들놈의 친구의 친구라는 이곳 사무장을 찾아 일부러 동네병원을 마다하고 이 병원에 입원을 했다. 사무장은 은근히 자신만 하느님처럼 믿으면 만사형통이라며 박씨를 안심시켜주었다. 박씨는 그런 사무장이 아들처럼 여겨져 여간 고마운 게 아니었다. 그래서 박카스라도 한 박스 들어오면 꼬박꼬박 오층에 올라가 진상을 하고 싶어졌다.

그러나 병원에 누워 있으니 여기저기 몸이 더 아프고 마음이 자꾸 약해지는 것 같았다. 이런 몸으로 밤에 집에 가서는 영감님 씻기고 새벽밥 지어 먹이고 보람이 도시락 싸고 설거지 해놓고 병원에 출근해야 했다. 궂은일을 할 땐 정신이 없어 몰랐는데 이렇게 병원에 하릴없이 누워만 있으니 한없이 처량하고 기구한 년의 팔자가 내가 아닌가 싶은 구슬픈 생각만 드는 거였다. 평생을 영감님 치다꺼리에,

새끼들 키우고 이젠 무능한 딸년 덕에 손녀딸마저 건사해야 하는 고달픈 팔자. 그럴 때마다 박씨는 묵주를 든다.

믿음직스럽게 생긴, 안경잡이 글쟁이 여자의 남편이 가끔 물리치료하러 올 때나, 뚠뚠이가 남편 자랑, 자식 자랑에 침이 마를 때 박씨는 남몰래 용선이 생각에 한숨을 내쉰다.

벌써 입원한 지 한 달째인데도 어찌된 일인지 보험회사 직원의 낯짝도 보질 못해 박씨는 안달이 날 대로 나 있다. 한 달을 입원해 있었으니 최소 주부 수당은 확보가 되었지만, 얼마나 더 받을 수 있을까 연필에 침을 묻혀 성경책 겉표지 간지 사이에 남몰래 계산을 해보는 박씨다.

그때 노크 소리가 나더니 키가 크고 멀쑥하게 차려입은 양복 차림의 남자가 들어온다.

"박입분 할머니!"

눈치 빠른 박씨가 먼저 선수를 친다.

"이잉? 나여. 거그가 보험회사여? 으째 이리 뜸을 들이다 왔는가."

"좀 어떠세요? 접보는 일찍 했는데 신고한 아드님 이름하고 휴대폰 번호가 틀리게 입력돼서 찾느라고 혼났어요."

"으떻긴 으때! 이거 좀 봐! 내 궁둥일 까볼라니."

갑자기 박씨가 일어나 환자복 아랫도리를 홀떡 내린다. 민망해 얼른 고개를 돌린 남자의 얼굴에 금방 웃음이 실린다.

"당최 허리, 복숭뼈, 헌두가 아퍼 죽겠어."

"헌두? 거기가 어딘데요?"

박씨가 엉치뼈를 손바닥으로 두드리며 소리를 빽 지른다.

"아 여기지! 애 트는 거처럼 아프다니께. 그라고 디스코 초기랴."

"하하, 디스크는 무슨…… 할머니, 할머니 연세믄 어디든 안 아픈 데가 있나요."

"할머니, 할머니 하지 말어. 나 호적 나이는 만 오십팔 세여. 그리고 이날 입때꺼정 잠시도 논 적 없는 소중한 내 몸뚱이여. 그런데 이 몸뚱일 이래놨으니 으쩔 거여?"

"누가 뭐래요? 치료 잘 받으세요. 우리 어머니하고 동갑이신 거 같으네."

"아, 치료도 치료지만 나 여기서 나가서 일도 해야 허겠고. 그러자믄 침이나 뭐 한방으로 내 돈 들여 고쳐볼라네."

"그럼 지금이라도 합의를 하실려구?"

"나 이래 봬도 장정 못 하는 늙은이여. 낮에는 공공근로 허구 저녁부터 새벽꺼정은 그랜드마트에서 마포질허는 사람이라구. 밤낮으로 일하는 사람이란 말여. 그란데 사고 따문에 삼 개월짜리 공공근로 한 달 하다 말았지, 그랜드마트 열흘 댕기다 끈 떨어져버렸네. 내 다 보여줄 텨. 이게 왜 빨리 안 나오냐. 못 믿겠으면 일루다 월급 들어온 거 봐."

박씨는 돋보기를 쓰고 손가방에서 통장들을 꺼내어 펼쳐놓는다.

"그래서 얼마를 원하시는데요?"

"난 많이 달라구 안 혀. 양심적으루 하지. 내 계산으루는 일 못 하구 끈 끊어진 거꺼정 쳐서 삼백오십은 받아야겠는데."

"에이, 할머니! 우리 어머니 같아서 잘해드릴라 그랬는데, 말도 안 돼. 그냥 치료나 잘 받으세요."

"아 사무장 안 만나구 가?"

박씨가 안달이 나서 묻는다.

"사무장을 제가 왜 만나요? 사무장 잘 아세요?"

"아녀, 하두 거그서 연락이 없길래 내가 사무장을 달달 볶았지. 나 따라와봐."

박씨가 남자를 이끌고 나가니 마침 원무과 앞 복도에서 김형래가 얌전이와 얘기를 나누고 있는 게 보인다. 얌전이는 흘러내리는 안경을 연신 올리면서 이야기를 듣고 있다.

"어이, 사무장! 여그 보험회사서 이제야 왔네. 얘기 좀 해봐."

남자와 사무장이 악수를 나누는 중에도 키가 작은 박씨는 키 큰 남자 등뒤에서 까치발을 들고 연신 사무장 김형래를 향해서 애타게 손가락 세 개를 높이 흔들고 있다.

제3장 삥끼, 코방귀를 뀌다

204호 건모의 방에서 나오던 화옥은 껑다리와 짱뚱이가 복도에 나와 해바라기를 하고 있는 걸 보고 고개를 외로 꼬며 지나간다. 슬쩍 보니 껑다리는 어디 외출이라도 하려는지 껑충한 환자복 바지 위로 분홍색 티셔츠를 받쳐입고 있다.

짱뚱이 : 어디 가?

껑다리 : 애인 만나러.

짱뚱이 : 애인 만나러? 허리 아프담서?

껑다리 : 허리 아프면 애인 못 만나나? 서서 요렇게 한 짝 다리만 들면 다 알아서 허지. 허리 아픈 년이 꼭 밑에 깔려야 되나?

그러며 낄낄댄다. 화옥은 껑다리와 짱뚱 아줌마가 죽이 잘 맞는 만담 콤비처럼 자신과 건모의 관계를 갖고 찧고 까분다는 걸 안다. 지금도 자신의 뒤통수를 도끼눈을 하고서 째려보고 있을 것이다. 화옥은 '똥이 무서워서 피하냐? 드러운 것들' 하며 더운 콧바람을 한 번 뿜어냄으로써 분한 마음의 압력을 조절하곤 한다. 그리고 특히 껑다리가 자기를 '따' 시키기 시작하던 그때 일을 떠올렸다.

어느 날 저녁, 오랜만에 202호 병실에 환자들이 모두 모여 소주를 한 잔씩 돌려먹고 있었다. 밖에선 갑작스레 추적추적 비가 내리기 시작했는데, 우산 없는 김에 자고 가자며 병실에 궁둥이들을 부리고 있다가 누군가가 술추렴을 제안했었나보다. 그때만 해도 패가 갈리기 전이라 모두들 희희낙락이었다. 얌전이 글쟁이도 끼어서 소주잔에 입술을 달싹이고 있었고, 촉새 할머니와 짱뚱이의 사이도 그때만 해도 각별했다. 술자리가 무르익자 촉새 박할머니가 빈 소주병을 들고 일어나 눈을 감고 콧소리를 섞어가며 노래를 부르기 시작했다.

"연분홍 치마아가 봄바아람에 휘나알리이더어라아 오늘도 옷고름 입에 물고……"

그러더니 쿨적쿨적 울기 시작했다.

"우리 영감이 나이 오십도 안 돼서 하초가 말을 안 들어서 난 사실 마흔 과부여. 이 젖 좀 봐. 안즉 이렇게 탱탱한 것 좀 봐. 내 나이에 이렇게 젖퉁이 탱탱한 년 있으믄 나와보라 그려."

그러며 환자복 상의를 젖히고 중풍으로 누워 있다는 영감님이 입다 만 러닝셔츠인지 암튼 헐렁하게 가슴께가 파인 헌 남자 러닝셔츠 위로 훌떡 젖을 까보였다.

그런데 갑자기 짱뚱이 장씨가 벌떡 일어나더니 환자복을 활짝 펼쳤다. 그러자 거짓말같이 풍만하고 탄력 있는 두 개의 젖무덤이 용수철이 달린 주먹처럼 티융, 도발적으로 튕겨져나왔다.

거친 풍상을 보여주는 검붉은 얼굴과는 달리 두 개의 흰 고무공 같은 그걸 보고는 사람들이 햐아, 하며 탄성을 질렀다.

그게 도화선이 됐는지 젊은 여자나 늙은 여자나 할 것 없이 이야기는 음담으로 꼬리에 꼬릴 물었다.

그때 꺽다리가 그런 얘기조차 진지한 눈빛으로 듣고 있는 얌전이에게 대뜸 물었다.

"언니는 그래 몇 살에 빤스를 벗었어?"

얌전이는 술잔을 뱅글뱅글 돌리며 그냥 싱긋 웃었다. 제일 나중 들어온 꺽다리가 경우 없이 아무에게나 말을 트는 것과 달리, 얌전이는 이 병실에서 최고참인데도 늘 존댓말을 쓰며 예의 바르다. 병원에도 텃세라는 게 있는 법인데 말이다.

꺽다리가 이번에는 뚠뚠이에게 묻는다.

"난 빤스 안 벗었어. 옆으로 기어들어오데."

뚠뚠이가 그렇게 대답하자 모두들 와아 하고 웃었다.

화옥은 왠지 그 자리가 불편하여 휴대폰을 들고 건모의 방으로 가려고 일어섰다. 그런데 한 번도 화옥에게 말을 붙이지 않던 꺽다리가 도도한 눈길로 물었다.

"언니는?"

그때 화옥은 모든 여자들의 시선이 자신의 입술로 향하는 걸 느꼈다. 화옥의 정체를 까발리고 싶어하는 진득진득한 호기심이 번들대는 눈빛. 화옥은 그러는 여자들에게 조소를 흘리며 문을 쾅, 닫고 나갔다.

"저런 여자들이야 빤스나 걸치고 살겠냐? 수시로 들락거릴 텐데, 차라리 노팬티가 낫지."

누군가 그렇게 말하자 웃음이 일었다.

"난 열여섯에 빤스 처음 벗었어. 그때 생긴 새끼가 우리 아들새끼여."

꺽다리의 신세타령이 이어졌다.

열여섯에 빤스를 벗었다는 꺽다리에겐 서른다섯밖에 안 먹은 것이 고3짜리 아들놈이 있다. 천성이 얼마나 발랑 까졌길래 열여섯밖에 안 되어 빤스를 벗고 애를 내질렀을까. 촉새 할머니에 의하면 꺽다리는 작년에 재가하였는데, 그 남편의 나이가 겨우 서른하나란다. 그러니 의부와 아들놈이 띠동갑이라 한 집에서도 그런 원수지간이 없던 터에 꺽다리마저 병원에 처박혀 있으니 집 안에 살기가 돈다고 한걱정이란다. 두 사내가 한 집에서도 밥을 따로 끓여먹을 정도라더니 언제부턴가 제 에미와 똑같이 생긴, 머리에 노랑물을 들인 날라리 아들놈이 병실에 와서 지내곤 했다.

그 아들을 보니 화옥은 스물네 살 난 아들 명석이 생각이 났다. 새끼라 해도 한 번도 끼고 살지 못한 아들이다. 군에서 휴가를 나와 휴대폰으로 연락이 왔을 때도 사고를 당해 병원에 입원중이라는 말을 못 했다. 사고 합의금이 얼마가 나올지 모르지만 없던 돈이라 생각하고 아들의 통장에 넣어주리라 마음을 먹으니 처음으로 사고 덕분에 에미 노릇 하는 것 같아 뿌듯하기까지 했다.

MRI 검사 결과가 중증의 디스크가 아니라 디스크 초기, 벌진인지 버진인지로 나와 보험회사에 뻗대기는 좀 힘을 못 받는 정도이긴 하지만 돈도 벌고 또 건모와 이렇게 붙어 있게 된 것도 사고 덕이 아닌가 싶다. 사람은 죽지만 않으면 다 수가 있는 것이다. 개똥으로 굴러도 이승이 낫다고 하지 않던가.

게다가 카드회사의 자유로운 업무 성격상 얼마든지 눈치껏 낮에 영업도 계속할 수가 있는 것이다. 그리고 밤에 가끔 노래방이나 단란주점의 아르바이트도 뛸 수 있다. 집세도 안 들고 이 병원에서 숙식이 해결되니 아침마다 뒷목이 뻐근한 것 정도야 얼마든지 참을 수 있다.

병원에 갇혀 있는 동안 건모가 느끼는 권태로움이야말로 두 사람의 사랑의 묘약에 쓰일 귀중한 재료가 되어주었다. 사고가 나지 않았다면 건모는 화옥을 떠났을지 모른다. 사고가 나던 날, 건모는 화옥에게 헤어지자고 말했다. 그러나 사고 후 건모는 오히려 화옥의 포로가 되어버렸다. 아무 할 일도 없는 무료한 건모는 밤을 기다렸고 괴괴한 심야의 텅 빈 병실에서 숨을 죽이고 하는 섹스도 별다른 맛이었다. 별거중에 있다는 대구에 있는 건모의 아내와는 반드시 이혼을 시키고야 말겠다고 회심의 미소를 짓는 화옥이었다.

그런데 아무리 숨을 죽이고 방아질을 해도 낡고 오래된 쇠침대가 찌그덕대는 걸 달랠 수는 없는 노릇이었다. 그래서 요즘엔 둘이 나가 소주 한잔씩을 걸치고 피 같은 여관비를 쓸 수밖에 없게 되었다. 그렇게 되기까지에는 두 가지 이유가 있었다. 그 쇠침대 우는 소리가 그렇게나 사람을 자극한다는 걸 알게 되었기 때문이다. 어느 비 오는 날이었다. 이층 병실에 아무도 없는 것을 확인한 두 사람이 한 침대에 들었을 때 다른 방에서 쇠침대 삐걱거리는 소리가 들려왔다. 거기다 벽에 머리통까지 부딪는 소리가 나자 두 사람은 동시에 서로의 얼굴을 들여다보았다. 그 소리가 엄청 생생하게 들렸기 때문이다.

"누구지?"

"아무도 없었는데……?"

"견우와 직녀 아냐?"

"오늘이 칠석날이야?"

"그쯤 됐을걸?"

"어머, 근데 저 소리…… 너무 적나라하다. 그치 자기야?"

화옥이 건모의 가슴에 난 몇 오라기 털을 소중하게 쓰다듬으며 콧소리로 말했다.

"우린 완전 스테레오였을 텐데…… 우리야 정신이 없었을 테니 모르겠지만 남들한텐 상당히 자극적인 소리였겠는데. 어휴, 쪽팔려. 앞으론 땅바닥에서 할까? 우리 같은 디스크 환자들은 사실 침대생활이 별로거든."

그리고 또 한번은 어느 날, 한창 절정에 올라 있을 때 심하게 문 두드리는 소리가 났다.

"아, 잠 좀 잡시다. 삐그덕 콩콩, 삐그덕 콩콩, 잠을 잘 수가 있나. 여관에 가서 지랄을 떨던가. 염치들이 있어야지 좀. 뭔 디스크 환자가 밤마다 그렇게 밝혀? 완전 나이롱이라고 내 보험사에 고발할 거야."

껵다리였다. 껵다리가 다리 부러진 곽씨 아줌마가 쓰던 목발을 들고 와 문을 때리며 패악을 치고 있는 중이었다. 어느 자리라고 껴들어? 교양 없는 년, 화옥이 낮게 부르짖었다.

그때부터 나가서 여관비를 지불할 때마다 내 이년, 가만두나 봐라 하고 화옥이 껵다리에게 부르르 떨며, 이를 갈기 시작한 거였다.

제4장 짱뚱이, 분기탱천하다

교통사고를 네 번이나 당한 적이 있는 여자가 203호에 새로 입원을 했다. 그 방에 그 여자가 고용한 변호사 사무장이 왔다며 껵다리가

202호 사람들에게 광고를 했다. 꺽다리는 요즘 합의 문제로 고민에 빠져 있다.

"다들 한 수 들으러 가보자고. 박할머니도 가고 얌전이 언니도 가봐. 지식이 많으면 뭘 혀. 이럴 땐 줄을 잘 서고, 선을 잘 대고, 루트를 정확히 알아야 혀."

꺽다리가 다 모는 바람에 201호의 만수 엄마, 마을버스에서 떨어진 성미씨, 202호의 박할머니와 얌전이가 203호로 몰려갔다.

203호에는 짱뚱이 장씨가 쪼그리고 앉아 생수병에다 노란 영양제가 조금 남아 있는 링거액을 모으고 있는 중이었다. 간호사에게 알랑방귀를 꿰고 수거해온 빈 링거병들에서 남은 찌꺼기 수액을 알뜰하게 모아다 집의 화초에다 준다고 했다.

"이거 난한테 줘봐. 이거 다 사람 살리는 물인데 죽었던 난도 시퍼렇게 올라와."

이 일로 박씨와 한 번 티격태격한 적도 있었다. 박씨와 링거병 쟁탈전이 벌어진 것이었다. 그러나 입만 살아 있는 박씨가 장씨의 욕심을 당해낼 리 없었다. 그 이후로 박씨는 장씨를 보면 한 가지 욕을 덧붙이게 되었다. "주접에 비듬 떨어질 년."

링거액을 거두기 전에 한창 취미활동에 열을 올리고 있었는지 장씨의 침대 위에 되다 만 작품이 널브러져 있었다. 요즘 장씨가 조용하다 싶었더니 한창 유행하고 있는 구슬 달린 손뜨개 핸드백을 뜨고 있었던 것이다.

그 옆 침대엔 서울 조카 결혼식 보러 올라왔다가 사고를 당해 입원한 경상도 아줌마가 "아이고예, 아이고예" 하며 두 손으로 감싸안은 머리를 흔들며 끙끙대고 있었다.

지금까지 교통사고를 네 번이나 당한 적이 있다는, 그야말로 이 바닥에서도 흔치 않은 전력을 가진 여자는 호방하게 생긴 여걸풍의 중늙은이였다. 왕년의 가수 현미를 쏙 빼닮았는데 영락없이 목소리도 흡사했다. 그 옆에 머리가 벗겨지고 거무튀튀한 사내가 바야흐로 중요한 얘기를 끝냈는지 막 일어서는 중이었다.

"사모님, 일단 검사 결과가 나오면 연락을 주시고요. 아무 걱정 마십쇼. 이번 작업도 제가 잘 알아서 할 테니. 몸조리나 잘 하시고요. 그럼, 바빠서 이만……"

주르륵 서 있는 환자들이 저마다 자신들의 사례를 머릿속으로 정리하고선 말문을 열려고 모두들 입술에 침을 한 번씩 돌리는데, 사내가 그 조급증에 쐐기를 박듯 말했다.

"환자님들, 오늘은 죄송합니다. 지금 두 군데서 합의가 성사돼서 합의금 찾으러 은행 시간 늦기 전에 가봐야 돼서 말이죠. 교통사고는 케이스 바이 케이스. 개인적으로 연락 주시면 성심껏 도와드리죠. 이 바닥에선 연륜으로 보나 능력으로 보나 저만한 전문가가 없죠."

그러며 사내는 윗주머니에서 자신의 명함을 꺼내 한 장씩 나눠주곤 급히 떠났다.

"저이, 일 참 잘 해. 골치 아프게 보험사하고 붙어봤자 바위에 계란 치기지. 저이 같은 이들한테 돈 몇 푼 커미션 줘도 그게 남는 거지. 보험사 놈들이 어떤 놈들인데. 제대로 알고 덤비는 놈들한텐 지들도 꼼짝 못 한다구. 어리숙한 놈들만 지 밥그릇 못 찾아먹는 거지, 뭐. 치료도 제대로 못 받구, 보상두 못 받구, 평생 골병드는 거지, 뭐. 나두 첨엔 어리숙했어. 근데 무슨 팔자에 교통사고가 네 번씩이나 들어 있다 보니 다 요령이 생기는 거지. 죽을 정도가 되면 큰 병원 가야겠지만 웬만하면 이런 병원에 오는 게 진단도 많이 받고 여러 면에서 수월하지. 아들놈이 대학병원으로 옮기자는 거 내가 이리 오자고 했지. 아, 막말로 내 몸을 의사가 알어? 원래 교통사고가 겉은 멀쩡하잖어. 내 몸은 내가 제일 잘 알지. 병원에 오래 있는다고 존 것두 아니구, 그래서 교통사고의 가장 중요한 점은 합의를 어느 시점에서 허느냐가 뽀인트야. 말로는 환자가 무조건 병원에서 버텨야 보상금이 많다고 하지만, 오히려 바로 합의를 보는 게 더 이익인 경우도 많어. 사실 저런 이들이 일을 잘 허면 문제 될 게 없어. 다 한통속이거든. 선합의, 후서류야. 진단이 얼마가 나왔고, 입원이 며칠이고, 장애가 몇급이고, 그런 건 암것도 아녀. 병원이고 보험사고 다 돈을 먼저 맞추고 입도 맞추고 그리고 맨 나중에 서류를 맞추는 거지. 환자는 도마 위에 오른 생선이야. 지들이 알어서 다 회 뜨고 나눠먹는 거지. 환자야 눈치껏 지 몫을, 지 살을 가장 많이 뺏기지만 않으면 돼. 교통사고 환자 하나에 먹고사는 인간이 얼마나 많어? 래커차 머리 터지게 오지, 앰뷸런스도 단골 병원으로 실어다주면 두당 얼마씩 받지, 경찰놈들에, 병원놈들도 등쳐먹고 챙기지, 합의시켜준다고 브로커들 설치지, 의사에 사무장에, 심지어 판사놈들까지 회 한 점 맛볼라고 설치는 바닥이야. 하긴 세상이 다 그렇지, 어디 안 썩은 데가 있나. 그런 세상에 지 몸지가 챙기고 손해는 보지 말아야 해. 이 세상에 제일 중요한 몸뚱일 망가지게 했는데, 수단껏 받아내야지. 그래도 교통사고 후유증만큼 무서운 것도 없으니까."

고수답게 조목조목 말을 하는 그에게 압도당했는지 모두들 고개를 주억거리며 자신의 처지를 다시금 생각하고 있는데, 꺽다리의 보험 담당이 왔다고 기별이 왔다.

모두들 우르르 나가는데 그 '고수'가 지영을 불렀다.

"좀 앉았다 가우. 이 포도 좀 드시구. 그래 어디 많이 다치셨수? 어쩜 우리 딸과 그리 흡사할까. 나이두 비슷허겠는데……"

지영이 엉거주춤 앉자 포도 그릇을 밀어주며 '고수'는 새빨간 매니큐어를 칠한 손을 들어 눈을 계속 꾹꾹 눌러댄다.

"교통사고를 네 번씩이나 당해두 안 죽는 거 보면 희한해. 그래 차만 타면 이건 내 목숨이 아니다, 생각하지. 이렇게 살았으니 죽을 날까지 번호표 받고 한켠에서 좀더 기다리라는 뜻일 게야. 사는 거 별거 아냐. 뭣 모르고 부를 때까지 죽는 날 기다리며 사는 거지. 하긴 이렇게 골병들어 서서히 죽어도 이게 나은 건지도 몰라. 왜 개똥으로 굴러도 이승이 낫다지 않나. 휴우……"

지영이 위로 삼아 말했다.

"네 번씩이나 어떻게 사고를 당할 수가 있는지, 정말 운이 없으셨네요. 그래도 이만하기가 하늘이 도우신 것 같네요. 하느님이 아끼시는 분인가봐요."

"사실 젊은 엄마가 우리 딸 같아서 하는 말이지만, 교통사고 네 번은 약과라우. 뭔 북? 기네쓰? 거기라도 올라야 할 팔자라구. 내가 아주 기구한 년이야. 교통사고루다 내가 애 둘을 잡아먹은 여편네라우. 우리 둘째아들놈은 칠 년 전에 고속도로에서 즉사하고, 오 년 전엔 두 딸년이 타고 가다 둘째딸은 죽고 운전하던 셋째딸은 살아났지. 그때 가해 차량이 모 국회의원 차였는데, 글쎄, 기가 막히게도 그 다음날 우리 차가 가해 차량이 돼 있더라니까. 말도 마. 우린 뭐 빽이 없나. 죽자 살자 파헤쳐서 해결은 잘 났는데, 그러면 뭐 해. 죽은 둘째년은 그렇다 치고, 유학까지 갔다온 셋째딸년이 그 후유증으로 결혼도 못 하고, 언니 죽인 죄책감으로 그렇게 똑똑하던 애가 잠적을 해버리지 않았겠어. 얼마 전에야 찾았는데 중이 돼 있더구만. 다 지년 팔자겠지."

영악하던 눈빛이 단번에 허물어지면서 '고수' 는 어깨를 떨며 훌쩍이기 시작했다.

지영은 초면의 '고수' 가 울고 있는 것이 민망하여 슬그머니 병실을 빠져나왔다. 복도엔 어제 길에서 택시에 부딪혔다는 일곱 살짜리 만기가 갑갑증을 견디다 못해 뛰어다니고, 그뒤를 링거병을 든 만기 엄마가 "얼릉 못 누워 있어? 돌아다니면 안 된다니까. 치킨 시켜줄게, 얼릉 와" 하면서 쫓아다니고 있다.

마을버스에서 떨어진 성미씨에 의하면 만기는 그 나이에 벌써 두 번째로 교통사고를 당했다고 한다. 생활이 곤궁해 뵈는 만기 엄마는 그 방면의 일은 이미 빠삭하게 꿰고 있는 듯했다. 아이를 미끼로 얼마나 뜯어낼 수 있을까 남편과 둘이 쑤근덕대는 게 영 꼴불견이라며 돈이 뭔가 싶다고 성미씨가 푸념하던 소리가 생각났다.

"아유, 오늘 보험사에서 와서 합의를 할 건데, 저 자식이 도통 침대에 붙어 있질 않네요."

지영을 보며 만기 엄마가 인사 삼아 그렇게 말을 건넸다.

삼층에서 내려오던 노랑머리 김간호사가 언제 새로 왔는지 초면인 뚱뚱한 간호사를 대동하고 지나가며 "오늘 병실 비우지 마세요" 하고 눈을 찡긋한다.

"S보험, 왔어요?"

만기 엄마가 묻는다.

"아까 사무장님 방에서 바둑 두고 있는 것 같던데……"

S보험은 지영의 담당 보험회사이기도 하다. 사무장실에서 노닥거리면서 의도적으로 지영에게는 한 번도 들르지 않는 보험사 직원이 지영은 얄미웠다.

그때 갑자기 203호실에서 벽력같은 고함 소리가 들려오더니 목 브레이스와 허리 교정 밴드를 찬 짱뚱이가 갑옷과 투구를 쓴 전사처럼 복도로 튀어나왔다.

"이 사무장새끼, 가만 안 둬. 저번엔 얌전이를 나가라 지랄하더니 인젠 날 갖고 놀아? 이게 사람 갖고 간을 봐. 뭐 당장 나가라고? 내가 바른말 잘 하니까 뒤가 꿀리는 거지. 강제 퇴원이라고? 보험회사에서도 암 말 안 하는데 지가 왜 지랄이여. 내 가만 안 있어."

평소엔 허리 디스크로 왼쪽 다리를 질질 끌던 장씨가 분기탱천해서 허겁지겁 엘리베이터 쪽으로 가다 김간호사를 보더니 급제동을 걸며 멈춘다.

"오 그래, 잘 만났다. 김간아, 사무장 지금 어딨어?"

"지금 사무장님 안 계세요. 방금 전에 외근 나가셨어요."

"내 침대에 오늘 누가 오기로 됐다고 당장 비우라는데 어떻게 된 거야?"

"저도 잘 모르겠어요. 그렇게 연락만 받았어요."

김간호사가 입술을 앙다물며 얘기하자 옆에 섰던 뚱뚱한 간호사가 덧붙였다.

"이 언니도 오늘 사무장님 땜에 열 받았잖아요."

김간호사가 입술을 삐죽 내밀었다.

"졸라 재수 없어. 왜 나만 갖고 뭐라 그러는지 몰라. 자기가 하라는 대로 다 했는데…… 감사에 걸렸거든요. 이중 입원으로요. 전에 입원해놓고 지금 병상에 없는 환자들을 다 부르자니 당연히 침대가 모자라겠죠. 적어도 있는 사람 중에 세 사람은 나가야 돼요."

"근데 왜 나야?"

"그건 저야 잘 모르죠. 암튼 오늘내일 병원 비우지 마세요. 보험사도 그렇고 감사도 그렇고 조심해야 할 거예요."

"암튼 난 안 돼. 아직 목도 못 움직이겠고 이 왼쪽 다리가 내 살이 아닌 거 같이 찌르르하고 질질 끌리는 것 좀 봐. 이런 날 내쫓으면 쫓겨날 나이롱이 얼마나 많은데. 원장님 어디 계셔?"

장씨가 왼다리를 질질 끌고 가쁜 숨을 몰아쉬며 원장실로 내려갔다. 지영은 복도에 서서 차들이 바삐 오가는 사거리를 내려다보았다. 신호등이 교대로 바뀌고 차들이 나름대로의 질서 속에서 움직이는 것이 마치 혈류처럼 느껴졌다. 언뜻 세상이 참 잘 돌아가고 있구나, 라는 생각이 들었다. 하늘엔 노을이 번지기 시작하고 또 하루가 저물어가고 있었다. 나와는 상관없이, 이곳에서 유보된 내 시간과는 상관없이 세상은 잘도 돌고 있고 시간은 잘도 흐르는구나. 지영은 저 밑의 세상과 유리된 자신을 느끼고 왠지 쓸쓸해졌다.

어린애 슬리퍼 끄는 소리가 나서 뒤돌아보니 만기 엄마가 만기를 데리고 희희낙락한 얼굴로 걸어온다.

"잘됐어요?"

"네, 합의 봤어요. 첫번째보다 훨 괜찮아요."

"얼마?"

만기 엄마는 손가락 하나를 딱 세우며 히죽 웃는다.

"지금 바로 퇴원할 거예요. 당최 애가 답답해서. 몸조리 잘하세요."

"퇴원하더라도 방심하지 말고 잘 살펴보세요. 내 생각에는 좀더 병원에서 두고 보는 게 좋을 듯도 한데…… 하긴 어린애들은 어른과는 다르니까요."

지영은 다시 눈을 돌려 복도 창 밖의 거리로 눈을 돌린다.

저 밑에 뚱뚱이 정숙이 선팅이 짙게 된 흰색 승용차에서 내리는 게 눈에 들어온다.

제5장 꺽다리, 삥끼와 한판 붙다

보험사 직원이 다녀가고 난 후 꺽다리 순임은 고민에 빠졌다. 처음에 대수롭지 않게 여긴 사고 후유증이 하루가 다르게 심해지기 때문이었다. 사고는, 남편 몰래 밤늦은 시간에 고스톱 판에서 놀다 술을 마시고 택시를 탔었는데, 그만 음주 운전자가 모는 승용차가 뒤에서 받아서 생긴 것이었다. 뼈가 부러진 것도 아니고 피가 난 것도 아니어서 대수롭지 않게 생각했는데, 다음날 머리가 심하게 어지럽고 뒷목과 허리 등 온몸이 쑤셔왔다. 사실 허리야 원래 너무 어린 나이에 애를 낳고 조리를 제대로 못 하다보니 지병처럼 굳어진 것이어서 보험회사 직원한테도 그 소리는 지나가는 말로 했다. 한 삼사 일 입원해보고 큰 이상이 없으면 보험회사 직원과 보상 문제를 타협 볼까 생각중이었다. 어떻게 해서라도 돈 백 정도만 받으면 더이상 바랄 게 없었다. 남편한테야 별거 아니라 했으니 고스란히 백이 손에 들어오면 그 동안 잃은 밑천과 빌린 돈을 갚을 정도는 되었다. 함께 노는 말숙이년이 그깟 삼십만원 빌려주고서 노상 지랄을 해대는 게 꼴사나

윘었는데 말이다.

게다가 가해 차량은 음주 차량이라 꺽다리가 합의를 해주지 않으면 형사처벌감이었다. 운전자가 한 번 과일 바구니를 들고 문병을 와서는 삼십만원이 든 봉투를 내밀었다. 손가락이 마음보다 급히 나서는 걸 애써 자제하며 한번 퉁겨보았다. 그랬더니 며칠 후 오십을 불렀다. 이게 웬 굴러들어온 복인가 싶었다.

한데 나날이 온몸이 더 심하게 아파오고 왼팔이 저리더니 급기야 왼손 무명지가 마비되어버렸다. 거기다 오른쪽 다리도 굽히지 못할 정도로 뻣뻣해져왔다. 보험회사에서는 서둘러 합의를 보자며 급히 백오십을 불렀다. 화가 난 꺽다리가 사람을 뭘로 보냐며 보험사 직원의 가방을 내동댕이쳤다.

재가한 연하의 새남편은 교통사고가 나던 날의 행적에 대해 집요하게 물었고, 앞으로 건전한 성생활을 침해할 정도로 몸에 하자가 생기면 이혼이라고 길길이 날뛰며 애꿎은 꺽다리의 아들 길수만 집에서 괴롭혔다. 병원에 오래 있어봤자 득될 일이 없었다. 남편을 달래는 길은 딱 한 가지, 그의 유일한 존재 이유인 잠자리를 함께하며 달래는 것인데 사고 난 오 일째 시험 가동을 해보니 영 몸이 말이 아니었다. 꺽다리 자신도 밑천이라곤 몸뚱이밖에 없는데 자칫 밑천도 날릴 불쌍한 처지라는 생각이 들자 서글퍼졌다.

그런데다 검사를 해보니 목과 허리에 디스크가 여러 군데 돌출 현상을 보였고, 사고 당시 혈전이 응고 침체되어 신경이 막히고 혈액순환 장애가 아주 심해서 수술을 하든가 장기간 약물치료를 해야 한다는 결과가 나왔다. 자칫 마비가 올 수도 있다는 얘기였다. 아침마다 몸도 부어 마치 자기 몸의 주인이 딴 사람처럼 느껴졌다.

몸뚱이나 큰 탈이 없었다면 얼마나 좋았겠는가. 한데 몸의 상태는 악화일로고 상황은 꼬이기 시작했다.

몸의 상태가 나빠질수록 보험사에서는 더욱 꼬리를 사렸다. MRI 사진을 가져와서 허리와 목의 디스크가 퇴행성입네, 환자가 기왕에 가지고 있던 병력입네 우기며 보상을 해줄 수 없다는 입장을 굳히는 거였다. 병원 원장도 자기네로서는 그런 상태의 수술이나 치료를 할 수 없으니 병원을 옮기려거든 마음대로 하라고 하였다. 한데 보험사에서는 더이상 지불보증을 할 수 없는 상태이니 병원을 옮겨 자비로 치료를 받든가 합의를 보든가 하라고 배짱을 부렸다. 어느 시점에서 보험사가 '배 째라'며 드러누운 형국이었다.

껵다리로서는 진퇴양난이었다. 언젠가 명함을 돌리러 왔던 손해사정인에게 전화를 해보니 받을 수 있는 예상금액이 삼백까지라고 했다. 그런데 어제 왔던 네 번 교통사고를 당했다는 여자가 불렀던 사무장에게 연락을 하니 오백은 문제없다고, 일단은 누가 뭐라 해도 병원에서 나가지 말라고 했다. 그렇게 말이 많던 껵다리도 요즘엔 눈을 내리깔고 머리를 굴리느라 생각에 잠겨 있는 때가 많았다.

한데, 이렇게 조신하게 병실을 지키던 차에 아들 길수가 술을 먹고 들어온 의부한테 말대꾸하다가 늘씬하게 얻어맞고 있다고 옆집 여자가 휴대폰을 해주어 집으로 간 사이에 일이 터졌다.

태풍도 지나고 추석을 며칠 앞둔 때라 하늘은 드높고, 거리에서 불어오는 바람에서도 초가을의 기운이 느껴지던 오후였다. 화옥은 오랜만에 카드사에 들렀다가 병실로 들어섰다. 창이 없는 202호 병실은 바깥의 맑은 햇빛과 대조되어 텅 빈 무덤 속 같았다. 점심식사 후 모두들 물리치료실로 간 걸까? 얌전이의 침대에 놓인 노트북 컴퓨터가 켜져 있는 걸로 봐선 얌전이는 잠깐 화장실에나 간 것 같았다. 슬쩍 컴퓨터 화면을 보니 이렇게 씌어 있다.

사랑은 반복이다. 사랑의 기호들은 내재적으로 기만적이다. 그리고 사랑의 모든 연쇄는 결국 일련의 실망과 배신으로 이어진다.

정신분석이 우리에게 보여주는 것은, 인간은 원래 이기적이고 대상을 보는데는 환상이 개입하며, 삶은 양가적이고 본질적으로 뻥 뚫린 구멍이라는 것이다. 프로이트가 양가성에 많은 시간을 바쳤다면, 라캉은 뻥 뚫린 구멍에 시간을 보냈으며, 크리스테바는 그 구멍을 가능한 한 작게 만들어보려고 애쓴다. 인간이 얼마나 비극적인 존재인가 하면, 살려고 애쓰면서도 동시에 죽고 싶다고 느낀다. 그리고 아무리 애를 써도 만족이 없으니 그보다 더 큰 권태가 어디 있고 고통이 어디 있겠는가.

"무슨 귀신 씨나락 까먹는 소리야?"

화옥은 도무지 이해할 수 없는 말들 중에서 '사랑은 반복이다' 라는 말에는 공감할 수 있을 것 같았다. 길고 긴 인생에서 사랑이 오직 단 한 번뿐이라면 어떻게 살아낼 것인가. 반복을 해도 싫증이 안 나는 게 사랑이라는 요상한 물건 아닌가. 남자들 거시기야 거기서 거기고, 남녀가 다 똑같은 과정으로 사랑을 할진대 사람들은 사랑을 하고 또 하지 않는가. 남자들은 평생 거기서 거기인 구멍을 파고, 하긴 여자들은 그 구멍을 작게 만들어보려고 애를 쓰며 살긴 하지. 그리고 보니 라캉인가 토깽인가 하는 이는 남자고, 크리스테바란 이는 여자인가보네. 그런데 이 안경잽이 여자는 뭘 이렇게 어렵게 쓴다냐. 지가 사랑을 알기나 해? 들입다 책이나 파면서. 사랑은 책 속에 있는 게 아닌데.

그러다 펼쳐놓은 노트 위를 슬쩍 보니 휘갈겨쓴 이런 구절이 눈에 띄었다.

고름같이 고이는 욕망을
끝까지 짜내고,
비워내고 싶어!

화옥은 왠지 찔끔 놀랐다. 마치 안경잡이 여자가 앞에서 부르짖기라도 하는 것처럼 가슴에 활자들이 날아와 꽃히는 느낌이었다. 가끔 휴대폰을 들여다보며 문자도 날리고 복도에 나가 조용조용 오래 통화를 하던 그 여자의 모습이 떠올랐다. 어떨 땐 촉새 박할머니와 끊임없이 수다를 풀어놓다가도 어느 순간 샐쭉해져서는 무언가를 끼적이는 그 여자가 내심 못마땅했다.

이런 여자들이 더 내숭을 떤다는 걸 화옥은 잘 안다. 그러고 보니 어느 날 밤인가 침대가 콩콩대던 소리는 혹시 이 여자의 짓이 아니었을까?

그때 갑자기 문이 와락 열렸다. 기겁을 한 화옥이 얼결에 노트북 뚜껑을 닫고 쳐다보니 웬 젊은 남자가 서 있는 것이다.

그는 날카롭게 한 번 병실을 훑더니, "이순임씨! 이순임씨?" 하고 불렀다.

이순임이가 누구더라? 잠시 머리를 굴리고 있는데, "이순임씨 어디 갔어요? 키 크고 머리 숏 커트 친 아줌마."

남자는 껙다리를 찾고 있는 것이었다. 껙다리의 보험 담당이었다.

"오늘 어째 안 보이네요. 혹 물리치료실에 치료받으러 갔는지 모르죠."

이 정도로만 얘기를 해도 왠지 고소했다. 남자는 검은 가방을 든 채로 성큼성큼 나갔다 잠시 후 다시 돌아왔다.

"이 아줌마 어디로 간 거야? 물리치료실에도 없던데. 몸도 못 움직인다며 죽는 소릴 하더니만. 가끔 이래요?"

보험사 직원이 뭔가 서류를 들여다보더니 메모를 하며 안경 너머로 물었다.

"글쎄, 저야 뭐 그런 소릴 들어본 적이 없는데요. 자주 얼굴 볼 일이 없어서. 이순임이란 이름도 오늘 처음 듣네요."

남자는 가방에서 뭔가를 꺼내 순임의 침대 위에 터억 올려놓았다. 그건 '부재중 환자'라고 쓰인 종이 팻말이었다. 그 위에다 '이순임'이라고 이름을 써넣더니 검은 가방에서 카메라를 꺼내 빈 침대의 사진을 찍어댔다. 플래시가 번쩍번쩍할 때마다 화옥의 두껍게 '뺑끼칠'한 얼굴의 입 근처 근육이 슬근슬근 움직거렸다.

보험사 직원이 카메라를 챙겨 나가는데 얌전이가 물 묻은 손을 털면서 들어왔다.

"무슨 일이에요?"

"껙다리가 찍혔어."

그 다음날 사태를 알고 난 순임은 길길이 날뛰었다. 보험사에서 퇴원 명령이 떨어지고 보상을 해줄 수 없다고 협박을 했던 모양이다. 거기다 병원에까지 이런 환자는 지불보증을 해줄 수 없노라고 팩스로 엄포를 놨는지 회진 한번 안 하던 원장이 뛰어올라와 딱딱거렸다.

"아이, 도대체 뭐꼬. 당장 나가뿌리라. 이런 환자한테 추가 진단을 끊어서 비호한다꼬 내가 욕을 묵어야 되겠나! 알아서 다른 병원에 가라니까네. 그 보험회사 미스터 박 말인데, 한 번 곤조를 부리면 울매나 골치 아픈지 알기나 아요? 마 이순임씨도 내 알아요. 재수가 없었던 거. 한데 이 자슥들도 다 알면서 꼭 일벌백계로 나가는 수법을 쓴다 아이가."

순임은 화옥이 방에 혼자 있었던 걸 꼬투리 잡아 화옥에게 대들었다. 마비가 온다는 손을 바르르 치켜들고 가부끼 분장을 한 것 같은 화옥의 얼굴을 긁어버릴 태세로 대들었다. 뺑끼의 저 가면 같은 얼굴은 꺽다리의 손톱이 지나가면 마치 조각도가 지나간 고무판처럼 될 것이다. 모두 기대하며 숨을 죽이고 쳐다보는데, 갑자기 순임이 손을 거두고 절뚝거리며 병실 밖으로 나갔다.

이 소란 통에 다른 병실의 모든 사람들이 다 몰려들었다. 정건모도 병실 밖에서 무심한 척 담배를 물고 있었다.

"아이 참, 난들 어쩌겠어요. 거기서 찍어가는데. 근데 날보고 미리 찔렀다고 공연히 사람을 잡고 그래. 아이, 재수 읎어!"

화옥이 콧방울을 부풀리며 분김을 내뿜고 있었다.

그때 복도 밖에서 청소부 안씨의 소리가 들렸다.

"아이구, 왜 이랴. 참으씨요, 잉. 뭐 좋은 꼴이라고."

말은 그렇게 하면서도 안씨는 꺽다리의 옷깃을 잡을 듯 말 듯하면서 뒤따라왔다.

꺽다리는 양손에 깃발을 흔들며 선봉장처럼 나타났다. 왼손엔 빗자루, 오른손엔 대걸레 봉이었다. 그 깃대 끝에 흔들리고 있는 깃발이란, 빗자루 털 위엔 푸른색 남자 팬티를, 대걸레 봉 위엔 회색의 신사용 양말 한 짝을 걸어놓은 것이었다.

"이 화냥년아. 이게 누구 건지 니년은 알 거다. 병원에서 붙어먹는 년이 너 말고 또 누가 있냐? 저런 년을 쫓아내야지, 누굴 쫓아내? 사무장 오라 그래. 저년 보험회사 어디야? 당장 전화해! 내 억울해서 못 참아. 병원서 재미도 보고 돈도 버는 저런 년 돈 주고, 몸 망가진 년 내쫓는 보험회사가 대한민국 보험회사야? 병원서 치료는 무슨 치료? 저년 그 구멍을 오바로꾸 박듯이 먼저 꼬메버려야 돼."

순임이 사자 갈기처럼 염색해 부풀린 화옥의 머리 위로 일갈을 할 때 정건모가 나타나 소리를 질렀다.

"보자보자 하니까 어디서 요상한 물건을 가져와 덤터기를 씌워?"

"오, 그래. 본인 빤스라 이거지."

"웃기지 마쇼. 이 여자가 오냐오냐 참아주니까 말야. 그게 내 빤스라는 걸 증명해봐."

사람들은 이 어이없는 코미디에 입을 가리며 웃으면서도 점점 재미나했다.

갑자기 수세에 몰리는지 꺽다리가 잠시 입을 다물었다. 그때 정건모와 방을 함께 쓰는 허씨의 목소리가 들려왔다. 본인은 정작 병실에 붙어 있지도 않으면서 평소에 건모와 화옥 때문에 불편해 죽겠다며 툴툴대던 허씨였다.

"까봐, 까보라구."

사람들이 돌아보자 그가 천천히 다가와 빗자루에 걸린 팬티를 뒤집어 상표를 까 보였다.

"쌍방울 95."

그러더니 다짜고짜 건모에게 다가가 바지춤을 잡았다. 건모가 움찔하며 당황한 빛을 감추지 못했다.

"아, 왜 이러세요?"

"정씨, 겁먹을 거 없잖아. 최소한도로 증명하는 방법은 이 방법밖엔 없잖아. 자, 까보라구. 아님 말구."

허씨가 정건모를 돌려세우더니 얼른 바지춤을 까보곤 소리치며 판결을 내려줬다. "트라이 105! 아니야. 정씨 팬티가 아냐!"

그와 동시에 두 여자의 통곡이 흘러나왔다. 극도로 흥분했던 꺽다리와 뺑끼, 두 여자가 바닥에 털썩 주저앉아 울기 시작했다. 둘러선 사람들의 얼굴마다 다양하고 미묘한 표정이 서렸다. 웃음을 참고 있는 것 같기도, 울음을 참고 있는 것 같기도 한 표정들이었다.

제6장 뚠뚠이, 피눈물을 흘리다

복도에 나가 창 밖을 내다보던 지영의 등뒤에서 정숙이 말을 건다. 창 밑은 바로 사거리다. 이층 유리창에 바짝 붙어 있는 암수 두 그루의 은행나무 잎이 유일한 녹색이다. 벌써 암나무엔 파란 은행알이 제법 굵다. 어느새 가을, 병원에서 두 계절이 흘렀다. 지영이 착잡한 심사로 은행알을 눈으로 세고 있다.

지영 : 은행이 벌써 열렸네요.

정숙 : 낼모레가 추석인걸요. 참, 추석 땐 어떡할 거예요?

지영 : 글쎄요. 난 미운 털 박혔으니 병원에서 썩어야겠지요.

정숙 : 보험회사서 연휴기간 동안은 특별 점검을 한다고 그러던데…… 하긴 여자들이야 추석이 뭐가 좋아요. 아픈 김에 빠지는 것도

괜찮지. 참, 박할머니도 말예요. 어젯밤 새벽 두시에 보험회사 사람이 카메라 들고 와서 빈 침대를 찍어 갔다잖아요? 삥끼가 얼른 나가 할머니한테 전화하고 와서는, 어디 딴 방에 마실을 가셨나, 하고 얼결에 둘러댔더니 그 남자가 같잖다는 듯이 웃더니 없을 줄 알고 일부러 왔습니다. 그러더라잖아요.

지영 : 그런데 박할머니는 오늘 왜 안 오셨죠?

정숙 : 보험사에서 어제 왔다 갔으니 오늘 또 오랴 하는 생각이겠죠, 뭐. 게다가 사무장이 중간에서 쇼부 봐준다고 그저 집에 가서 추석 지낼 준비나 잘 하라고 그랬다나봐요. 참, 아직 어떻게 될지 모르세요? 일 맡긴 변호사 사무장한테서는 연락이 없어요?

지영 : 그러게 말이에요. 추석 이후라야 뭐가 되겠죠. 처음엔 이러려고 그러지 않았는데 왜 이리 일이 꼬이는지. 그깟 돈 몇 푼 때문에 그럴까요?

정숙 : 돈도 돈이지만 억울하잖아요. 참, 다른 보험은 많이 들어놓으셨어요? 생명보험이나 상해보험 같은 거 말예요.

지영 : 아뇨, 하나도 없어요. 외국서 온 지 얼마 되지도 않았고, 그런 생각은 전혀 못 했어요.

정숙 : 세상에! 순진도 하셔라. 대한민국 사람 중에 보험 한 개도 안 든 사람은 아마 하나도 없을걸요. 이 땅에서 보험 없이 어떻게 살아요? 그 많은 입원일 수하며…… 노가 났을 텐데. 아이, 아까워라. 난 두 개 들어놨는데. 그런 대로 제법 될 것 같긴 한데…… 자동차보험에서 주는 것만으로야 몇푼이나 되겠어요. 사실 보험 많이 든 사람들은 이 정도의 교통사고를 부러워하는 사람도 많다구요. 쨍뚱이 아줌마는 글쎄, 네 개나 들었대요.

지영 : 그나저나 껑다리 아줌마가 그러고 떠나니 마음이 심란해요. 남의 일 같지 않고.

정숙 : 그래도 껑다리 아줌마 건을 맡은 그 사무장이 병원까지 다 알선해주고 뒤를 봐준다니 오히려 더 잘된 건지도 몰라요. 병원엔 이름만 올려놓고 집에서 있다던데요.

그때 복도 저쪽에서 배식 수레가 움직이는 소리가 들리기 시작했다. 식당 아줌마 이씨가 데친 푸성귀처럼 땀에 젖은 얼굴로 정숙을 보더니 묻는다.

이씨 : 그 방엔 몇 명이유?

정숙 : 먹을 사람은 두 사람밖에 없어요.

이씨 : 아, 낼모레가 추석인데 병원에들 있을 거유?

지영 : 이런 명절날일수록 찍히지 않게 더 열심히 붙어 있어야죠.

이씨 : 우리 겉은 이들도 명절을 쇠야 허는데 꼭 한두 명 붙어 있는 환자 때문에 꼼짝을 헐 수가 없어 속이 터지우.

정숙 : 우리야 뭐 그럴 수도 있지만, 집 없는 천사들이야 어쩔 수 없잖아요. 정건모씨나 최화옥씨 같은 사람들 말이에요.

이씨 : 며칠 근처에서 그냥 시켜먹으면 좀 좋우? 보통땐 병원 밥이 부실허네, 어쩌네저쩌네 그러면서 모여서들 삼겹살도 구워먹고 그러드만, 꼭 명절 때는 허던 짓도 안 허구 밥밥, 그러구 있우들.

그때 김간호사가 무엇을 전하는지 방방마다 도는 것이 보였다.

김간호사 : 어머, 여기들 계시네요. 사무장님한테서 들으셨죠?

모두 : 뭘?

김간호사 : 추석연휴 때 병원 나오시지들 말라구요. 안 오셔도 된다구요.

지영 : 아니, 연휴 때 병원 빠질 사람은 미리 자기한테 와서 허락을 받아야 된다구 엄포를 놓을 땐 언제구?

김간호사 : 아 그게요, 보험사랑 다 얘기가 됐다나봐요. 연휴 동안 교통사고 환자들에 한해서만 병원측에서 휴가를 주는 거예요. 그 기간 동안은 보험사측에서 의료비 지급을 안 하기로 서로 약정을 했나봐요.

정숙 : 보험사하고 병원하고 담합을 한 거네요.

이씨 : 저번 구정에도 그런 적이 있우. 아 막말루 누이 좋구 매부 좋은 거지. 이 병원에 교통사고 환자 중에 위중한 환자가 몇이나 되우? 보험사에선 그 기간 동안 쓸데없이 돈 안 나가 좋구, 병원에선 명절에 신경 안 쓰여 좋구. 우리 같은 용원들한텐 오랜만에 휴가 줘서 생색내구. 나두 얼릉 차편을 좀 알아봐야 되겠우.

지영과 정숙은 마주 보며 씁쓸하게 웃었다.

저녁 무렵이 되자 정숙은 화장실의 좁은 세면대에서 머리를 감았다. 가끔 병원에서 붙박이로 사는 삥끼가 하던 불평이 생각났다.

"이놈의 병원은 입원실만 있고 어째 샤워실은 만들어놓지도 않았어. 지을 때부터 속셈이 뻔해. 거기다 화장실도 남녀 공용이니 머리나 제대로 감을 수가 있나."

삥끼는 비교적 호의적이던 정숙에게 가끔 망을 보게 하고 더운 날 외출에서 돌아와서 바가지로 세면대의 물을 퍼부으며 땀을 씻어냈다.

정숙은 머리를 빗어넘기다가 침대에 기대앉아 무심한 눈길로 자신을 쳐다보는 얌전이의 시선을 느꼈다. 그리곤 머쓱해져서 얌전이에게, "오늘은 어째 병원에 계실 건가요?" 하고 물었다.

"네, 좀 할 일이 있어서요."

"오늘 찜질기 가져오셨어요?"

얌전이가 웃으며 고개를 끄덕였다.

얌전이는 겉으론 병실 식구들과 그럭저럭 지내긴 하는데 늘 혼자 있길 좋아했다. 동전을 넣어서 보는 티브이에서 요즘 한창 뜨는 드라마를 보느라 모두가 넋을 놓고 앉았을 때도 망연한 눈길로 혼자만의 상념에 빠져 있곤 했다. 가끔 얌전이가 병원에서 혼자 작업을 하며 자고 가는 것은 화옥이나 자신과는 다른 그 뭐랄까, 얼치기 지식인의 허위의식처럼 느껴져 정숙은 고까운 기분이 들 때가 있었다.

정숙의 꿈도 한때는 시인이 되는 거였다. 비록 험난한 시대에 대학을 다니다 노동운동에 빠져들어 제적을 당하고 그 이후로 노동판을 전전하다 노동자 출신인 지금의 남편을 만나게 되긴 했지만. 그 이후로 정숙에겐 온갖 폼 재는 겉치레 인간들에 대한 반감이 똬리를 틀게 되었는지도 몰랐다. 세상이 바뀌어 자신 같은 어정쩡한 인간들은 세상의 어떤 조류에도 편입되지 못하고 자본의 찌꺼기를 따라 이리저리 흘러다니는 신세로 전락했다. 세상에 위선을 떠는 자들보다는 위악을 떨어대는 자들이 훨씬 순수하게 보였다.

이제는 세상에, 인생에 무엇을 걸고 싶은 마음이 생기질 않았다. D자동차에 몸담고 있는 남편은 지금껏 파업 주도 핵심 멤버로 불철주야 분투하고 있다. 집에 들어오지 않은 지 오래되었다. 가정에 대한 모든 의무와 책임이 오로지 정숙만의 몫으로 남겨진 것 같은 억울한 분노가 남편을 향해 폭발할 듯했다.

정숙은 거울 앞에서 콧노래를 부르며 기초화장서부터 한 겹 한 겹, 피부에 옷을 입히는 기분으로 정성껏 화장을 먹인다.

"오늘 어디 가세요?"

얌전이가 물었다.

"아 예, 친정 아버님 회갑연을 호텔에서 하거든요."

정숙이 목걸이를 거느라 애를 쓰자 지영이 다가와 고리를 걸어주며 혼잣말을 했다.

"최화옥씨도 오늘 외박할라나? 그럼, 오늘밤엔 나 혼자 있게 될라나?"

정숙은 거울을 한 번 보고는 병실 문을 나선다. 낮달이 흐릿하게 떠 있다.

저녁을 먹고 혼자 병실에 남겨진 지영은 노트북에 시디를 넣고 한껏 볼륨을 높여본다. 라라 파비앙의 노래가 절규하듯 터져나온다.

"사랑해, 광인처럼 병사처럼 스타처럼 늑대처럼 황제처럼 내가 아닌 사람처럼 널 사랑해."

지영은 침대에 가만히 몸을 뉘어본다. 그때 전화벨이 울렸다.

다음날 아침, 병원에서 늦잠을 자고 있던 지영은 심상치 않은 소란에 눈을 떠야만 했다. 누군가 문을 세게 닫고 들이닥치는 소리. 뒤이어 호박 같은 것이 퍽 터지는 소리. 그리고 연이어 터지는 여자의 비명 소리. 남자의 고함. 얼결에 눈을 뜬 지영의 시야에 세 사람이 들어왔다. 화옥과 정숙, 그리고 얼굴을 알 수 없는 남자. 남자는 분노로 거의 숨이 끊어질 듯 숨을 몰아쉬고 있었고, 두 여자는 경악하고 있었다. 도대체 좀 전의 비명 소리는 누구에게서 터져나왔는지 가늠할 수가 없었다. 그때 남자가 정숙의 머리채를 휘어잡고 가슴과 배, 얼굴을 사정없이 주먹으로 때렸다. 사태는 이미 말릴 수 있는 상황이 아니었다. 화옥이 뛰쳐나갔다.

정숙의 얼굴은 어느새 피범벅이 되어 있었다. 혼절을 했는지 정숙은 널브러져 있는데, 남자는 분노에 젖어 떨리는 목소리로 말을 쏟아내었다.

"죽여버리겠어. 니 말을 믿었어. 몸이 아파 곱게 병원에 입원해 있는 줄 알았어. 병원에서 자는 줄 알았다구. 니가 이럴 줄 몰랐어. 진작 짐작은 했지만, 못난 남편으로서 그래도 한두 번 정도면 덮어줄려구 했어."

남자의 목소리를 들으니 그제서야 지영은 소름이 돋는 걸 느꼈다.

그 동안 몇 번인가 밤에 정숙을 찾는 전화가 왔다. 부동산 중개 업자인 정숙의 고객인 것 같은데 정숙의 행방을 묻곤 했다. 고객들이 밤에 전화할 리가 없다는 생각이 그때는 왜 들지 않았는지…… 어젯밤만 해도 고객을 가장한 남자가 전화를 했었다. 지영은 정숙에게 들은 대로 정숙이 친정 아버지 회갑연에 갔다고 말해주었다.

그때 병실 문을 열고 사람들이 우르르 몰려들었다. 원장과 간호사, 사무장, 그리고 화옥과 다른 병실 사람들. 정숙의 얼굴에서 피에 젖은 눈물이 끊임없이 흘러내렸다.

제7장 막을 내리다

추석도 넘긴 병실엔 지영이 혼자 호젓이 앉아 있다. 아침저녁으로 서늘해진 공기에 간혹 깔깔한 소름이 돋을 때가 있다. 가을. 완연한 가을이다. 열린 병실 문으로 복도로부터 미끄러져들어오는 투명한 햇빛이 더 깊어져서 지영의 침대는 마치 무대처럼 조명이라도 받은 것 같다.

지영은 무대에 마지막으로 남은 배우처럼 쓸쓸하다. 이다음에 지인들이 모두 이 세상을 떠나고 난 뒤 홀로 남은 지독히 긴 인생의 주인공이란 얼마나 고독하고 슬픈 존재일까. 소름이 돋는다.

고득수로부터 오늘 오전에 전화를 받았다. 그리 만족스럽진 않지만 이쯤에서 종결하는 게 모든 이의 이익을 위해 최선이라고 그는 말했다. 지영은 동의했다.

모든 게 끝났다. 오늘 퇴원을 하면서 함께 보험사로 가서 합의서에 도장 찍고 은행에서 돈을 찾으면 된다고 했다. 퇴원을 하게 되면, 올 가을엔 꼭 가을 산을 돌며 단풍을 보리라 지영은 생각해보곤 했다. 이 고여 있는 썩은 공기가 아닌 맑은 공기를 마시러 막 쏘다니고 싶은 생각이 얼마나 간절했던가.

지영은 사 개월 동안 지내온 병실을 새삼스레 둘러보았다. 그렇게 많은 사람들이 북적이던 병실이 며칠 사이 거짓말처럼 텅 비어버렸다. 햇빛이 지영의 침대를 거쳐 맞은편 벽을 무대처럼 환히 비추었다. 거기, 전에는 눈여겨보지 않았던 낙서 하나가 햇빛에 떠올랐다. "나이롱 인생 만세!" 화옥의 침대 옆 벽이었다.

지영은 그곳을 바라보다가 화옥의 침대 위에서 알몸으로 얽힌 남녀의 모습을 환영처럼 떠올린다. 상우…… 그리고 폭발적이고 위험한 열정. 지영이 상우를 만난 건 이른 봄 무렵이었다. 두 사람이 미칠 듯한 열정으로 달아오를 때 사고가 났다. 그를 만날 수 없는 병원 생활은 지옥이었다. 지영에겐 몸의 고통보다 그와 마음껏 사랑할 수 없는 고통이 더 처절한 형벌 같았다. 하루하루가 그를 향한 욕망 때문에 목이 말랐다.

한데 어느 날 밤, 사고 후 처음으로 술에 만취한 그가 찾아왔고 아무도 없는 병실에서 광란하듯 사랑을 나누었다. 그 동안 주체하지 못했던 그리움이 홍수처럼 범람하여 온몸과 마음의 위험수위마저도 넘어버렸다. 어떻게 그렇게 대담할 수 있었을까. 그는 그 이후에도 몇 번인가 지영이 홀로 병실을 지키는 기회가 오면 바람처럼 스며들었다. 늘 화옥의 침대에서였다. 그 침대가 구석에 있기도 했지만 삐걱대는 소리가 다른 것들보다는 덜했다.

그런데 태풍 부는 밤에 그가 찾아왔을 때, 그와 지영은 그만 새벽까지 잠이 들어버렸다. 청소부 안씨의 비질 소리가 복도 끝방에서 들려올 때쯤에야 둘은 급하게 옷을 주워입고 병실에서 몸을 피했다. 그날 오후에 그는 맨발과 노팬티로 강의를 하니 정신마저 자유로움을 느끼게 되더라고, 팬티와 양말이 없어 하늘로 못 올라가는 선남(仙男)이 바로 자기라며 연구실에서 전화를 걸어 농담을 했었다.

그날 급히 옷을 주워입을 때 아무리 찾아도 없더니만, 며칠 후, 꺽다리가 들고 온 대걸레 봉과 빗자루에 걸려 있는 그의 팬티와 양말 한 짝을 보고 지영은 온몸에 화롯불을 뒤집어쓴 것처럼 열이 올랐다. 하지만 아무도 지영의 낯이 붉어지는 걸 알아채지 못한 것 같았다.

나이롱 인생 만세! 누가 써놓은 걸까.

박씨는 사무장의 도움으로 적정선에서 합의를 보았고, 화옥과 건모는 추석 전야에 극적으로 합의를 보고는 짐을 병원에 놔둔 채로 곧장 동해로 밀월여행을 다녀와 그저께 짐을 가져갔다. 그날 정숙은 남편에게 인정사정없이 얻어맞고는 병원 구급차를 타고 근처의 종합병원에 입원을 하게 되어 떠나갔다.

지영은 그들과 함께했던 시간들, 아니 그 동안 수많은 타인들과 함께 대합실과 같은 이곳에서 견뎌냈던 시간들을 바깥의 투명한 햇빛을 바라보며 되짚어본다. 그들은 무엇을 기다리며 그렇게 견뎌왔던 것일까. 어쩌면 그들에겐 재앙마저도 행복한 꿈이 아니었을까.

퇴원을 하여 거리로 나서며 그들은 자신의 볼을 꼬집어볼지도 모른다. 그리고 햇빛 속에서 살아 있음을 느끼고 순간이나마 행복해할 것이다. 그러나 그 순간은 잠시, 다시 끊임없이 고통스럽고 남루한 일상에 치를 떨며 살아갈 것이다. 하지만 그렇게 견디며 살아가는 삶이야말로 바로 산 자들에게 주어진 행복한 재앙이 아닐까.

지영은 노트북의 키보드를 두드려 '제목 : 행복한 재앙'이라고 써본다. 그러나 커서가 깜박거리는 걸 한참 바라보다가 백스페이스를 눌러 뒤에서부터 한 자 한 자 지워나간다. 화면은 곧 텅 비어버린다. 잠시 후에 지영은 결심한 듯, 노트북을 접어 가방에 넣고 단호하게 지퍼를 채워버린다.

소설은 씌어지지 않을 것이다.

잠시 후 환자복을 벗고 옷을 갈아입은 지영이 한쪽에 챙겨놓았던 작은 가방과 노트북을 어깨에 메고는 병실을 한번 휘이 둘러본다. 텅빈 병실, 그러나 이곳에선 앞으로도 새로운 배우들의 부조리극이 계속될 것이다.

마지막으로 지영은 병실문을 꼭 닫고 나간다. 가을 햇빛이 조명처럼 쏟아져들어왔던 문이 닫히자 병실 안은 한순간에 어두컴컴해져버린다. 마치 막을 내려버린 무대처럼.

내 가슴에 찍힌 새의 발자국

나는 창을 활짝 열었
다. 햇빛에 펼쳐진 눈
밭은 눈이 시리도록
새하얗다. 그 눈밭 위
에 왼발이 더 선명한
그녀의 발자국이 찍
혀 있는 듯하다.

어느 겨울날의 발자국처
럼...... 방금 단풍나무
가지에서 새가 날아갔는
지 후루룩, 눈이 떨어진
다. 눈 오는 밤, 어디에
서 밤을 지샌 새들일까.
칫치리리...... 이름 모를
새들이 운다.

외롭게 살다 외롭게 죽을
내 영혼의 빈터에
새날이 와 새가 울고 꽃잎 필 때는,
내가 죽는 날,
그 다음날.
— 천상병, 「새」 중에서

종이인형

어제 저녁부터 내리던 눈이 낮에 잠시 주춤하더니 저녁 무렵이 되면서부터 다시 내리기 시작했다. 밖은 바람까지 부는지 굵은 눈송이들이 마치 흰 새의 찢긴 깃털처럼 흩날린다. 남편에게선 왜 아직 아무 연락도 없는 걸까. 전국에 대설주의보가 떨어졌다는데. 그저께 아침에 출발할 때 스노우 체인이라도 챙겨간 걸까. 혹시…… 나는 머리를 흔든다. 남편의 휴대폰도 불통이라, 오직 전화벨 소리에만 귀를 곤두세우고 있으니 더 답답하다. 오디오의 플레이 버튼을 눌러본다. 비제의 오페라 〈카르멘〉이 흘러나온다. 카르멘이 〈사랑은 제멋대로〉를 부르고 있다. 남편이 듣다 걸어놓고 간 모양이다.

잔뜩 눈을 맞고 피아노 학원에서 돌아온 딸아이는 옷을 갈아입고 제 방에 들어가 몇 번 피아노를 딩동거리더니 무얼 하는지 잠잠하다.

나는 부엌으로 가서 삼인분의 쌀을 찬물에 말갛게 씻어 담가놓는다. 냉장고엔 버섯 볶음과 오뎅 조림이 랩에 싸여 있다. 혹 오늘밤에라도 남편이 오려나. 새로 찌개라도 끓일까 조금 망설이다 그만둔다. 냄비에는 점심때 먹고 남은 부대찌개가 건더기만 잔뜩 남아 있다. 물을 더 붓고 칼칼하게 양념장만 더 끼얹어, 야채 박스에 한 줌 남은 콩나물이나 다듬어넣고 다시 데워야겠다. 카르멘의 〈하바네라〉가 흐르고 투명한 쌀이 익어 뽀얀 밥이 되어가는 이 저녁, 눈보라를 바라보는 통유리 속 실내의 안온이 잠깐 달콤하게 느껴진다.

저녁을 먹으라고 소리쳐도 딸아이는 아무 대답이 없다. 나는 문을 열고 아이의 방에 들어간다. 아이는 방바닥에 무언가를 잔뜩 어질러놓고 얼굴을 장판에 댄 채 잠들어 있다. 아이를 깨우려던 내 손이 천천히 방바닥으로 내려앉는다. 종이인형……

아홉 살인 아이는 언제부턴가 인형에는 관심이 없었다. 그런데 정교하게 그려진 이 종이인형들은 유독 신기해하더니, 벌써 며칠째 만지작거리고 있다.

미끈한 다리의 여자 인형은 어린 시절, 엄희자 만화의 여주인공처럼 우아하면서도 순한 얼굴이다. 열두 색 모나미 색연필 자국이 아직도 선명한 색색의 옷들도 바닥에 널려 있다. 손에 권총을 든 잘생긴 남자 인형도 있다.

며칠 전 베란다 창고에서 오래된 장난감들을 뒤지다 우연히 이걸 발견해낸 아이는 탄성을 내질렀었다.

"엄마, 이 빨간 상자 속에 이것 좀 봐! 신기해라. 사람이 그린 종이인형이야. 너무너무 잘 그렸다. 이 옷들 좀 봐. 이렇게나 많아. 엄마, 그런데 이거 누구 거야?"

딸의 손에 와 있는 십팔 년 전의 종이인형들…… 죽은 그애……은 우의 손때가 묻어 있는 이 인형들…… 뚜껑이 열린 상자 속에는 아직도 나오지 못한 수많은 종이인형들이 즐비하게 누워 있다. 무려 십팔 년 동안이나 관 속 같은 어둠에 지질려 있던 그것들은 탈골이 되지도 썩지도 않았다.

나는 자는 아이를 물끄러미 바라본다.

"어째 저렇게도 은우를 똑 닮았을꼬. 니를 안 닮고 말이다. 음전한 것하며, 하는 짓도 닮았다…… 하기사 세상 천지에 느거들처럼 그렇게도 의가 좋은 자매지간도 없었을 거라…… 한테 묶아논 짚신 두 짝 맨쿠로."

어머니의 말이 떠오른다. 내가 봐도 아이는 이상하게 오래 전 죽은 제 이모를 많이 닮았다. 자매간이라도 닮은 데가 없던 우리들이었다.

딸애를 낳을 때 자궁 문이 열리질 않아 오래 고생을 했다. 결혼 후 오 년 만에 생긴 아이였다. 밤새 지독한 산통에 시달리면서도 고통이 썰물처럼 잠시 밀려간 사이사이로 꿀처럼 달콤한 잠이 스며들었다. 달콤한 죽음의 유혹. 내가 꿈꾸는 건 바로 그런 죽음이었다. 그러나 다시 고통의 파도가 채찍이 되어 몰아쳤다. 그때 나는 참으로 오랜만에, 죽은 은우를 생각하며 견디어냈다. 은우의 고통을 생각했다.

간혹 지나간 인생에서의 가혹한 고통을 반추하는 일은 새로운 고통을 이기게 해준다.

한때 은우의 죽음이 내 삶의 고통스런 껍질이었던 시절이 있었다. 나는 부화를 거부하고 애처로운 구심력으로 존재를 웅크려안은 하나의 알. 세상과의 화해를 거부한 한 알의 무정란. 그애가 죽고 난 후 나는 한동안 죽음을 꿈꾸는 알이었다.

이윽고 질구(膣口)를 뚫고 아기가 바깥세상으로 박차고 나갈 때, 나는 손안의 새를 놓친 듯 허전한 생각이 들며 까무러쳤다. 어두운 동굴에서 새가 빛을 향해 비상하는…… 그건 딸아이의 탄생에서 몸으로 느낀 메시지였다. 그런데 그것은 아주 선험적인 느낌이었다. 그랬다. 열일곱에 죽은 그애, 은우도 새로 환생했다고 하지 않았던가. 죽자마자 화장을 해서 뼈를 뿌린 지 사십구 일 만에 스님이 그랬다. 나는 그때 세상 어디선가 은우가 새로 태어나느라 알을 깨는 소리를 들은 듯싶었다.

그런데 아아, 나는 왜 이 인형들을 그애와 함께 순장(殉葬)시키지 않았던가. 모든 게 불타 한 점 티끌로 변하는 게 두려워서? 내 가슴에 영원히 꽁꽁 묻어두려고? 하지만 세월이 많이 흘렀다. 십팔 년. 내 가슴속의 무덤 또한 풍화되어 지금은 사막의 모래처럼 건조하게 흩날릴 뿐인데…… 그애가 죽은 후 지나온 어느 세월 모퉁이에서라도 나는 왜 그걸 버리지 못했을까? 그렇게도 소멸을 받아들이지 못했으면서 지금껏 어쩌자고 이렇게 하얗게 잊고 살았을까.

어머니 몰래 그 인형들을 훔쳐냈던 건 그애가 죽고 난 직후였다. 사십구재가 있던 날, 어머니는 죽은 그애를 위해 새로 마련한 고운 한복 한 벌과 고무신 한 켤레를 보따리에 싸면서 절에 가기 전에 내게 또 한번 다짐을 두었다. 행여 그애의 것은 머리카락 한 오라기도 남기지 않아야 한다고. 깨끗하게 태워서 이승의 업을 지워야 한다고. 나는 시치미를 뗐다.

절집의 대처승이 그애가 흰 새로 환생했음을 알림으로써 재(齋)를 마치고 나오는 상계동 골목길은 몹시도 질척댔다. 빙판길이 녹아 본드처럼 신발에 들러붙었다. 어머니의 흰 고무신이 몇 번 훌러덩 벗겨졌다. 어머니는 내 어깨를 짚고 한 발로 그걸 꿰어신으며 자꾸 웃었다. 하도 울어 퉁퉁 부어오른 두꺼비 같은 두 눈이 웃을 때마다 살 속에 묻혔다. 그래도 무척 홀가분한 표정이었다. 어머니는 중음(中陰)에 머물렀던 그애의 영혼이 멀리 훨훨 날아가버린 게 아주 흡족한 듯 했다. 그러나 아무래도 그애는 내 안에다 둥지를 튼 모양이었다.

나는 그애의 영혼이 떠난 후에도 그애 없는 빈방에 홀로 누워 몰래 상자 속의 종이인형들을 꺼내어 가지고 놀곤 했다. 삼 년여의 투병기간 동안 가난했던 그애가 그려서 가지고 놀던 유일한 노리갯감이었던 그것들을. 그러다 잠들면 그 종이인형들이 삼차원 애니메이션 영화에서처럼 갑자기 생명을 얻어 상자 속에서 주루루 튀어나오는 꿈을 꾸기도 했다. 그들의 가슴에 숨결이 차오르고 납작한 사지는 물이 오르듯 부풀어오른다. 남자 인형들은 말을 타고 여자 인형들은 춤을 춘다. 그러다 꿈을 깨면 나는 다시 상자 속의 종이인형들을 확인했다. 그들은 차곡차곡 누워 있었다.

그러면 나 또한 종이인형처럼 다시 천장을 바라보며 반듯하게 눕는다. 쥐오줌이 지린 천장의 사방연속무늬를 끝까지 따라가본다. 그러다 가엾는, 끝나지 않을 것 같은 막힌 무늬들의 연속에 숨이 막힐 듯 큭, 하고 울음을 토해낸다. 그리고 울음이 새어나가지 않도록 이불을 뒤집어쓰고 죽음 같은 잠을, 아니 잠 같은 죽음을 청하곤 했다. 나는 사랑하는 사람의 죽음을 인정하는 법을 몰랐다. 스무 살 때였다.

전화벨이 울린다. 나는 가슴이 뛰었다. "당신이야?"라는 말을 곧장 내뱉을 뻔하다가 참으며 "여보세요?" 한다.

"여보세요? 으응, 은애니? 나 민주야. 그 동안 잘 있었지? 정말 오랜만이다, 얘."

민주다. 나는 맥없이 풀어지는 어깨를 다시 추스르며 반가운 듯 목소리를 높인다.

"그래. 벌써 한 일 년 된 것 같다. 니네 애들 여전히 공부 잘하고? 너는 요즘도 그렇게 바쁘게 돌아다니니? 눈이나 오니까 너 전화를 받는구나. 어째 오늘은 집에 있나보지? 폭설은 폭설인가보다."

민주는 이른 출산으로 아이 둘이 벌써 중학생이다. 연년생으로 아이가 셋이나 된다. 아이들을 데리고 과외 선생 집에 데려다주거나 모임으로 바쁜 그녀의 모습이 떠오른다. 극성스런 그녀의 모습을 보면 학교 때나 지금이나 주눅이 든다.

"얘는, 내가 집에 있을 틈이 어딨니? 지금 차 안이야. 큰애 데리러 가는 길이야. 지금 테헤란론데 다 와가지고 콱 막혔네. 사고가 났나……? 영 안 풀릴 기미야. 말도 마. 나 되게 정신 없었다. 우리 시어머니 돌아가셨어. 아주 정정하셨는데 말야. 근데 그 노인네 땜에 망신살이 뻗쳤지 뭐야. 글쎄, 돌아가신 지 일 주일이나 돼서 발견됐잖니. 아파트 주민들이 신고를 했단다. 왜, 아파트에서 혼자 사셨잖니. 내 말은, 우리 큰동서는 도대체 뭐 하는 여잔지 몰라. 재산은 자기가 다 깔구 앉아서 말야. 돌아가셨다고 연락 온 날도 그 여자는 한국에 없었어. 미국에 자기 아들 학교 옮겨준다고 가 있었지. 연락 온 날부터 그 치다꺼릴 내가 다 했다. 장례식 끝나고 왔더라. 세상에…… 그런 큰며느리가 어딨니? 참, 그런데 은애야. 나 이상한 소릴 들었다. 우리 시어머니 일 치른 그 장의사 사람이 우연히 툴툴거리는 소릴 들었는데…… 그 동네 아파트 단지에서 여름에 어떤 송장을 친 일이 있댄다. 식구들이 어디 여행 간 사이에 죽어서 방치되었던 시체래나봐. 정신이상자라 식구들이 문을 밖에서 잠가놓고 간 것 같다는데. 같은

226

송장을 쳐도 자긴 왜 이렇게 썩어문드러진 송장을 쳐야 하는지 모르겠다고 하도 찍자를 놓는 통에 돈깨나 집어줬다. 그런데 그 죽은 여자가 키가 작은 절름발이였다는구나…… 느낌이, 아니 이상하게 소름이 쪼옥 끼치더라. 그래서 혹시나 해서…… 소연이가 그 동네 살았잖니. 아이, 아닐지도 모르지. 니가 그랬잖아, 소연인 기도원인가 수도원인가 들어간 지 몇 년 됐다구. 그냥 종적 없이 사라졌다구…… 내가 괜히 이런 말 하나봐. 그렇지만 며칠 나 혼자 알고 있으려니 기분이 영 안 좋아. 그래도 너만은 알고 있는 게 좋을 것 같아서…… 너는 소연이하고 둘도 없는 친구였잖아. 은애야, 은애야? 듣고 있니? 에이, 그래 그냥 잊어버려. 확인하려 해도 지금은 할 수 없어. 장의사 말로는 그 집이 장사 치르고 뉴질랜든가 어디로 이민을 갔다드라. 어, 차 빠진다, 애. 너무 늦어서 나, 막 밟아야 되거든. 끊을게. 다시 통화하자. 너, 너무 신경 쓰지 마."

찰칵, 전화는 박절하게 끊겼다. 악력이 풀린 내 손아귀에서 수화기가 스르르 미끄러졌다.

그녀가 내게 오는 소리

아이는 잠이 들었지만 나는 집 안의 불들을 끄지 않는다. 불을 끄면 눈 내리는 모습이 보일 것이다. 그러면 새하얀 영혼들이 흩날리듯 눈발이 날리는 검은 하늘을 볼 수 있을 것이다. 하지만 나는 커튼마저 이중으로 단단히 쳤다. 남편에게선 아직껏 연락이 없고 마지막 뉴스에선 대설주의보가 대설경보로 바뀌어 있었다. 전국의 도로가 군데군데 두절되었다고 한다. 남편은 차를 몰고 또 어디를 방황하는가. 이 눈 오는 밤만이라도 새들처럼 처마 밑에서 몸을 사리고 있기를. 남편은 요즘 집필실에 있으면서 사흘에 한 번꼴로 집에 들어왔다. 그것도 늘 새벽이었다. 내가 자유로를 지금 시속 얼마로 달려왔는지 알아? 남편은 속도광이었다. 그러나 그것이 그에게 자학의 한 수단이 된다는 걸 나는 알고 있었다. 전업작가인 남편. 언제부턴가 창작의 속도가 늦어질수록 그의 자동차 시속은 빨라졌다.

이상한 밤이다. 종이인형들이 기지개를 켜고 우르르 살아날 것 같은 밤. 죽은 자들의 혼령이 새하얀 설화(雪花)로 피어나 삭정이 같은 가슴에 맺힐 것 같은 밤. 더운 실내에서 맨살의 팔뚝에 소름이 오소소 돋는다. 어서 잠들고 싶어 위스키를 거푸 두 잔을 마셨지만 점점 의식이 말똥해진다. 그때 무슨 소리가 났다. 쿵 치리릿 쿵 치리릿 쿵 치리리…… 현관 앞의 긴 복도를 울리며 다가오는 소리…… 그 소리와 함께 머리끝까지 싸늘한 피가 밀물처럼 밀려온다. 머릿속이 단숨에 하얗게 비어버린다. 나는 현관 쪽으로 귀를 기울여본다. 아니야, 그럴 리 없어. 그녀는 죽었다고 했잖아……

나는 오디오의 전원을 켜고 무조건 소리를 높인다. 〈비 오는 거리〉가 홍수처럼 쏟아져나왔다. 너무도 큰 소리에 혼비백산, 얼른 볼륨을 줄인다. 그날도 비가 내렸어 나를 떠나가던 날 내리던 비에 너의 마음도 울고 있다면 다시 내게 돌아와 줘 기다리는 나에게로……

텅 빈 기타 속 같은 내 가슴의 녹슨 줄 하나가 울리고 있다.

쿵 치리릿, 쿵 치리릿, 쿵 치리리……

내 스물한 살의 가을 속으로 쿵 치리릿, 쿵 치리릿, 그녀가 들어오고 있다.

그날 나는 서클룸들이 모여 있는 대강당 건물의 방 하나에 혼자 앉아 있었다. 클래식기타반. 눈에서 시린 눈물이 나올 만큼 맑은 가을 날이었다. 서클룸의 창을 통해 바라보이는 동창회관 앞의 오래된 은행나무 잎이 신라 금관처럼 나부끼던 늦은 오후였다. 가을 축제 무렵이었던가. 먼 곳에서 탈춤반의 농악 소리가 울려왔다. 어쩌면 산발적인 시위대의 소리인지도 몰랐다.

　그날은 내가 처음으로 클래식기타반에 들려고 마음먹은 날이었다. 별 큰 뜻은 없었고, 다만 〈로망스〉 한 곡만이라도 멋지게 연주하고픈 마음에서였다. 〈금지된 장난〉이라는 프랑스 영화에서 흐르던 그 곡을 내 손으로 꼭 쳐보고 싶었던 것이다. 은우와 텔레비전에서 마지막으로 함께 보았던 영화였다. 그 영화에서 아이들은 십자가를 갖고 놀았다. 내가 가끔 그 나이에 홀로 종이인형들을 꺼내어 놀았듯이……

　그런데 이상하게 그 서클룸은 텅 비어 있었다. 나는 잠시 더 기다려보기로 했다. 혹 내가 기억한 금요일 다섯시 반이 아닐지도 몰랐다. 그즈음 나는 내 기억을 자신할 수가 없었다. 내 머리통은 가끔 까맣게 암전되곤 했으니까. 나는 그때 대학 내의 심리상담 치료를 받고 있었다. 동생 은우가 죽은 지 일 년이 다 돼가고 있었지만 그 죽음은 영 나를 놓아줄 것 같지가 않았다. 나는 한 발을 죽음의 늪에, 한 발을 삶의 모래밭에 처박고 몸부림치고 있었던 모양이다. 그나마 음악에라도 내 스스로를 좀 걸어보겠다고 생각한 것이 기특할 정도였다.

　얼마나 기다렸을까…… 은행나무 빛깔이 그만 구릿빛이 될 만큼 햇빛이 기울었을 때 적막한 복도를 울리는 소리가 들렸다. 누군가의 발걸음 소리였다. 그러나 두 박자의 소리가 아닌…… 쿵 치리릿 쿵 치리릿 쿵 치리릿, 쿵. 그리고 까아악, 까마귀 소리를 내며 문이 열렸다.

그때 나타난 이는 반쯤 어둠에 먹힌 복도의 빛 때문에 얼굴이 선명하지가 않았다. 평균보다 아주 작은 여자가 다리를 절뚝거리며 들어서더니 이내 불을 켰다. 형광등이 오래 찌르르 울리더니 불이 들어왔다.

"어머, 오늘 기타 안 한대요? 여섯시가 훨씬 넘었는데."

그녀는 오히려 내게 묻고 있었다.

"축제 기간이라 모임이 없나……? 삼 주간 계속 못 나왔거든요. 새로 왔어요?"

"네……"

그녀는 나를 향해 찡긋 웃더니 짐 부리듯 엉덩이를 의자 하나에 털썩 내려놓았다.

"여기서 보네. 나 몰라요? 우리 도서관 뒤 숲에서 몇 번 본 적 있죠?"

나는 그녀가 나를 기억하지 못하길 바라고 있었다. 나 또한 이미 그녀를 알고 있긴 했다. 하지만 그녀가 이렇게 기습적으로 알은척을 하자 나는 도망이라도 치고 싶었다. 나는 사람들이 두려웠다. 그래서 늘 고개를 숙이고 다녔다. 더군다나 그녀는 처음부터 왠지 싫었다. 어쩌다 캠퍼스에서, 강의실에서 보는 것만으로도 가슴이 체한 것처럼 불편했다.

도서관에서 머리를 처박고 책을 보다가 석양 무렵이 되면 도서관 뒤편 가파른 오솔길을 걸어올라 숲으로 들어갔다. 아기자기한 여자대학 캠퍼스의 석조 건물들 사이로 화사한 여자애들의 웃음소리가 팝콘처럼 하얗게 터져오르는 것이 저 아래 보였다. 하지만 삼삼오오 몰려다니는 여자애들도 음침한 숲속에 들어오는 경우는 거의 없었다.

숲엔 저마다 둥지를 찾는 새들의 날갯짓 소리와 발 밑에서 마른 낙엽들이 바스러지는 소리만 들릴 뿐이었다. 나는 베어진 참나무 그루

터기에 앉아 은하수 담배를 꺼내물었다. 한 모금 잔뜩 빨고 내뿜는 호흡 속에서 나는 비로소 숨을 쉬는 느낌이 들었다. 너무 달뜨지 않은 공기. 나뭇잎을 통해 걸러들어온 빛 속에서, 나는 편안했다.

그런데 간혹 몇 걸음 밑의 발치 쪽에서 바스락대는 소리가 들리기도 했다. 누군가 먼저 자리잡은 그곳에서는 쌉싸한 저녁 숲의 공기를 뚫고 담배 냄새가 올라오기도, 미성(美聲)의 노랫소리가 올라오기도 했다. 꽃잎은 하염없이 바람에 지고…… 바이올린의 가는 현이 떨리듯 울려나오는, 바이브레이션이 많은 맑고 가는 목소리. 닭살이 쪼로록 돋았다.

일어나 숲을 내려오다 그쪽에 슬쩍 눈을 주면 몸피 작은 단발머리 여자 하나가 주저앉아 노래를 부르고 있었다. 어떨 땐 그녀가 나를 따라 곧바로 오솔길을 내려올 때도 있었다. 그녀는 아주 가는 다리를 가지고 있었다. 그런데 그나마 짧은 오른쪽 다리 하나는 발목부터 비틀려 있었다. 나뭇가지를 붙들고 내려오는 그녀가 넘어질 듯 위태로워 보였다. 그러면 나는 뒤도 돌아보지 않고 오솔길을 먼저 뛰어내려와버리곤 했다.

"불문과, 조은애. 맞죠? 이름이 참 좋아요. 근데 정말 좋은 앤가요? 나, 확인하고 싶은데…… 우리 친구 해요. 난 국문과의 정소연이라고 해요. 재수했지만 같은 학번이니 서로 말 놓죠, 뭐. 아니, 말 놓자. 교양 필수과목도 우리 같이 들었잖아. 휴교 때문에 자주 얼굴을 못 보긴 했지만."

그녀는 씩씩하고 명랑하게 말을 붙여왔지만 나는 애매하게 웃으며 자리에서 일어나고 있었다.

"지금 나갈 생각 말아. 내 옷 좀 봐. 학생식당에서 나오니 비가 내리기 시작했어. 소나긴가봐. 비 그치면 가. 가을비 맞아봤자 독감밖에 더 걸려? 나가지 마."

쥐면 한 줌거리밖에 안 되는 그녀가 내게 당찬 목소리로 명령하는 게 같잖아 대거리도 안 한 채 복도로 나섰다. 그때 뒤에서 그녀가 말했다.

"우린 비의 감옥에 갇힌 거야. 오우, 내 표현 정말 그럴듯하지 않니?"

아닌게 아니라 제법 어두운 하늘을 쇠창살처럼 완강한 굵은 비가 내려꽂히고 있었다. 나는 그 비를 뚫고 감히 밖으로 나갈 생각을 포기한 채 그녀를 돌아보았다.

그녀는 자신이 한 말에 스스로 도취된 듯 만족스런 얼굴이었다.

나는 서클룸의 문에 기대어 서서 동창회관 앞 은행나무가 진저리치는 모습을 바라보며 비가 그치기를 기다리고 있었다. 그때 그녀가 노래를 불렀다. 패티김의 〈초우〉였다. 가슴속에 스며드는 고독에 몸부림칠 때 갈 곳 없는 나그네의 꿈은 사라져 비에 젖어 우네 너무나 사랑했기에 너무나 사랑했기에……

저음의 패티김 노래를 떨림이 많은 소프라노로 들으니 기묘했다. 하지만 그녀의 목소리는 타고난 것 같았다. 저 목소리로 차라리 성악을 하지…… 잠깐 그런 생각이 들기도 했다.

그러다 그녀가 기타 반주를 넣어 〈그때 그 사람〉을 불렀다. 심수봉의 콧소리와 처량맞은 아양기가 빠진 그녀 식의 그 노래는 좀 우스꽝스럽게 들렸다. 그래도 그런 대로 애절한 가곡처럼 들리기도 하는 걸 보면 그녀의 목소리가 미성이긴 한가보았다. 기타 솜씨도 수준급이었다. 참, 그녀가 기타를 메고 왔었지. 그녀의 몸엔 너무도 커 보이는 기타를 메고 들어왔던 게 생각이 났다. 그래도 그렇게 힘겨워하지 않아서 나는 그녀가 기타를 멘 걸 자연스레 보아넘겼었나보았다.

키는 작았지만 아래가 부실한 사람답게 그녀는 상체가 발달했다. 둥글고 암팡지게 벌어진 어깨하며 불룩 솟은 젖가슴이 도전적으로 보이기까지 했다. 거기 비하면 내 몸은 키만 멀쑥 컸지 들고 난 데 없이 꼭 사춘기 소년 같은 모습이었다. 그녀를 볼 때마다 뭐랄까, 자기 몸도 가누지 못할 만큼 작은 들풀이 주렁주렁 꽃을 매단 것처럼 안쓰럽게 느껴지곤 했다. 그런데 지금 생각하니 그건 바로 하체에 비해 유난히 발달한 두 젖가슴과 열에 들뜬 듯한 눈빛 때문이었는지도 몰랐다.

나는 "혹시 로망스도 칠 줄 알아?" 하고 묻고 싶은 걸 참았다. 마침 빗발도 가늘어졌고 거미줄처럼 가는 인연의 줄이라라고 해도 그녀와 엮일 필요가 뭐 있나, 하는 생각이 들었던 것이다. 나는 서둘러 겉옷의 단추를 하나씩 채우고 밖으로 튀어나갈 생각이었다. 서클룸을 빠져나와 복도를 몇 걸음 걸었다.

쿵 치리릿 쿵 치리릿. 야, 조은애. 쿵 치리리 쿵 치리릿. 같이 가자. 쿵 치리 쿵 치릿……

그녀가 허둥거리며 뒤따라오는 소리가 들렸다. 그냥 가버릴까 싶었는데 기타가 벽에 퉁, 부딪히는 소리가 나더니 쿵, 바닥에 주저앉는 소리가 들렸다. 돌아보니 그녀가 엉덩방아를 찧고 넘어져 있었다. 앉은 채로 그녀는 웃으며 내게 손을 내밀고 있었다. 나는 내키지 않은 발걸음을 돌려 그녀에게 다가가 그 손을 잡아 일으켜주었다. 끙, 하고 된힘을 줘 일어난 그녀가 내 오른편에 섰다. 그리고 자신의 왼팔로 완강하게 내 오른팔을 옭아매고 내게 의지해 걷기 시작했다. 걸리적거리는 그녀의 기타를 떼어 내 왼쪽 어깨에 걸었다. 그녀가 나를 올려다보며 히죽 웃었다. 나는 모른 척했다. 하지만 좀 있다가 나는 그녀를 내려다보았다. 숱 없는 머리칼 속의 허연 가마며 그 밑으로 도도하게 융기된 젖가슴. 그 밑으로 비에 젖어 번들거리는 아스팔트 위로 내딛는 그녀의 성한 작은 왼발을. 처음으로 한 존재가 내 오른팔에 잔뜩 실린 무게감으로 나는 비틀댔다. 하지만 몇 걸음 안 가 이 인삼각 게임 같은 그 보행에 차츰 익숙해졌다. 그녀와 헤어지고 나서 그 다음날까지도, 그녀가 몸을 실었던 내 오른팔은 무지근하게 아팠다. 나는 그녀를 만나지 않기 위해 클래식기타반에 들려고 했던 마음을 완강하게 도로 닫아걸었다. 하지만 내 오른팔은 가끔 그녀 몸의 하중을 기억해내곤 했다.

처음에 내가 왜 소연이를 그토록이나 싫어했는지 모르겠다. 자폐의 인간들이 흔히 그렇듯 나에겐 사교적인 사람들을 두려워하는 습성이 있었다. 그들은 꼭 독방에 숨어 있는 나를 억지로 불 밝은 재판정으로 끌어내는 간수처럼 여겨졌다. 그녀는 온몸이 흔들거릴 정도로 절뚝거리는 다리로 사람들 사이를 파고들어가 수다를 떨곤 했다. 늘 먼저 인사하고 몇 사람이 모인 만만한 자리에선 가끔 목을 가다듬고 위세에 찬 카나리아처럼 노래를 불렀다. 사람들은 보통보다 몇 배의 박수를 쳐주고 유난스레 상냥하게 구는 듯했다. 나는 코방귀를 뀌었다. 그건 가식이야. 네 뒤틀린 다리를 매력으로 보아주는 것도 아니고 그렇다고 넌 전혀 예쁜 얼굴도 아니지. 오히려 네 얼굴을 보고 있으면 잘린 발을 끌고 먹이를 간원하는 추레한 잿빛 비둘기가 떠오르지. 사람들은 잠깐 과자 부스러기를 던져주곤 그 비둘기를 곧 잊게 되지. 사람들이 아무리 상냥해도 석양의 숲속에선 넌 늘 혼자잖니. 나는 사람들 사이에 있는 그녀를 볼 때마다 악의에 찬 속말을 그녀에게 쏘아보내곤 했다. 상처받은 사람은 홀로 숨어서 그 상처를 스스로 핥아야 돼. 나는 소리쳐주고 싶었다.

그래서였을까. 소연을 보면 언짢았다. 그녀의 다리하며, 그녀의 노랫소리며, 새의 부리를 생각나게 해주는, 매부리처럼 휘어진 작은 코도 싫었다. 그녀와 은우는 전혀 닮은 데가 없었지만 왠지 그녀를 보면 은우 생각이 나는 것도 새의 이미지 때문인지도 몰랐다.

그러던 어느 날, 나는 어머니로부터 뜻하지 않은 편지를 받았다. 내 밑으로 유복자인 은우를 낳고 줄곧 과부로 살아온 어머니는 은우의 사십구재를 치르고 얼마 후에 개가를 했다. 상대는 이 년 전부터 얘기가 있어온, 전주에서 삼계탕집을 한다는 중늙은이였다. 어머니는 딸의 병간을 구실로 미뤄오다 그쪽의 간청에 못 이기는 척 늦봄에 개가를 해서 전주에 내려가 계셨다. 의부는 내 대학만큼은 책임져주마고 했고 다달이 몇 푼의 돈이 생활비 조로 올라왔다. 그런데 그만 의부가 빚보증을 잘못 서줘서 식당을 날리게 생겼다며 형편이 될 때까지 어떡하든 학업을 혼자 힘으로 이어보라는 눈물어린 당부가 편지에 들어있었다. 그쪽도 자식이 둘이나 딸려 먹고살 일이 막막해 어머니마저도 다른 식당의 주방일을 새로 시작했다는 얘기였다.

나는 그제서야 정신이 퍼뜩 들었다. 청천벽력이었다. 겨울이 시작되고 있었다. 다음 학기 등록금은 고사하고 당장 쌀과 연탄만 해도 아껴써도 한 달을 넘기지 못할 터였다. 새로운 걱정이 죽음과도 같던 혼곤한 자폐의 의식을 노크했다. 그러나 이상하게도 비로소 긴 겨울잠에서 깨어나 기지개를 켜듯 하루하루 살고 싶은 마음이 소릇이 돋아나기 시작했다. 이틀에 한 번꼴은 냉방에서 자면서 나는 아르바이트를 구하기 위해 열심히 교내 직업보도실을 들락거렸다. 구직 신청을 해놓고 한 달이 되어도 내 차례가 오지 않았다. 그러던 어느 날, 직업보도실에서 나오는 나를 그녀가 기다리고 있었기라도 한 듯 내 뒤를 쫓아왔다.

"너 아르바이트 구하니? 내가 하나 소개할까?"

그녀가 절룩거리며 나를 쫓아왔다.

"야, 좀 같이 가자. 무슨 애가 걸음이 그렇게 빠르니? 숙식 제공에 월수 십오만원!"

그녀가 다급하게 소리를 질렀다. 사실 급한 건 나였다. 이틀 후면 학년말고사가 시작되고 대학은 곧 긴 겨울방학에 들어갈 참이었다.

"어떤 종류의 일인데?"

"몰래바이트. 중2짜리랑 고1짜리 애들 각각 일 주일에 두 번 영, 수만 봐주면 돼. 시간이 더 늘 경우엔 보수도 올라가."

아주 좋은 조건이었다. 새 군사정권이 들어서면서 과외금지조처가 내려져 허드렛일로는 한 달에 오만원도 벌기 힘든 상황이었다.

그녀는 벌써 내 오른팔을 터억 꿰차고 있었다.

"맘에 있으면 지금이라도 당장 가."

"어딘데……?"

"우리집."

비상(飛翔)

그해 겨울방학 때부터 나는 소연의 두 남동생의 입주 과외 선생으로 들어앉았다. 소연의 집은 생각보다 부자였다. 여의도 샛강 옆의 아파

236

트는 육십오 평이나 되었다. 허름한 옷차림과 생김새로 공연히 그녀를 밑보던 나는 기가 좀 질렸다. 불구라도 자신만만함을 과시하던 소연이 이해가 될 듯했다. 나는 그녀와 한방을 쓰게 되었다. 피아노와 수많은 책들과 이인용 침대가 놓인 커다란 방. 돈 때문이었다고는 해도 그녀와 한솥밥을 먹고 한방에서 자다보니 서서히 정이 들었다. 집에서건 학교에서건 붙어 있다보니 그럴 수밖에 없었으리라.

어쩌면 두 남동생의 과외 선생이라기보다 그녀의 경호원으로 취직이 된 듯도 싶었다. 소연의 부모들도 오히려 그걸 흡족해하는 것 같았다. 내 오른쪽 팔에 매달리는 그녀의 심장 박동과 숨결조차도 내 것인 양 자연스럽게 느껴질 무렵, 소연이 말했다. 창 밖 샛강에서 유난스레 개구리 울음이 시끄럽던 밤이었다.

"처음 널 보았을 때 내 가슴이 얼마나 뛰었는지 몰라. 너는 날 어디서 처음 봤는지 모르겠지만 나는 네가 교복 차림으로 내 앞에서 입학원서 내던 날부터야. 너에게 가까이 다가가고 싶어서 얼마나 안달했는지 아니? 그런데 너에겐 가까이 할 수 없는 그늘이…… 찬바람이 느껴졌어. 지금 고백하지만 그래서 너를 맴돌기도, 보이지 않게 미행을 해보기도 했었다. 마침 네가 아르바이트를 구하려고 하는 걸 알고 우리 부모를 졸라 우리집에 데려오게 되었을 때 나, 너무 기뻤어."

그녀는 나를 그윽이 쳐다보며 〈수선화〉란 가곡을 불러주었다. 내 뒤를 몰래 추적했었단 그녀의 말이 기분 나쁠 틈도 없이 그녀의 노랫소리에, 우정의 고백에 가슴이 젖어들었다.

그녀는 천성적으로 열정적인 여자였다. 그 차오르는 감정을 어쩌지 못해 끓어오르는 목소리로 노래를 부르거나, 성치 않은 몸으로 재미나게 집 안 청소나 요리를 하기도, 밤늦게까지 소설을 쓴답시고 앉아 있기도 했다. 교회의 성가대로 주일날에도 바쁜 그녀를, 키만 컸지 병약하고 게으른 천성의 나는 키 큰 해바라기처럼 망연한 눈길로 좇을 뿐이었다.

언젠가 소연이 내게 딱 한 번 자조적으로 말한 적이 있다.

"하느님은 왜 이 작은 몸에 열정만 가득 채워주시고, 나더러 어쩌라고 내 다리를 쥐어틀어버리셨나 몰라. 건전지만 초강력이면 뭐 하니? 장난감이 고장인데. 끝내는 주체할 수 없는 열정 때문에 나, 폭발하고 말 것 같아. 하지만 나, 그것 때문에 살아냈어. 네 살 때 갑자기 소아마비에 걸리고 나서 여느 애들 같으면 휠체어를 타야 할 만큼 상태가 비관적이었다는데, 나는 꾸준히 피나게 걷는 연습을 했어. 사람들이 지독한 꼬마라고 그랬대."

그래서일까. 그녀와 함께 있는 것만으로도 그녀의 넘치는 기(氣)가 저절로 내 피에까지 스며드는 느낌이었다. 살아 있다는 것이 충만하고 기꺼운 느낌. 나는 은우의 죽음에서 서서히 회복되고 있었다.

어느 날 먼저 잠들은 내가 이상한 기척에 눈을 떴다. 처음엔 창을 통해 들어온 샛강의 소슬바람인가 싶었다. 그러나 짧은 잠옷 소매 밖의 맨살에 느껴지는 그것은 온기와 습기를 머금고 있었다. 눈을 떴다. 소연이었다. 앉아 있는 그녀의 얼굴이 조상(造像)처럼 느껴졌다. 그녀의 땀 밴 손이 내 벗은 종아리를 지나고 있었다. 그녀가 잠꼬대처럼 말했다.

"너는 어쩜 이렇게 아름다우니? 네 몸, 네 발. 세상에…… 발톱까지도 꼭 새끼 조가비 같구나."

나는 얼른 홑이불을 끌어다 덮었다. 소연이 한숨을 쉬며 다시 자리에 누웠다. 기분이 좋지 않았지만, 그녀는 내 다리, 내 발을 시샘하고 있다, 그녀에겐 완벽하지 않은 그것들을, 이렇게 생각하니 그녀가 가여웠다. 나는 아무 티를 내지 않고 잠이 든 척했다. 소연이도 곧 고른 숨소리를 내었다.

아침에 소연이가 일어난 자리에 빨간 얼룩이 있었다. 그녀가 눈을 찌푸리며 말했다.

"나 참, 애를 낳을지 못 낳을지도 모를 몸이 웬 달거리는 이렇게 꼬박꼬박 한담! 지겨워 죽겠어."

내가 일부러 아무렇지도 않게 물었다.

"애를 못 낳아?"

소연이가 시무룩하게 말했다.

"반반이래. 하지만 남자하고 자는 덴 아무 문제 없대나봐."

그러며 내 어깨를 짚고 끙, 일어나 방을 나갔다. 그녀의 엉덩이에 내배인 붉은 꽃잎이 걸을 때마다 심하게 흔들렸다.

소연이는 그 무렵 소설을 쓰고 있었다. 나 또한 소연의 서가에 꽂힌 책들 덕에 독서량이 많아져 우리는 밤에 가끔 술 한잔씩 기울이며 문학 얘기를 하기도 했다. 자기 주장이 강하고 나보다 책을 훨씬 더 많이 읽은 그녀의 독서력(讀書歷)에 지레 대항할 힘을 잃고 마는 나였지만. 그녀가 얼마 후 다 쓴 초고를 보여주었다. 제목이 '비상(飛翔)'이었다. 한 여대생의 성적 방황을 통한 자아 찾기, 뭐 그런 내용이었다.

"어때? 너무 『겨울 여자』 냄새가 나지?"

그녀가 조심스레 물었지만 나는 사실 대담한 성의 묘사에 놀라고 있었다. 남자 경험이 많은 여자가 쓴 소설 같았다. 나는 그때까지 과대표 주선으로 옆 대학의 정외과 학생들 전체와 했던 고고팅이 전부였다. 축제 무렵이면 학교 앞에 파트너 헌팅을 온 남학생들이 가끔 삐끼처럼 다가오기도 했지만 나는 도무지 남자에 관심이 가지 않았다. 매달 해야 할 달거리도 일 년에 서너 번꼴로밖에 하지 않았다. 그게 오히려 편하게 느껴지기도 했다. 아이를 낳기는커녕 남자와 잘 수나 있는 걸까. 남자의 물건은 어린 사내애 고추와는 달라 여자와 잘 때는 홍두깨처럼 커진다는데, 이해를 할 수가 없었다. 여자의 몸 어디에 그걸 삼키는 늪 같은 것이 있는 걸까. 나는 고작 그런 수준이었다.

그러나 소연의 소설 속의 성의 묘사는 이렇게 흐르고 있었다.

"그를 바라보는 것만으로도 아래가 뜨겁게 젖어왔다. 그리고 그곳을 진원지로 해서 알 수 없는 떨림이 내 속에서 지나갔다. 내 은밀한 그곳은 곧 태풍의 눈이 되어 그를 빨아들이고 싶어 아, 그를 삼켜버리고 싶어……"

"음악이 블루스 곡으로 바뀌었다. 색소폰이 흐느꼈다. 그는 내 손을 이끌고 플로어로 나를 데려갔다. 그의 뜨거운 숨결이 귓가에 느껴졌다. 나는 두 팔로 그의 목덜미를 감싸안았다. 내 스커트에 그의 것이 서서히 부풀어오르는, 부드럽고도 사랑스런 견고함이 느껴졌다."

"이제 그는 내 몸 속 깊이 자신의 뿌리를 박았다. 내 몸에 또 한 주의 유실수(有實樹)를 심은 것이다."

문학적 비유로 가득 차긴 했지만 나는 공연히 얼굴이 뜨거워졌다. 그걸 알았을까. 그녀가 웃으며 말했다.

"소설은 상상력의 산물이야. 하긴 아무것도 없는 곳에서 저절로 생기는 상상력이란 없지. 나, 이 방면으로 옛날부터 공부 좀 했다."

"공부?"

"응, 너같이 아무런 취미도 없이 공부만 해서 과수석 하는 그런 공부 말고. 중학교 들어가니까 성적인 호기심이 주체할 수 없어지더라. 그때부터 몰래 포르노 잡지를 봤어. 『펜트하우스』니 『플레이보이』 『킨제이 보고서』, 이런 것들을 능력껏 구해 봤지. 내가 답답하면 가만히 못 있는 성격이잖아. 간접 경험이지, 뭐. 내가 일찍 까졌었나봐. 담배도 중학교 이학년 때부터 피웠잖냐."

"으이구, 쪼만한 것이……"

내가 알밤을 먹이는 시늉을 했다. 우리는 함께 웃었다.

"아, 진짜로 남자와 섹스를 하면 어떨까…… 하지만 나한텐 미팅도 안 들어와. 그렇다고 다리도 이 모양이지, 국민학생모양 키도 작고 얼굴도 이쁘지 않으니까 쫓아오는 남자도 없고. 야, 조은애! 너라도 미팅에 좀 자주 나가서 남자 좀 주워와라. 너 먼저 쓰고 남으면 나한테 좀 넘기면 안 돼냐? 너야 미끈하게 키 크겠다 얼굴도 그만하면 괜찮지. 근데 넌 도무지 남자한텐 끌리지 않는 거니?"

말은 장난스레 했지만 그녀의 얼굴은 곧 쓸쓸해졌다. 그녀가 내 얼굴에 담배연기를 훅 뿜으며 내 눈을 응시했다. 이상하게 가슴 저린 눈빛이었다. 그녀가 내 손을 끌어다 쓰다듬었다. 그러더니 입술로 가져가 눈을 감고 내 손등에 오래 입을 맞췄다. 그녀의 까칠한 입술 감촉이 느껴졌다. 내가 그만 킥, 웃었다. 그러나 그녀는 웃지 않았다. 다시 내 얼굴을 쓰다듬으며 말했다.

"널 잃고 싶지 않아. 죽을 때까지 나랑 함께 있었으면……"

두 몸이 깍지 끼듯

은우와 나는 어릴 때부터 꼭 껴안고 자는 버릇이 있었다. 두 손을 깍지 끼듯 두 팔과 두 다리로 옭아매고 두 몸을 꼭 붙이면 바람 한 점 샐 틈이 없었다. 아궁이가 시원치 않아 탄불이 자주 꺼지기 때문에 생긴 버릇이었는지 모른다. 그 버릇은 결국 폐암으로 그애의 호흡이 힘들어질 때까지 계속되었다. 슬그머니 그애 쪽에서 등을 돌려 거부의 몸짓을 나타낼 때까지.

언제부턴가 소연이의 잠버릇이 좀 이상해지기 시작했다. 자다보면 등뒤에서 나를 껴안고 있기도 했고 그녀의 손이 내 가슴에 얹혀져 있기도 했다. 자기 전에 내 이마에 가만히 뽀뽀를 해주기도 했다. 처음에 나는 은우와 마찬가지로 그녀를 받아들이려고 했다. 친자매간의 육친애처럼 우정이 무르익은 거라고. 그녀 또한 외딸로 자랐고 세상 사람과 다른 불구의 몸으로 얼마나 외로움을 탔을까. 그런데 이상했다. 그게 단지 여자들간의 우정인가, 나는 의심하기 시작했다. 그녀의 손길과 입술은 놀랄만치 뜨거워져가고 있었다.

그러다 어느 날 새벽, 잠결에 이상한 신음 소리를 들었다. 창 밖에 뿌연 안개가 바짝 진군해 있는 초가을 새벽이었다. 그녀가 몸을 뒤틀고 있었다. 내가 놀라서 다가가 흔드니 그녀가 내 손을 거칠게 뿌리쳤다. 그리고 일어나 앉아 다짜고짜로 잠옷의 앞섶을 쥐어뜯으며 신경질을 부렸다.

"날 좀 가만 놔두란 말야!"

그러더니 엎어져서 울었다. 아닌 밤중에 홍두깨라고 나는 멍한 눈으로 그녀를 쳐다보았다. 조금 후 그녀가 내 무릎에 엎어져 내 허리를 안으며 중얼거렸다.

"미안해, 미안해. 난 나쁜 년인가봐. 저주받은 년인가봐."

뭔지는 모르지만 나는 그녀를 위로해야 할 것 같았다. 내가 그녀의 등을 토닥여주자 그녀가 내게 물었다.

"넌 그런 경험 없겠지? 온몸과 정신은 잠에 빠져 있는데 내 이곳에 서부터 둥둥둥 북소리가 울리듯, 서서히 회오리바람이 시작되는 거야."

그러며 그녀는 자신의 사타구니를 가리켰다.

"그러면 황홀하고 이상한 전율이 내 온몸을 휘감아. 아아, 모르겠어. 이 아래가 그냥 저 홀로 미쳐가는 것 같아. 용광로 아가리처럼 뭐든지 녹이고 싶어 환장을 하는 것 같아. 그러다 잠 깨고 나면 허탈해. 아래는 온통 젖어 있고…… 그럴 때 널 보면 너는 말간 얼굴로 세상 모르고 자고 있고."

그때부터였다. 그녀의 정열이 정념의 또다른 얼굴임을. 아니 넘쳐흐르는 성욕이 그녀에겐 커다란 고통이 되는 것을 나는 어렴풋이 알았다.

"내가 만약 몸이 성하고 이쁜 여자애였다면 아주 바람둥이였을 거야, 내 소설의 주인공처럼. 아아 소설로, 음악으로 승화를 시킬 수 있을까? 아냐. 그런 것들은 나를 완전히 충족시켜주질 못해. 하지만 내겐 통로가 없어. 여고 때 내가 아주 좋아하는 여자애가 있었다. 그애도 날 좋아했어. 그애를 못 보는 동안은 미칠 것 같았지. 그러다 어느 날 화장실에서 나도 모르게 깊은 키스를 하고 말았어. 그애는 몹시 충격을 받은 것 같았어. 말이 없어지더니 곧 전학을 가버렸지. 대학에 입학해서도 다른 여자애들이 곱게 차려입고 미팅에 나갈 때 그애들의 터질 것처럼 탱탱한 엉덩이를 바라보면서 나는 체념을 곱씹어야 했어. 어쩌다 만나게 되는 남자들은 내게 친절했지만 늘 투명한 유리벽을 치지. 그럴수록 나도 초연한 척하지만. 오죽하면 등록금을 걸고 아버지 운전기사를 내가 다 유혹했다. 등록금을 잃어버렸다고 거짓말해서 또다시 등록금을 타냈어. 한 번의 정사를 위한 화대로는 엄청난 돈이었지만 기사는 별로 내켜하질 않았어. 그리곤 그도 곧 기사 일을 그만두었어."

소연의 고백을 듣고 나니 기분이 좀 상했다. 내가 또는 그녀가 믿고 있는 건 과연 순결한 우정인가……

"나, 다 알고 있어. 네 마음도 이런 나를 거부하고 싶어한다는 걸. 하지만 너에 대한 내 우정의, 아니 사랑의 순도를 의심하진 마. 어느 남자도 나만큼 너를 좋아하진 않을 거야."

그 말이 이상한 전율로 내 몸에 메아리 되어 퍼졌다. 이제 이 집을 떠날 때가 되었구나, 하는 생각이 들었다.

"이런 내가 싫다면 방을 따로 써도 좋아. 원한다면 창고로 쓰는 방을 줄 수도 있어. 아니면 이 방에 네 침대를 따로 놓아도 좋고. 네가 싫어하는 짓들을 앞으론 절대 안 할게. 하지만 나를 떠난다고는 말하지 말아줘. 나를 버리지 마."

어머니에게선 가을이 깊어가도록 편지 한 장이 없었다. 소연의 말대로 나는 그녀 방 한구석에 내 침대를 마련하는 선에서 어정쩡 그집에 머물러 있었다. 소연의 고백이 있고 나서부터 우리 사이에는 무척 어색한 공기가 흐르고 있었다. 내가 뚱하니 말을 안 하고 담배만 죽이는 데 반해 소연이는 등을 돌리고 몇 시간이고 피아노만 쳐댔다. 나는 마음속으로 겨울만 넘기면 떠나리라 마음 먹고 또 마음 먹었다.

그 무렵 그런 소원한 우리들의 관계를 회복시키는 사건이 하나 있었다. 소연의 소설 「비상」이 어느 대학에서 주관한 문예 현상 공모에

당선된 것이었다. 나는 진심으로 축하를 해주었다. 소연이가 문학을 통해서 자신을 불사를 수 있다는 믿음은 그녀에게 얼마나 큰 힘이 될 것인가. 소연이는 단박에 활기를 찾았다. 문학을 하는 대학생들 사이에서는 꽤 유명해졌는지 남학생들에게서도 편지가 제법 오는 모양이었다.

집으로 들어가기 전에 버스에서 내린 소연이 상가 안의 카페로 나를 끌고 들어갔다. 며칠 전부터 이상하게 소연이 초조해 보인다고 생각했다. 칵테일을 한 잔씩 시킨 소연이 한참 동안 말이 없다가 결심한 듯 입을 열었다.

"너한테 부탁이 있어."

그녀는 이로 잘근잘근 입술을 씹더니 생각난 듯 가방에서 뭔가를 꺼냈다. 편지묶음이었다.

"읽어봐."

편지는 소연의 앞으로 온 것들로 모두 일곱 통이었다. 문학을 좋아하는 남학생인 듯, 소연의 소설에 대한 열광적인 찬사로 시작하여 은근하지만 집요하고 세련되게 그녀를 향한 연정을 드러내고 있었다. 그러다 마지막 두 개의 편지에선 일방적으로 약속을 정하고 기다리겠노라고 덧붙여놓았다.

"한 달 전부터 학교로 오기 시작한거야."

"답장은 했어?"

"딱 한 번. 느낌이 어떠니?"

"글쎄, 글을 굉장히 잘 쓰네. 아주 진지하고 따뜻한 사람일 것 같아."

"그렇지? 그 대학의 문학회 회장이라는데 소설도 이미 정평이 나 있다는 거야."

소연의 얼굴이 밝아졌다.

"그럼 만나본 거야?

"아니, 그냥 좀 알아봤어."

"잘 됐다. 좋은 사람인 것 같다."

나는 아무 사심 없이 맞장구를 쳐주었다.

"네가 만나라. 내일 저녁 여섯시 학교 앞 맥심."

소연이 단호하게 말했다.

나는 펄쩍 뛰었다.

"싫다, 애. 내가 왜 너 좋다는 사람을 만나니?"

소연이 담배를 꺼내물었다.

"그래서 내가 너한테 부탁하는 거야. 네가 잠깐 그 앞에서 조은애가 아닌 정소연이가 돼주기만 하면 돼. 그 사람이 어떤 사람인지 내게 얘기해주면 된다구. 그가 정말 좋은 사람이라면 그 다음에 우리 셋이 우정을 나누어도 되고. 너도 알잖아. 사람들, 특히 남자들이 내게 다가오는 걸 꺼리잖니? 뭐, 이상하게 생각하지 마. 이래보는 것도 재밌잖아."

나는 고개를 저었다.

"난, 남자를 사귀어본 경험도 없고 너처럼 문학에 대해 잘 아는 것도 아니고. 또 내가 어떻게 네가 될 수가 있니? 그러다 망신이라도 당하면……"

"그냥, 저는 원래 말이 없는 사람이에요, 그렇게 앉아 있다 오기만 해. 여기 마지막 편지에 협박 좀 봐라. 계속 안 나오면 나를 찾아오겠다고 하잖니? 참, 사진도 한 장 보내왔더라."

246

그러며 그녀가 수첩을 꺼내 깊숙이 넣어둔 사진 한 장을 꺼냈다. 우리나라 최고의 대학 영문과 삼학년에 다닌다는 남학생의 얼굴. 그가 캠퍼스 벤치에 앉아 웃고 있었다. 수려한 얼굴선. 서글서글한 눈매와 희고 고른 잇속. 어디서나 눈길을 끌 만한 잘생긴 얼굴이었다.

소연은 이미 이 남자에게 빠져 있는 게 틀림없었다. 나는 아무 말도 할 수 없었다. 하지만 결국 내가 그를 만나게 될 것 같다는 마음의 울림에 나는 흔들리고 있었다.

슬픈 예감

맥심 이층. 어둑한 실내에 눈이 익지 않아 입구에서 엉거주춤하고 있는데 한 남자가 다가왔다.

"저어, 정소연씨죠?"

"네? 아 네, 그런데 저를 어떻게……"

사진 속의 남자. 구영서라고 이름을 외우던 남자가 따뜻한 눈빛으로, 기쁜 빛을 감추지 못하고 자리로 안내했다. 목까지 올라오는 흰색 스웨터에 감색 상의를 받쳐입은 그는 아주 스마트한 인상이었다.

"이렇게 나와주셔서 영광입니다. 문을 열고 들어오는 순간 소연씬 줄 알았습니다. 머리가 좀더 길으셨군요."

"네?"

내가 눈을 동그랗게 뜨자 그가 양복 속주머니를 뒤져 사진 한 장을 꺼냈다.

"잊으셨습니까? 제가 사진을 보내자 이 사진을 동봉한 답장을 한

번 보내셨지요. 생일날 찍은 사진이라면서, 옆엣분이 같은 학교에 다니는 이종사촌이라구요. 지금 계시는 데가 이모님 댁이구요."

기가 막힐 노릇이었다. 사진은 소연의 생일날 함께 찍은 것이었다. 소연은 내게 왜 한마디도 하지 않았을까. 나는 이미 이 남자에게 정소연으로 들어앉은 지 오래건만. 하지만 어수룩하게 굴어서는 안 된다. 소연과의 약속은 약속이니까.

"소설, 편지에서도 누차 얘기했지만 정말 굉장해요. 자칫 외설적으로 흐를 수도 있는 걸 절묘한 균형 감각으로 예술로 빚어내는 솜씨가 보통이 아니라 생각했어요. 아주 살얼음 같은 차가운 슬픔이 흐르는 작품이라 생각했는데 만나보니 제가 상상했던 소연씨의 이미지와 딱 부합이 되는 것 같아요. 저도 습작을 하긴 하지만 앞으로 서로의 세계에 많은 교감이 있기를 바래요."

남자는 차분한 목소리로 차근차근 무엇을 보거나 외운 듯한 말을 했다. 말할 때마다 정맥이 두드러진 섬세한 흰 손을 모았다가 새의 날개가 펴지듯 펼치는 모습도 우아했다. 비프가스를 써는 그의 유연한 나이프질에도 공연히 주눅이 들 무렵 남자가 말했다.

"음악을 좋아하신다구요. 저 역시 그렇습니다. 우린 공통점이 많은 것 같아요."

남자가 동의를 구하는 눈길을 던졌다.

"아, 지금 푸치니의 토스카 중에서 유명한 아리아, 〈별은 빛나건만〉이 흐르는군요. 누구의 오페라를 좋아하세요?"

"네…… 저는 차이코프스키의 〈백조의 호수〉가 좋아요."

"아, 그건 오페라가 아니라 무용곡인데, 그럼 발레에도 일가견이 있으시군요."

나는 애매한 웃음을 지어 보였다. 자꾸 그가 무엇을 물어올까봐 조마조마했다. 한동안 남자의 화제는 음악으로 이어졌다. 내가 할 수 있는 일이라곤 성의를 다해 그의 말을 들어주는 게 고작이었다. 가끔 고개를 끄덕이며.

"생각보다 퍽 말이 없으신 분이군요. 저만 공연히 떠들고……"

그 말에 내가 더듬거리며 요즘 학교에서 다루고 있는 실존주의 소설들에 대해 몇 마디 했다. 그는 국문과신데도 불어 실력이 대단하신가봐요, 하며 경탄의 눈길로 나를 보았다. 등허리에 식은땀이 흘렀다. 나는 비프가스를 반도 먹지 못하고 손을 놓았다.

"정말 조금밖에 안 드시네요. 이 집 음식이 괜찮은데. 소연씬 살 좀 쪄야 되겠어요. 풀잎의 이슬만 받아 드시는 분 같아요."

그는 안쓰런 눈길로 내 얼굴을 훑듯이 들여다보았다. 그 눈길을 견디지 못해 아래로 내리뜬 내 속눈썹이 자꾸 파르르 경련을 일으켰다. 분위기 있는 데 가서 차를 마시자는 그의 제안을 뿌리치고 무조건 자리에서 일어섰다. 그가 계산을 치르는 동안 나는 아무 생각 없이 바닥만 내려다보고 있다가 그의 뒤를 따라 나갔다. 그런데 무조건 따라 들어간 곳이 그만 남자 화장실까지 쫓아들어가고 말았다. 나는 기겁을 하고 뛰어나왔다. 그만큼 내 정신이 아니었던 모양이었다.

밖에는 들어올 때와 달리 부슬부슬 비가 내리고 있었다. 내가 막 거리로 나가려는데 내 팔을 뒤에서 붙들며 그가 우산을 폈다.

"소연씨 만나기 전에 일기예보를 꼼꼼하게 들었어요. 소연씨 혹시 감기 드실까봐 우산을 챙겨왔죠. 이 비 그치면 곧 겨울이 오겠죠? 첫눈이었으면 우리 첫 만남이 더 낭만적이었을 텐데…… 집까지 택시로 바래다드리죠. 이쪽으로 더 오세요. 저런! 그쪽 어깨가 다 젖었잖아요."

그가 내 쪽으로 우산을 더 기울였다.

"저는 저쪽 정류장에서 버스 타면 돼요."

내 쪽으로 우산을 기울이느라 이번엔 그의 한쪽 어깨가 젖어서 감색이 검은색이 되었다. 나도 모르게 자꾸 달아나려 했는지 어느 틈에 그가 내 어깨를 살짝 끌어당겨 우산 속으로 집어넣었다. 그의 손길이 닿자 다리에 힘이 빠져 스르르 주저앉고 싶었다.

"아, 미안해요. 감기 들어요. 우산 쓴 보람이 없잖아요. 하긴 우산이 좀 작죠? 사실 저 오늘 비가 오길 은근히 기다렸어요. 집에서 일부러 제일 작은 우산 골라온 내 심정 이해하시려나 몰라."

그가 웃으며 말했다. 그러면서 그는 내 어깨에 얹은 손에 살짝 힘을 주었다. 그가 손을 얹은, 내 오른쪽 비 맞은 어깨가 따뜻해졌다. 한 번으로 끝날지도 모를 이 만남. 하지만 그 오른쪽 어깨는 한동안 그의 손길을 기억할 것 같았다. 만약 그후로도 그리워하게 되면 어쩌나……한 번도 느껴보지 못한 슬픈 예감이었다.

여의도 가는 버스가 오자 나는 그에게 고맙다는 인사를 하고 급하게 올라탔다. 그러나 그도 곧 뛰어올라왔다. 그런데 버스 창 밖에서 뭔가가 내 시선을 끄는 듯한 느낌이 들었다. 아! 거기 소연이 서 있었다. 버스를 놓치지 않기 위해 네 활개를 치고 퍼덕거리며 소연이 방금 도착했지만 버스는 이미 출발하기 시작했다. 순간 그녀와 나의 눈이 마주쳤다. 그녀는 온통 비에 젖어 있었다. 그리고 떠나는 버스를 망연히 바라보았다. 가는 다리, 그 다리로 균형을 잡기 위해 항상 조금 뾰족하게 내밀고 있는 엉덩이, 둥그런 상체, 힘없이 처진 팔, 비에 젖어 엉겨 붙은 머리칼. 아, 새 같다. 작은 새. 비에 젖은 새. 다친 새……

은륜 위의 맹세

남자는 첫 만남 이후로 사흘에 한 번꼴로 연서를 보내온다고 했다. 그 편지는 물론 수신인이 소연이라 그녀의 손안으로 들어갔다. 가끔 소연이 답장을 하는 듯했다. 하지만 나는 애써 아는 척을 하진 않았다. 소연이 자주 침울해졌다. 잠을 못 이루고 한숨을 쉬기도 했다. 그럴 때마다 나도 이불 속에서 가만히 내 오른쪽 어깨에 손을 대보곤 했다. 빗속에서 그의 손이 닿았던 곳.

그러다 그를 두번째로 만나게 되었다.

"소연아! 전화 받아."

소연이 내게 외쳤다. 나는 잠시 혼란이 왔다. 햇빛 맑은 일요일, 늦잠을 자다 일어나 머리를 감고 빗질을 하고 있을 때였다. 소연의 방에 설치된 전화기에서 벨이 울렸다. 몇 마디 하던 소연이 다짜고짜로 내게 수화기를 내밀며 소곤거렸다.

"영서씨야."

얼떨결에 전화를 받은 내 귀에 들뜬 그의 목소리가 파고들었다.

"지난번 편지에 집 주소와 전화번호를 가르쳐줘서 무척 기뻤어요. 뭐 하세요? 이렇게 화창한 날. 나 지금 어디 와 있는 줄 알아요? 소연 씨 집 앞이에요. 우리, 오늘 광장에서 자전거 타요. 지금 빨리 나오세요."

"저, 자전거 못 타요."

"그럴 줄 알았어요. 제 뒤에 타면 돼요. 저는 선수급이거든요. 제

허리만 꼭 잡으면 단숨에 지구 끝까지도 갈 수 있어요."

나는 소연을 돌아보았다. 그녀가 고개를 끄덕였다. 전화를 끊고 나자 소연이 머리를 빗기 시작했다.

"나도 같이 나가. 이종사촌을 소개시켜주고 싶어 데리고 나왔다고 하면 되잖아. 너 절대 실수하지마. 난 조은애고 넌 정소연이라는 거."

그날, 햇빛 아래 블루진의 재킷과 바지를 입고 나온 그는 가을 강물만큼이나 청신해 보였다. 그는 스스럼없이 소연과 나를 반겼다. 광장으로 나간 우리는 자전거 한 대를 빌렸다. 그는 먼저 소연을 태웠다. 소연을 조심스레 뒷자리에 앉혔다. 그는 세심한 배려로 소연을 대했다.

그는 햇빛 속에 은륜을 굴려 쏜살처럼 광장을 한 바퀴 돌았다. 햇빛에 부서지는 자전거 바퀴의 은빛이 참 아름다웠다. 꼭 잡아요, 허리가 으스러지도록! 가끔씩 그가 고함치는 소리. 고개를 뒤로 젖혀 머플러를 날리며 웃음을 흩날리는 소연의 모습. 소연은 행복해 보였다. 그녀는 좀처럼 내릴 생각이 없는 듯했다. 햇빛은 맑았지만 바람은 차서 내가 발을 동동 구르자 마침내 소연이 아쉬운 듯 자전거에서 내리겠다는 몸짓을 했다. 그는 소연을 안아내렸다.

그리고 다시 성큼 자전거 앞자리에 올라타고는 나를 향해 고갯짓을 하며 "타세요" 했다. 왜 그랬을까, 잠깐 섭섭한 맘이 들었다. 그래서 감히 그의 허리도 안지 못하고 옷깃만 슬쩍 쥐고 있자니 그가 거칠게 자전거를 출발시켰다. 내 몸이 반사적으로 그의 등으로 쏠렸다. 그가 하하, 웃었다.

"그렇게 허술하게 잡으면 떨어져요. 아까 사촌은 엄청 세게 허리를 껴안던데, 지금도 뱃가죽이 아파 죽겠어요. 자, 지금부터 전속력으로 달립니다. 혹시 하늘로 날아갈지도 몰라요."

그는 정말 어마어마하게 속도를 냈다. 나도 모르게 손에 땀이 나며 그의 허리를 꼭 껴안았다. 갑자기 아파트들이, 하늘이, 강물이 회오리바람이 되었다.

"무서워요. 그만 내려줘요."

내가 소리를 질렀다. 그가 속도를 조금 줄였다.

"그럼 앞으로 내가 원할 때마다 무조건 나를 만나주겠다고 맹세해요. 이제 나, 감질나게 편지 안 해요. 보고 싶을 때마다 전화하거나 집으로 막 쳐들어갈 거예요. 소연씨 얼굴이 어른거려 잠도 안 온다구요."

내가 어떻게 대답을 하겠는가. 나는 정소연이 아닌데. 또 그 역시 자신이 원하는 여자가 과연 조은앤지 정소연인지 모르지 않는가.

"어어? 대답 없어요?"

그가 자전거를 다시 거칠게 몰았다. 나는 울상이 되어 대답할 수밖에 없었다.

"알았어요. 그런데 내 사촌한테도 잘해주셔야 해요. 저는 이만 내릴래요. 저는 속도 공포증이 있어요. 대신 소, 아니 은애를 좀더 태워주세요."

그날 이후 영서는 정말 자주 전화했다.

"여긴 우리집도 아니고 이모 집이니 너무 자주 전화하지 말아요."

나는 소연의 눈치를 보며 얼버무렸다. 그래도 전화가 오지 않으면 왠지 허전했다. 소연이 내게 말했다.

"그렇게 내 눈치 볼 것 없어. 하지만 내 허락 없이 만나면 너, 약속 위반이다. 만나고 싶으면 만나도 좋아. 하지만 내게 모든 걸 숨김없이 다 얘기해줘야 돼. 너 혹시 영서씨 좋아하는 건 아니지?"

나는 고개까지 흔들며 부정했다.

"아냐, 절대 아냐. 하지만 소연아 나, 이제 이 이상한 게임은 그만 두고 싶어. 영서씨는 좋은 사람이야. 우리 그만 고백해버리자. 영서씨는 널 진심으로 사랑할 수 있는 사람이야."

소연은 대꾸 없이 싸늘한 얼굴이 되었다.

숨은 그림자

그 이상한 만남은 겨울이 지날 때까지 계속되었다. 겨울방학 동안 그가 고향인 대전에 내려가 있던 한 달을 제외하더라도 우리는 일 주일에 한 번꼴로 겨울 내내 여섯 번쯤은 만났다. 그를 만날 때면 나는 일부러라도 소연을 데리고 나갔다. 영서와 소연이는 죽이 잘 맞았다. 영서는 내게 은밀하게 눈길을 보내곤 했지만 늘 소연과 신이 나서 떠들어댔다. 음악이니 문학이니 영화 얘기니 끝이 없었다. 더군다나 영서도 노래를 무척 잘 불렀다. 부드러운 바리톤의 음색을 가진 그가 소프라노인 소연이와 아름다운 화음으로 이중창을 부르기라도 할라 치면 나는 쓸쓸해졌다. 두 사람의 화음의 물결이 나를 멀리멀리 밀어내는 것 같았다. 그래도 우리 셋은 영화관에도 같이 가고 연주회도 함께 가고 술도 같이 마시러 다녔다.

"내 참, 은애씨하고 나는 어째 이렇게 이빨이 잘 맞지? 은애씨 없으면 술맛도 안 난다니까."

그러면 소연은 깜빡 넘어가도록 좋아라 했다.

"이빨만 잘 맞으면 뭐 해요? 궁합이 맞아야지."

"그럼 언제 우리 궁합 한번 맞춰볼까?"

"정말?"

나는 그들의 수작을 한 귀로 들으며 해찰하는 아이처럼 딴 짓을 했다. 어떨 땐 둘 사이가 더 임의로웠다. 술 마시자며 소연이가 그를 불러내기도 했다. 소연은 이제 영서의 오른팔에 자연스레 매달려 걸었다. 빙판길에선 아예 영서가 그녀를 업고 다니기도 했다. 두 사람은 그럴 때 호흡을 맞춰 노래를 불렀다. 정태춘과 박은옥의 노래들을 듀엣으로 부르기도 했고, 곧잘 십팔번으로 〈웨딩 케이크〉란 노래를 아름다운 화음으로 불렀다. 달이라도 뜬 밤이면 영서는 곧잘 하늘을 우러르며 슈베르트의 세레나데를 불렀다.

명랑한 저 달빛 아래 들리는 소리 무슨 비밀 여기 있어 두근거리나 우리 서로 잠시라도 잊지 못하여 잊지 못하여⋯⋯

그러면 소연이 뒷소절을 냉큼 받아, 돌아오라 나의 사랑 빛나는 곳에 터질 듯한 나의 사랑 나의 사랑, 하고 불렀다. 오페라 주역 가수들처럼 서로 마주 보며 사랑의 선율로 사무친 얼굴들을 하고서⋯⋯ 아마도 소연에게 행복한 날들이 있었다면 바로 그 시절이 아니었을까.

그러나 그 시절은 오래가지 않았다. 삼학년이 된 지 며칠 되지 않은 봄밤, 영서의 전화를 받고 신이 나서 나갔던 소연이 곧 시무룩하게 들어왔다.

"나가봐라. 요 앞에 영서씨 와 있다. 할 얘기가 있다고 너를 불러내 달라는구나. 좀 취해 있어. 너 말이지⋯⋯ 아니야."

소연이 무슨 말을 할 듯 입을 종긋거리다가 몸을 휙 돌려 방문을 세차게 닫고 들어가버렸다. 나는 집에서 입던 반소매 차림에 얇은 스웨터 하나만 걸치고 밖으로 나갔다. 수은등 기둥에 몸을 기대고 하늘을 보던 그가 고개를 돌려 걸어오는 나를 쳐다보았다. 수은등 밑에 길게 누운 그의 그림자가 너무 길어서 슬프게 느껴졌다. 가슴이 쿵쿵거렸다.

그가 다가서는 나를 거칠게 가로등 그늘 속으로 끌어당기더니 대뜸 입을 맞추었다. 싸늘한 그의 코끝이 느껴짐과 동시에 뜨거운 그의 혀가 입 속으로 물큰 밀려들었다. 나는 반항의 몸짓을 했지만 그는 완강했다. 해토(解土)가 되는지 샛강 쪽에서 꿉꿉한 내음을 실은 바람이 밀려들었다. 나는 입술을 빼앗긴 채 눈을 부릅뜨고 오층 소연 방의 창을 확인했다. 흰 망사 커튼 뒤에 숨은 사람 그림자 하나. 나는 절망으로 눈을 감았다.

그날 밤. 기습적으로 영서의 첫 키스를 받던 날, 나는 이상하게 소연 앞에서 고개를 들 수 없었다. 커튼 뒤의 그림자. 소연은 낱낱이 내려다보고 있었을 것이다. 나는 가만히 내 통장의 숫자를 떠올려보았다. 새학기 등록을 한 지 얼마 되지 않아 한동안 큰돈 쓸 일은 없을 터였다. 새 아르바이트를 구하면 몇 달간 버틸 수는 있을 것 같았다. 그리고 그 다음은 차차 생각하자고 마음을 다잡았다. 그리고 영서에게 모든 것을 고백하고 그를 떠나는 게 도리라는 생각이 들었다. 그러자 괜히 눈물이 솟구쳤다. 잊었던 혀의 감촉이 잡힐 듯 잡힐 듯 되살아나면서 그가 그리워졌다.

소연은 내게 아무 말도 하지 않았다. 그런데 다음날인 일요일, 교회를 다녀오더니 한 친구를 데려왔다. 몸집이 튼실한 우리 또래의 여자애였다. 그녀 또한 약간 다리를 절었다. 청바지 차림의 괄괄한 성격의 그녀와는 오래 전부터 친한 사이인지 나하고 있을 때와는 달리 둘 사이가 거침이 없었다. 아주 화통했다. 마구 욕설을 섞기도 했다. 그래도 애정이 가득한 얼굴로 욕을 하는 그들. 내게 소개를 하긴 했지만 둘은 피아노를 치며 찬송가를 활기차게 부르기도 하고 자기네끼리만 아는 얘기들을 하며 웃음을 터뜨리기도 했다. 공연히 따돌림을 받는 것 같아 눈치를 보는 내 자신이 초라하게만 느껴졌다. 나는 그녀가 가주기를 바라며 일찌감치 내 침대에 누워 잠을 청했다. 그녀들은 그런 나를 두고 둘이서 술잔을 기울이는 모양이었다. 청바지 절름발이의 수다는 끝이 없었다. 나는 그녀들에게서 벗어나기 위해 영서를 떠올렸다. 처음으로 소연이 미웠다. 영서에게 고백을 하리라. 그래도 그는 나, 조은애를 택할 것인가. 영서가 사랑한 것은 도대체 누구인가. 나는 두려웠다.

새벽녘, 이상한 소리에 잠이 깨었다. 머릿속을 끌로 긁는 듯한 기분 나쁜 소리. 소연의 침대에서 나는 소리였다. 청바지는 돌아갔는가. 바닥에는 치우지 않은 술판이 어지럽게 널려 있었다. 그러나 새벽의 여명 속에서 소연의 침대 위에 앉아 있는 사람은 청바지였다. 하지만 그 여자는 청바지를 입고 있지 않았다. 아래가 온통 허연 살이 드러나 있었다. 나는 왈칵, 긴장이 느껴졌다.

그 여자는 쭈그리고 앉아 허연 허벅다리 살을 연신 주무르고 있었다. 그럴 때마다 이상한 쇳소리가 났다. 나는 긴장했다. 뭘까? 아아, 곧 어둠에 익숙해진 내 눈에 비친 그것은 어슴푸레하게 떠오른 의족이었다. 여자는 의족을 장치하고 있었던 것이다. 갑자기 그녀가 칼칼한 목소리로 쏘아붙였다.

"뭘 봐! 뭔 구경거리 났어? 쥐 눈을 뜨고 그렇게 쳐다보니, 그래 우리 같은 다리 병신들은 사람으로 안 봬? 그렇게 소연이 뜯어먹고 학교까지 다니면 됐지, 그 반반한 얼굴하고 미끈한 각선미로 어디 꼬실 남자가 없어 소연이 남자를 채어가?"

"야! 그만둬. 너 참 성깔 한번 드럽다. 너 같은 것들 땜에 병신 육갑 떤다는 소릴 듣고 사는 거야."

소연이 잠을 깼는지 청바지에게 소리부터 질렀다.

나는 머리통을 세게 얻어맞은 듯 아무 생각도 분노도 일지 않았다. 그저 유령처럼 아파트를 빠져나왔다. 월요일이었지만 나는 학교 강의를 빼먹고 싼 월셋집을 찾으러 후미진 동네들을 헤맸다. 밤이 되었지만 소연의 집으로 들어가고 싶지 않았다. 아무리 월셋집이라곤 했지만 보증금과 당장의 생활비도 만만치 않았다. 두 개의 전화번호. 어머니와 영서의 전화번호. 손가락에 경련이 날 만큼 다이얼을 돌리고 싶었지만 나는 소주 두 병을 가방에 숨겨 근처의 값싼 여인숙에 들어 거덜을 내고 고꾸라졌다. 이틀을 죽은 듯이 지냈다.

지워진 남자

사흘째 되던 날, 공덕동 달동네 꼭대기에 월셋방 하나를 봐두고 소연의 집으로 갔다. 소연의 얼굴은 몰라보게 초췌해져 있었다. 내가 말없이 짐을 싸자 소연은 안절부절못하더니 나를 붙들어 앉혔다.

"모든 게 내 잘못이야. 내가 이렇게 용서를 빌 테니 제발 가지 마."

"아냐. 그 동안 정말 고마웠어. 나 네 덕분에 정말 잘 지냈어. 네 부모님과 고3 올라간 종우에겐 미안하지만 이게 우리들에게 최선의 선택인 것 같아."

내가 조금 떨리는 목소리로 더듬거리며 말했다. 소연이 애가 타는 듯 무릎걸음으로 다가왔다.

"내 친구 말 너무 고깝게 생각 마. 그애가 그렇게 생각한 거지, 나는 항상 변함없이 너를 좋아하는 거 알잖니? 나 영서씨 포기했어. 그러니 가지 마. 네가 이틀째 학교도 안 나와서 나는 네가 영서씨와 함께 있는 줄 알았다. 그 사람한테 나, 다 말했다. 그래, 차라리 홀가분해. 그 사람 넋이 나간 듯 아무 말 못 하더구나. 충격이 컸을 거야. 끝까지 아무 말 없더구나. 내가 모두에게 못할 짓을 했어. 하지만 그는 곧 너를 선택하겠지. 나 백 번 너한테 양보할게. 나 같은 거야, 뭐, 신도 포기한 인간인데 뭐. 난 괜찮아. 이렇게 양보하며 사는 게 습관이고 운명인데 뭐."

그러며 그녀는 입을 실룩거리기 시작했다. 나는 그녀의 뒤틀어진 소나무 가지 같은 오른쪽 다리에 눈을 주며 다짐하듯 말했다.

"혹 영서씨가 나를 좋아한다 해도 나는 마음속에서 그 사람 지웠어. 그는 정신적인 사랑을 소중히 여길 사람이야. 나는 그 사람의 그 무엇도 채울 수 없는 여자야. 그리고 나, 여길 떠나도 너 안 잊어. 놀러 와. 달동네 꼭대기라 네가 올라오기 힘들긴 하겠지만."

나는 그녀의 마비된 오른쪽 다리를 쓸어주었다.

그해 여름이 되도록 영서는 소식을 끊었다. 물론 나 또한 소연의 집을 나오면서 그를 매몰차게 지웠다. 학교에서 가끔 만나는 소연의 얼굴엔, 영서를 언급하진 않았지만 언뜻 미련인지 그리움인지 모를 애잔한 기다림이 묻어났다. 여자의 직감이 정확하다면 소연은 영서를 못 잊고 있었다.

한데 영서가 내게 나타났다. 내가 아르바이트를 하고 있는 햄버거 체인점이었다. 가로수의 플라타너스가 하루가 다르게 새파래지는 계절이었다. 나는 그가 시킨 치즈버거와 콜라 한 잔, 프렌치프라이의 계산을 두 번이나 틀렸다. 계산대 위를 허둥거리는 내 손길을 그가 눈치챌까봐 얼굴까지 달아올랐다. 그는 내가 마주 바라보이는 자리에 앉아 나를 눈으로 좇으며 오래도록 햄버거를 씹었다. 그후로도 몇 번 말없이 햄버거만 씹다 갔다. 그때마다 그가 나를 통째로 씹어 삼키는 듯한 통각이 느껴지며 이상한 전율이 지나갔다. 그러던 어느 날이었다. 열한시가 넘어 아르바이트가 끝나면 통금에 걸리지 않기 위해 서둘러야 했다. 방범등도 제대로 갖춰지지 않은 어두운 오르막 골목길은 항상 무서웠다. 바싹 긴장을 하고 걷는데 술 취한 걸음으로 줄곧 내 뒤를 쫓던 한 남자가 점점 거리를 좁혀왔다. 저만치 세든 집의 푸른 일각 대문을 향해 어기찬 걸음을 막 내딛는 순간, 그 남자가 말을 붙였다.

"은애……"

나는 그 목소리를 아주 잘 기억하고 있었다. 영서였다. 우리는 한동안 할말을 잊고 서 있었다. 그때 저 아래로부터 통금을 알리는 사이렌 소리가 퍼져 올라왔다. 그날 밤 그는 햄버거를 씹듯이 목마르고 조금은 슬픈 듯한 얼굴로 내 몸 구석구석을 애무했지만 내 몸은 끝내 열리지 않았다. 다음날 그가 남긴 키스 마크를 가리기 위해 나는 더운 날씨에도 목까지 올라오는 스웨터를 입었다. 학교에서 소연을 만났을 때 나는 깊은 죄책감을 느꼈다.

그후 통금 무렵만 되면 술 취한 그가 가끔 찾아왔다. 그를 통금의 거리로 내쫓을 순 없었다. 통금 사이렌과 함께 뛰어들어온 그가 나를 무너뜨렸지만 나는 딱딱하게 굳어 두 무릎을 앙다물고 벌리질 않았다. 내 몸은 이상하게도 그를 받아들일 수가 없었다. 나는 온통 사막과 같아서 당신을 받아들일 늪이 없는가봐요. 사랑이 거부당했다고 절망하는 그에게 나는 속으로 자꾸 그 말만 부르짖었다.

"영서씨 다음주에 군대 가. 넌 참 몰랐겠구나."

채플 시간. 대강당의 내 자리로 찾아온 소연이 놀라운 소식을 전했다. 언제부턴가 영서는 내게 오지 않았다. 그를 마지막으로 본 게 한 달 전이었다.

"글쎄, 졸업도 한 학기밖에 남지 않았는데…… 왜 남자들은 심란하면 군대 가잖니. 나하고 요즘 거의 매일 술마신다. 그는 요즘 슬럼프야. 너를 부르려고도 했지만 영서씨가 좀 꺼리는 것 같아서…… 하지만 우리 전송 파티는 함께 해주자."

그러던 소연이 다음날 나를 도서관 뒤 숲으로 불렀다.

"……나 아길 가진 것 같아."

"뭐어? 누구 아길……?"

"누군 누구야. 세상 모든 남자들 중에서 영서씨말고 내게 누가 또 있니?"

나는 더이상 듣고 싶지 않았다.

"곧 군대 갈 사람이긴 하지만 애길 하긴 해야겠지? 하긴 이 몸으로 아일 낳는 건 무리라고 의사는 곧 유산을 시켜야 한대. 하지만 사랑의 열매가 내 몸에 자란다고 생각해봐. 영서씨도 무척 좋아할 거야. 어째 쑥스러워. 네가 영서씨한테 말 좀 해줄래?"

"싫어, 싫어. 더이상 너희들 사랑놀음에 나를 끼워넣지 마. 네가 말하면 되잖아."

나는 뒤도 돌아보지 않고 매미 소리가 그악을 떠는 숲에서 뛰쳐나왔다. 나는 영서고 소연이고 영영 보고 싶지 않았다.

영서의 입영 전야. 누름돌처럼 가슴을 짓누르던 슬픔이 급기야 몸

살이 되었다. 일찍 불을 끄고 자리에 누웠다. 창문 두드리는 소리에 설핏 잠이 깼다. 영서였다. 가슴에서 무언가가 걷잡을 수 없이 폭발할 듯한 기분이었다. 나는 이불을 쓰고 숨을 죽였다. 한참 동안 창문을 두드리던 소리가 멈추고 그가 비탈길을 후두둑 후두둑 내려가는 소리가 났다. 곧이어 통금 사이렌이 길게 울렸다.

눈 위의 발자국

남편은 지금 어디에 있는 걸까. 소연은 정말 죽은 걸까? 그녀의 영혼이 날갯짓을 해서 남편을 불러내기라도 하는 걸까. 나는 베란다 창으로 다가가본다. 눈발은 가늘어져 있다. 지난 여름부터 남편은 말없이 차를 몰고 나갔다가 하루 이틀쯤 지나 집으로 돌아오곤 했다. 그런 그의 몸에선 산골짜기의 냄새가 나기도 뻘밭의 냄새가 나기도 했다. 소연의 소식이 끊긴 지 사 년째로 접어들고 있었다. 그녀에게서 오랫동안 소식이 오지 않던 삼 년 전의 어느 날, 그녀의 남동생 종우는 그녀가 한 번 들어가면 나올 수 없는 수도원으로 갔다고 애매하게 말하며 더이상 언급을 피했다. 그때 남편과 나는 얼핏 안도의 깊은 숨을 내쉬었던가. 생각해보면 끔찍한 인연이었다.

소연은 두 번 자살을 시도했고 두 번의 유서를 우리에게 남겼다. 그 유서로 인해서 우리는 진실을 알게 됐다. 그리고 상처받았다. 또한 나는 깨달았다. 진실은 복수를 꿈꾸는 또하나의 독화살이 될 수 있음을.

그 여름날 이후 그, 내 방 창문을 두드리다 어지러운 발자국 소리만 남기고 통금 사이렌 속으로 사라졌던 그. 거역할 수 없는 운명의 힘으로 지금은 내 남편이 된 그를 다시 만난 건 병원에서였다. 소연이 약을 먹어 위세척을 하고 있는 병원의 복도에서였다. 그 무렵 나는 학교에서도 의도적으로 소연을 피했다. 가을이 깊은 토요일 밤이었고 그는 짧은 머리에 사복 차림이었다. 알고 보니 그는 방위병이었다. 소연은 그가 전방 근무를 하는 듯이 내게 말한 적이 있었다. 그는 노골적으로 내 배를 쏘아보았다. 모든 게 소연의 농간이었음이 그녀가 남긴 유서에서 밝혀졌다. 그녀가 그의 아기를 가졌었다는 사실도, 내가 학교를 그만두고 한 남자와 동거를 시작해 만삭이 다 되어간다는 것도 그녀가 꾸민 이야기라는 것이. 그와 나는 서로 놀랐다. 그녀가 그에게 쓴 유서는 말하고 있었다.

"내가 두 사람을 너무 사랑했음을 용서해주십시오. 오래도록 두 사람을 떠나고 싶어하지 않았던 내 집착을. 나는 두 사람 사이에서 선로 사이의 침목처럼 괴어 영원히 이어지고 싶었을 뿐입니다. 그러나 그건 사랑이었을까요? 두 사람은 나를 떠났습니다. 나는 사는 게 두렵습니다……"

하지만 나는 그녀의 유서에서 한결 더 벼려진 미망(迷妄)의 칼날만을 보아버린 기분이었다. 그녀가 회복실로 옮겨졌다는 얘길 듣고 그와 나는 병원을 나왔다. 둘 다 영혼이 빠져나간 빈 껍데기 같은 몸에 술을 들이붓자 통금 사이렌이 울렸다. 우리는 눈에 띄는 아무 여관에 들어가 쓰러졌다. 산다는 게 모욕이었다. 우리는 서로를 학대하듯 모독적인 섹스를 했다. 그것만이 그날 밤 소연의 저주에서 달아날 수 있는 방법인 양.

아아, 그때부터였을까. 철저하게 소연을 짓밟고 싶은 사심(蛇心)으로 가슴이 벌벌 떨리기까지 했다. 그해의 첫눈 오던 날. 나는 두 사람에게 따로 연락을 했다. 그에게는 여덟시까지, 소연에게는 아홉시까지 내 셋방으로 오도록 했다. 소연의 자살 소동이 있은 지 갓 한 달이 지났을 무렵, 나는 그때 아현동의 마당 넓은 한옥집 뒤켠의 방으로 세를 옮긴 지 얼마 되지 않았을 때였다. 낮에 눈이 많이 내렸지만 영하의 기운 때문에 눈이 녹지 않아 뽀송하게 쌓인 밤이었다. 그는 방위복 차림이었다. 나는 그의 군화를 바로 방문 마루 위에 세워두었다. 그가 빨갛게 언 몸으로 들어왔다. 나는 혼자 저녁부터 전작이 있어 뜨거운 몸으로 그의 몸을 녹이기 시작했다. 불이 잘 든 방에서 곧 그와 나는 풀무처럼 푸푸 숨을 쉬며 알몸으로 뒹굴었다. 시계는 아홉시를 가리키고 있었다. 나는 바깥에 잔뜩 신경을 곤두세웠다. 방문이 뒷마당으로 돌아앉아 있어 인적이라곤 없는 바깥에 무슨 소리가 난 듯 느껴졌다. 나는 그때 잘 달구어진 숯덩이 같은 그의 몸을 내 몸 깊숙이 받아들였다. 그리고 터져나오는 신음 소리를 참지 않았다. 나는 한술 더 떠 울며불며 그의 목에 매달렸다. 그 또한 전염되었는지 광기 어린 신음 소리를 내질렀다. 얼마 후 오줌을 누러 나갔던 그가 말했다.

"누가 왔다 갔었나봐. 랜드로바 자국 같은 게 나 있어."

나는 확신했다. 정확하게 아홉시, 그녀가 왔다 갔다. 그녀는 방문 앞에 세워둔 군화를 보았을 테고 절정에 다다른 남녀의 신음 소리를 들었을 것이다. 나는 방문을 열고 오래도록 눈 위에 새겨진 발자국을 보았다. 흰 눈 위에 찍힌 왼발이 더 선명한 발자국. 그가 내 허리를 끌고 다시 나를 누일 때까지. 나는 회심의 미소를 지었다.

그가 제대를 하고 복학을 했다. 복학한 해의 겨울, 그는 한 일간지의 신춘문예에 단편소설로 당선이 되어 등단을 했고 원하던 일간지의 기자 시험에도 합격이 되었다. 어영부영 나도 졸업을 하게 되었다. 그는 나와 하루라도 빨리 결혼을 하고 싶어 안달을 했다. 그때도 우리는 가끔 소연을 불러 함께 지내곤 했다. 그러나 예전 같진 않았다. 소연은 자살 소동 이후 한층 말수가 적어지고 삶에 초연한 모습이었다. 대학원 진학 준비를 해왔던 그녀는 같은 대학의 국문과 대학원에 무난하게 진학을 했다.

많은 현실적인 우여곡절을 겪고 그와 나도 그해 가을 결혼을 하게 되었다. 소연이 결혼식장에서 축가를 불렀다. 그녀가 눈물을 삼키며 부르는 〈사랑〉은 차라리 처절하게 들렸다. 그후 그녀는 대학원을 졸업하고 무슨 사설 연구소에 다닌다고 했다. 그러다 들리는 얘기로는 결혼을 하려고 무진 애를 쓰는데 잘 안 된다는 것이었다. 남자를 만나면 지참금 얘기를 꺼낼 만큼 그녀는 달아 있다고 했다. 한때 그녀의 돈을 탐내고 약혼까지 한 남자가 결국 파혼을 제안했다는 얘기도 나돌았다. 연구소도 그만두고 소설도 포기했다고 했다. 이상하게 소연도 내게 점점 연락을 하지 않았다. 그러다가 어쩌다 그녀를 볼 때마다 그녀의 모습은 변해 있었다. 퍼머로 안개꽃처럼 머리를 잔뜩 부풀린 모습으로 손톱마다 새빨간 매니큐어와 짙은 화장, 그리고 바지만 입던 그녀가 다리를 드러낸 스커트 정장 차림으로 나타나기도 했다. 오히려 그게 피에로의 분장 같아 나는 가슴이 아팠다.

"소연아, 눈을 좀 다른 데로 돌려봐. 네가 신명을 바쳐 할 수 있는 일이 세상엔 많을 거야. 네 자신의 인생이 맘에 안 든다면 사회, 아니 세상에 너를 필요로 하는 사람들을 위해 할 일을 찾아서 거기서라도 기쁨을 좀 느껴봐."

내가 안타까운 마음으로 겨우 그렇게 말할라치면 소연은 눈에 파랗게 불을 켰다.

"흥! 넌 지금 날 모욕하는구나. 네가 뭘 알아. 네가 지금 부족한 게 뭐니? 네가 이런 어두운 숙명을 가지고 태어난 사람들의 인생을 짐작이라도 할 수 있을 것 같아? 지금 너, 네 남편 뺏기고 다리마저 뚝 부러져 세상에 나올 수도 없어지면 그런 말 해."

그러다 언제부턴가 가끔 전화가 왔다. 그것도 꼭 남편과 내가 잠자리에 들 무렵. 취한 듯 느적는적한 목소리가 뱀처럼 전화선을 타고 넘어왔다.

"너무 외로워서 전화했다. 뭐 하니? 잘려구 한다구? 넌 좋겠다. 영서씨가 옆에 있어서. 나, 난 이렇게 외로울 땐 어떻게 하면 좋냐? 영서씨 출장 가면, 거 뭐냐 화끈한 거 좀 사오라 그래. 선진국엔 정말 진짜처럼 잘 빠진 것들이 많다고 하던데. 성능도 끝내준다더라."

내 얼굴이 하얗게 질리면 남편이 전화를 뺏었다. 그가 그녀를 달래고 얼렀다. 그렇게 한 삼 개월째 시달릴 무렵부터 우리는 밤만 되면 전화 코드를 뽑았다.

"소연이 왜 그렇게 허물어지나 몰라. 그 열정 많던 여자가 고작……"

남편의 얼굴도 괴로움으로 일그러졌다. 그리곤 그는 등을 돌려 한숨을 쉬었다. 어쩌다 그의 잠꼬대에서 그녀의 이름을 듣기도 했다.

두번째 자살미수 소식을 들었다. 결혼 오 년 만에 가까스로 생긴 아이가 막 걸음마를 떼던 무렵이었다. 이번에는 손목을 그었다고 했다. 병원에서 우리를 본 그녀는 하염없이 울기만 했다. 이틀 후 우편으로 받아 본 유서에는 이루지 못한 사랑에 대한, 자신도 어쩌지 못하는 절규가 피맺히게 서려 있었다.

그 무렵 남편은 신문사를 그만두고 전업작가가 되어 시내에 집필실을 마련해놓고 있었다. 그 사건 이후 우리는 지쳐가고 있었다. 그래도 남편은 그녀의 황폐한 마음이 하루속히 치료되길 바라며 간혹 그녀를 만나는 것 같았다. 나는 개의치 않았다. 오히려 그녀가 미망에서 벗어날 수만 있다면 가끔 남편이라도 빌려주고 싶은 마음이었다.

그러고도 세월이 얼마간 흘렀다. 남편은 밀린 원고 때문에 외박이 잦았고 나는 아이에게 빠져 정신이 없었다. 그때 그녀가 또 한번 변신을 했다. 신학대학에 들어갔다고 했다. 무슨 성가 전도대에 들어가 주님을 찬양하는데 목소리를 바쳤노라고 했다. 참으로 오랜만에 그녀의 얼굴이 환하게 빛났다. 그리고 한 이 년이나 흘렀을까…… 그녀가 종신 수도원 같은 델 들어간 것 같다는 말을 들은 건. 내가, 그런 건 어디에 있는 걸까, 하고 어느 날 남편에게 말했을 때 남편은, 우리가 모르는 그런 곳이 있겠지, 드러날 때까지는 세상에서 모르는…… 했다.

화석(化石)

소파에서 잠이 들었었나보다. 눈을 뜨니 동향인 베란다 창으로 햇빛이 가득 쏟아져들어왔다. 눈은 그쳐 있다. 창을 조금 여니 새들이 지저귀는 소리가 들렸다.

언제부턴가 남편과 나 사이엔 대화가 없어졌다. 그나마 부부로서 명색을 유지하는 잠자리만 한 달에 한두 번 가질 뿐이었다. 나는 혹 그가 나를 선택한 걸 후회하는 건 아닌가, 가끔 생각해보곤 한다. 소연이 사라지면 모든 게 평온해질 줄 알았다. 하지만 남편이 이상해진

건 오히려 그녀가 사라지고부터였던 것 같다. 그는 구상을 한답시고, 소설이 풀리지 않는다고 전보다 더 자주 집을 떠났다. 여름부터는 부쩍 더 했다. 혹시 남편은 무언가를 알고 있었던 건 아닐까.

그런데 모두가 잊고 있는 사이, 그녀는 정신병자로 살다 혼자 갇혀 죽은 채로 발견이 되었단 말인가. 사실일까? 확인을 해보고 싶었다. 나는 그녀의 집 전화번호를 적은 옛 수첩이 어디 있던가 잠시 생각해 본다.

온 서랍을 뒤지다보니 수첩은 보이지 않고 내용물이 비어 있는 봉투 하나가 나왔다. 발신인은 강릉시의 '소망 기도원'으로 되어 있고 수신인은 '구영서'로 되어 있었다. 작년 1월 20일자의 소인이 찍혀 있었다.

한데 그저께 아침 생각이 퍼뜩, 났다.

그저께 아침, 아침식사를 하던 중에 남편의 휴대폰이 울렸다. 남편은 마침 미역국을 한 술 떠서 입안으로 막 넣는 중이었는데, 통화 내내 국물을 뜬 숟가락은 공중에서 가늘게 떨며 멈춰 있었다.

앵앵거리는 여자의 목소리가 울려나왔지만 내용을 알아들을 수는 없었다. "제가 가서 수습하겠습니다." 통화중에 남편의 입에서 나온 단 하나의 문장이었다.

"강릉에 좀 갔다 올 거야."

내 얼굴을 보지 않고 이렇게 말한 후 장롱을 열어 검은 양복을 골라 입고 그는 급히 나가버렸다. 현관을 열고 아파트의 긴 복도로 걸어가는 그에게 나는 소리쳐 물었다.

"무슨 일이에요?"

엘리베이터 있는 곳으로 꺾어들기 전에 잠깐 서서 하늘을 쳐다보더니 그가 뭐라고 웅얼댔는데 곧 그의 모습이 사라져버렸다.

"새가……"

첫마디가 언뜻 그렇게 들렸던 것 같다. 웬 새……? 나도 하늘을 올려다보았다. 하늘이 흐린 게 곧 푸슬푸슬 진눈깨비라도 날릴 것 같았다. 아파트 광장에서 그가 검은 까마귀처럼 바바리코트 자락을 휘날리며 차에 올라 시동을 걸고 출발하는 것을 보고 나는 현관문을 닫았다.

지금에서야 왜 그 생각이 나는 걸까. 그는 누군가의 부음을 듣고 간 것이 틀림없다. 새가…… 새라니! 갑자기 머릿속이 환해져왔다. 남편은 지금까지도 소연과 연결되어 있었단 말인가.

언젠가 남편에게 물은 적이 있다. 우리 부부가 소연의 일을 입에 올리지 않은 지 삼 년이 넘은 때였다.

"왜 소연이 얘기는 소설로 안 써요?"

남편은 내가 자신의 소설에 대해 뭐라 얘기하는 걸 참지 못하는 성미였다. 내가 그 말을 꺼낸 건 내가 그에게 할 수 있는 하나의 공격이었다.

그러나 남편은 그 말에 나쁜 짓을 하다 들킨 사람처럼 애매하게 웃으며 탄식처럼 말했다.

"그녀에게서 아직 벗어나지 못했다는 얘기겠지."

남편의 그 말은 오히려 나를 역공(逆攻)하여 내 가슴을 갈가리 찢어놓았다.

남편은 그렇게 소연을 사랑했던 걸까. 그런데 이제 그녀가 죽었다면, 그녀는 남편의 가슴에 영원히 화석처럼 남을 것이다. 이루어지지 못한, 죽어서 더 아름다운 불멸의 사랑으로…… 차라리 죽음은 얼마나 은총인가. 그녀가 두 번의 자살을 꿈꾸었을 때 그녀는 이미 그것까지 계산을 하였을 터였다.

　그녀의 비극적인 삶에 도대체 나는 무엇이고 남편은 또 무엇이었던가. 그녀의 존재는 불쑥 찾아오는 치통처럼 불편한 자책감을 안겨주곤 했었다. 하지만 그녀의 죽음이란 또 뭐란 말인가. 가슴이 먹먹해졌다.

　소연은 사라진다 해도, 내 가슴엔 깊은 발자국이 찍힐 것이다. 새는 날아갔어도 지워지지 않을 발자국. 영혼은 떠났어도 죽은 자가 산 자의 마음밭에 찍어놓고 떠나는 발자국. 그리하여 산 자는 속죄감에 스스로 마음속 감옥의 수인이 될 것이다.

　아아 그러나 어쩌랴. 누구든, 혹 가슴 저리게 사랑하는 그 누구라도 그의 운명을 어쩌지는 못하는 것. 강물처럼 도저한 운명의 물살을 거스르지 않기 위해 제물처럼 누군가는 죽어야 하고 누군가는 어디선가 상처로 피 흘리는 것. 산다는 것은 어쩌면 그 사실마저도 망각해야 하는 것이다. 저마다의 운명을 위해 그저 흘러가야 하는 것이다.

　나는 창을 활짝 열었다. 햇빛에 펼쳐진 눈밭은 눈이 시리도록 새하얗다. 그 눈밭 위에 왼발이 더 선명한 그녀의 발자국이 찍혀 있는 듯하다. 어느 겨울날의 발자국처럼……

　방금 단풍나무 가지에서 새가 날아갔는지 후루룩, 눈이 떨어진다. 눈 오는 밤, 어디에서 밤을 지샌 새들일까. 칫치리리…… 이름 모를 새들이 운다.

| 수록작품 발표지면 |

누군가 베어먹은 사과 한 알
『황해문화』 2002년 여름호

스토커
『작가세계』 2002년 겨울호

폭소
『21세기 문학』 2002년 여름호

설탕
『문학동네』 2002년 여름호

풋고추
『인천민족예술』 7호

행복한 재앙
『이상한 오렌지(청춘2001)』, 이룸, 2001

내 가슴에 찍힌 새의 발자국
『라쁠륨』 1998년 가을호

타인의 얼굴을 바라보기 위해 권지예의 소설은 '동전의 양면'이 아닌 '뫼비우스의 띠'처럼 존재하기를 원한다. 이분법적이거나 양가적인 이차원의 평면이 아니라, 반대되는 극단을 번갈아 바라보는 정태적 시선을 넘어서서 그 극과 극을 연결시켜 서로 통하게 하는 움직임이나 꼬임을 중시하는 것이다. 이럴 때 서로 대립되는 것들의 경계는 해체되고 삶은 두께를 확보하게 된다.

| 해설 |

건강한 환자의 윤리학

김미현(문학평론가, 이화여대 국문과 교수)

권지예는 사물이나 인간, 삶을 바라볼 때 현상의 이면을 보는 데서 만족하지 않고, 그 사이나 중간에 주목한다. 그리고 꼬임이나 역전을 통해 어떤 것이 다른 것으로 바뀌는 과정에 주목한다. 이럴 때 뫼비우스의 띠처럼 입체적으로 움직이고 있는 도형이 유용하게 다가온다.

1. 초혼(招魂)에서 초인(招人)으로

권지예의 두번째 소설집인 『폭소』에서는 "그 이전에 내가 썼던 소설과 다른 유의 소설을 쓰고 싶다"('나의 문학적 자서전', 2002년 이상문학상 수상작품집 『뱀장어 스튜』)는 작가의 욕망이 보다 강하게 작용하고 있는 듯하다. 변화를 논하기에는 짧은 기간일 수도 있지만, 상대적으로 볼 때 작가의 첫번째 소설집인 『꿈꾸는 마리오네뜨』(창작과비평사, 2002)에 실렸던 소설들과 비교적 가까운 시기에 씌어지거나 발표된 「내 가슴에 찍힌 새의 발자국」「풋고추」「행복한 재앙」 등의 소설에는 동생의 죽음, 아버지의 인생유전, 자신의 교통사고 체험과 같은 자전적 요소가 간접적으로 투영되고 있다. 하지만 보다 최근에 씌어지거나 발표된 「폭소」「누군가 베어먹은 사과 한 알」「설탕」「스토커」 등의 소설에서는 그런 자전적 체험을 넘어서려는 시도들이 드러난다.

　보다 구체적으로 지적하자면,『폭소』에 실려 있는 소설들은 여전히 "빈틈없는 구성력"이나 "생동감 넘치는 상징적 장치"(2002년 이상문학상 본심 심사평)를 보여주면서 소설 작법의 교과서적인 전범을 보여주고 있다. 회화적 이미지나 상상력의 교직이 뛰어나며, 소설의 제목 자체가 소설의 핵심을 건드리면서 주제나 제재의 역할을 하는 점도 여전하다. 그러나 이전에 관심을 가졌던 여성문학적인 주제들과 다소 거리를 유지하면서 "우먼이 아닌 휴먼"(「사라진 마녀」,『꿈꾸는 마리오네뜨』)의 삶으로 초점을 이동하고 있다. 그리고 작가의 글쓰기의 동인이었던 "간절한 제망매가와 영원히 사라지지 않는 것에 대한 집착"(『꿈꾸는 마리오네뜨』, 작가의 말)에서 벗어나려고 한다. 현재 월간지에 연재되고 있는 작가의 첫 장편소설『아름다운 지옥』에서 대체로 정리될 과거의 추체험으로부터 자유로워지려는 경향을 보이고 있는 것이다. 이는 '작가를 위한 소설'이 아니라 '작가에게서 나온 소설'의 영역으로 작가의 경험과 인식이 좀더 보편화되거나 객관화되고 있다는 증거이다.

　작가의 이런 변화의 기저에는 '초혼(招魂)'에서 '초인(招人)'으로 관심의 영역이 확대되었다는 이유가 자리잡고 있다. 작가에게 정신적 외상을 입히면서 내출혈의 상처를 입혔던 과거의 가족사나 죽음의 문제를 극복하면서 작가가 보고 만질 수 있는 타인의 일상사로 시선을 돌린 것이다. 집요하지만 잡을 수 없는 '혼'을 떠나서 직접 볼 수 있거나 만질 수 있는 구체적인 '인간'을 위한 소설로 귀환한 것이라고도 할 수 있다. 그런 이동이 귀환인 이유는 그것이 '살아 있는' 문학에 더 가깝기 때문이다. 더이상 "죽은 자들의 혼령이 새하얀 설화

(雪花)로 피어나 삭정이 같은 가슴에 맺힐 것 같은 밤"(「내 가슴에 찍힌 새의 발자국」)을 보낼 수 없다거나, "소설쓰기의 가장 기본적인 텍스트는 바로 자신의 과거"(「설탕」)이지만 이제는 그 기본에서 더 나아가야 한다는 작가의 욕망 때문이기도 하다. 그런 소설을 쓰기 위해 작가는 '죽은 혼령'이 아닌 '살아 있는 인간'을 자신의 소설에 초대한다. 『폭소』는 그런 변화가 감지되는 발문이자 서문이다.

2. 대인(對人)을 위한 초인(招人)

마주 앉아 보는 타인의 얼굴은 옆에서 볼 때보다 더 다채롭고 변화무쌍하다. 옆에 앉을 때는 볼 수 없는 얼굴 전체가 보이기 때문이다. 그리고 손을 뻗으면 만지기 쉬운 얼굴은 의외로 옆얼굴이 아니라 앞얼굴이다. 옆에 앉으면 몸은 가까워지지만 얼굴은 오히려 멀어진다. 물론 마주 앉으면 때로는 대립이나 긴장이 유발될 수도 있다. 옆에 앉을 때 느끼는 친밀감과 동질감을 희생시켜야 가능한 것이 마주 앉기이다. 하지만 한 곳을 동시에 보기 위해서가 아니라 서로 다른 곳을 보면서 생산적인 대화를 나누기 위해서는, 그래서 '나'의 확장으로서의 '남'이 아니라 '남' 그 자체로서의 '남'이나 '남'의 확장으로서의 '나'를 만나기 위해서는, 마주 앉아 남의 얼굴을 보아야만 한다. 이것이 바로 엠마누엘 레비나스가 말하는 '얼굴'의 윤리학이자 관계학이다.

이처럼 타인의 얼굴을 바라보기 위해 권지예의 소설은 '동전의 양면'이 아닌 '뫼비우스의 띠'처럼 존재하기를 원한다. 동전의 양면은 이분법적이거나 양가적인 이차원의 평면이다. 하지만 뫼비우스의 띠는 다중적이고 다가적인 삼차원의 입체이다. 그래서 반대되는 극단을 번갈아 바라보는 정태적 시선을 넘어서서 그 극과 극을 연결시켜 서로 통하게 하는 움직임이나 꼬임을 중시한다. 이럴 때 서로 대립되는 것들의 경계는 해체되고 삶은 두께를 확보하게 된다. 권지예는 사물이나 인간, 삶을 바라볼 때 현상의 이면을 보는 데서 만족하지 않고, 그 사이나 중간에 주목한다. 그리고 꼬임이나 역전을 통해 어떤 것이 다른 것으로 바뀌는 과정에 주목한다. 이럴 때 뫼비우스의 띠처럼 입체적으로 움직이고 있는 도형이 유용하게 다가온다.

　작가의 이런 인식을 보여주는 대표작이 바로 표제작이기도 한「폭소」이다. 자폐아를 자식으로 둔 부부가 있다면 그들에게 정상적인 가정생활이나 부부관계를 기대하기는 힘이 든다. "인간 불량품"으로 존재하는 아이는 괴성을 지르면서 몸을 심하게 옆으로 흔들며, 공연히 입술을 찢거나 벽에 머리를 짓찧는 자해행동이나 상동행동을 보인다. 이런 아이 때문에 프리랜서 방송작가 일도 그만둔 채 아이를 돌보았던 아내도 점점 피폐해진다. 남편은 그런 아내를 위로해주기 위해 성교를 시도한다. 그런데 아내는 그때마다 교성(嬌聲)이 아닌 폭소(爆笑)를 터뜨린다. 참으려 하지만 참지 못하는 아내의 이런 폭소는 "완전한 사랑, 엄숙한 삶의 존엄성"을 조롱하는 의미를 담고 있다.

　작가가「폭소」에서 강조하려는 것은 삶을 훼손시키는 무자비한 폭력과 그로 인해 무고한 인간이 겪게 되는 불공정하고도 불가항력적인 고통이다. 그래서 자신의 잘못이나 책임이 아닌 불행과 고통까지도 인간이 책임져야 하는가에 대한 윤리적 질문을 던지고 있기도 하다. 무조건적인 사랑으로도 해결할 수 없는 폭력의 잔인성과 삶이 위대하다는 신념의 허구성 때문에 아내는 웃을 수조차 없어 사나워진 웃음을 웃는 것이다. 웃고 있어도 나오는 눈물은 짠하지만, 울어야 할 때 나오는 웃음은 공포스럽다. 그 웃음이 폭력을 상기시키기 때문이다. 그래서 폭소는 '크게 웃는' 웃음이 아니라 '폭력적인' 웃음이 된다.

「설탕」에서 역시 인생의 내부와 외부가 통하거나 꼬이면서 서로 연결되고 있다. 매혹이자 파멸의 상징인 '설탕'을 통해 작가는 인생의 '독약'에 대해 이야기한다. 고통을 잊게 해주고 욕구불만도 해소시켜주지만 사고를 마비시키면서 나른함과 무기력을 조장하는 것이 초콜릿처럼 단 음식이나 술이다. 그런 음식들의 주요 성분인 설탕은 부드럽고 달콤하다. 그래서 한번 중독되면 마약처럼 빠져나오기가 힘이 든다. 때문에 설탕을 제대로 먹기 위해서는 독과 약, 매혹과 파멸, 중독과 각성 사이에서 균형을 잘 잡는 것이 중요하다는 것이다. 이 소설에서 설탕에게도 "너무 빠르지도 너무 늦지도 않아야 하는" "운명의 순간"이 있음을 강조하는 것도 이 때문이다. 이 소설집에 실리지는 않았지만 작가의 평판작이자 대표작이라고 할 수 있는 2002년 이상문학상 수상작 「뱀장어 스튜」에서 인생이라는 뱀장어 스튜를 맛있게 만들려면 센 불이 아니라 "고요하고 평화로운 화력(火力)"으로 끓이는 것이 중요하다고 강조하는 것도 이와 동일한 맥락에서 이해될 수 있다.

지방 소도시에 있는 대학을 다니며 삼류 인생을 살아가는 젊은이들에게 비상구나 돌파구를 찾는 것은 힘이 든다. 그래서 상대방의 상처를 접합제로 삼으면서 서로에게 더욱 집착하거나, 그렇게 되는 것이 두려워 아예 진정한 만남을 회피하기도 한다. 이런 맹목과 불안, 열정과 냉정은 모두 뚫린 곳 없는 막다른 감정이라는 점에서 위험하고도 불건강하다. 이처럼 비정상적인 관계를 치료하기 위해서는 '적당한' 온도의 관계가 중요해진다. 그래서 '나'의 '정신적 설탕'에 해당하는 애인 미나가 '파르페글라스'라는 아이스크림을 만들 때 가장 중시하는 것도 바로 설탕의 온도이다. 설탕을 녹일 때 설탕의 온도가 너무 낮으면 물에 풀어지고 너무 높으면 오히려 딱딱해지므로 말랑말랑한 구슬 모양으로 만들기 위해서는 적당한 온도를 맞추는 것이 중요하다는 것이다.

이런 설탕의 온도는 곧 삶의 온도와도 연결된다. 온도의 적절성은 순간에 의해 결정된다. 순간은 경계이고 접점이며 고비이다. 그래서 위험하지만 생기 있고, 불안하지만 생산적이다. 삶의 엔트로피가 높아지는 지점이다. 낮거나 혹은 높은 것이 아니라, 낮지도 않고 높지도 않은 제3의 온도는 삶의 겹이 이중이 아니라 다중임을 알아야 감지할 수 있는 것이다. 설탕은 그런 인생의 유동성과 적시성, 복합성에 대한 은유라고 할 수 있다. 태양으로부터 너무 멀어지면 추워서 죽고 너무 가까워지면 타서 죽는 것처럼, 인생도 절망 혹은 희망과 적절한 거리를 유지해야 한다는 것이다. 절망과 희망이 만나면서 형성된 뫼비우스 띠의 꼬임이나 두께가 인생의 온도를 적절하게 유지시켜준다는 인식이기도 하다.

3. "나이롱 인생"의 아이러니

이 소설집에 실린 「누군가 베어먹은 사과 한 알」이나 「내 가슴에 찍힌 새의 발자국」 「풋고추」 등에서 드러나듯이 이 작가에게 있어 삶은 질병이다. '베어먹다' '찍히다' '덜 익다' 등의 특성이 각기 "외롭고, 완전하지 않은…… 훼손된 삶" "죽은 자가 산 자의 마음밭에 찍어놓고 떠나는 발자국" "최루(催淚)의 기억들"과 연결되고 있기 때문이다. 삶이 우리에게 주는 이런 폭력성과 비극성을 직시한다는 점에서 권지예의 소설은 용감하고 솔직하다. 사는 것 자체가 치욕이고 모독이며 눈물일 때 인간이 할 수 있는 가장 인간적인 일은 그것을 그것답게 겪는 것이다.

여기서 작가의 "나이롱 인생"(「행복한 재앙」)에 대한 예찬이 나온다. "나이롱"은 순수하지 못하다는 특성과 엄청 질기다는 특성을 동시에 지닌다. 합성섬유이기 때문에 인공적이고 비본질적이다. 반면에 강도나 내구력에 있어서는 어떤 섬유보다도 으뜸이다. 여기서 우리네 인생과의 교집합이 생겨난다. 어차피 인생이 우리를 순수하게 남겨두지 않는다면 제대로 더러워지는 것, 그래서 험한 시간들을 꿋꿋하게 견뎌내는 것이 삶에 대한 복수일 수 있다. 복수를 통해 인간은 악해지기도 하지만 강해지기도 하기 때문이다.

인생의 이런 모진 경지를 가장 잘 보여주는 소설이 「행복한 재앙」이다. 교통사고를 당해서 개인병원에 장기입원중인 번역가의 눈에 비친 여러 환자들의 삶은 그 자체가 "나이롱"이다. 보험회사로부터 더 많은 보험금과 보상금을 받기 위해 혈안이 되어 있는 환자들이나 힘든 수술은 마다한 채 간단한 물리치료로 치료비만 챙기려는 병원, 어떤 이유를 대서라도 환자의 과실을 부풀려 보험금을 적게 지불하려는 보험회사의 입장이 복잡하게 얽혀서 병원은 아수라장을 방불케 하고 있다. 이들 모두에게 중요한 것은 사실이나 진실이 아니라 이익이나 결과이다.

그러나 작가는 이런 "나이롱" 환자들이 그럴 수밖에 없는 진짜 이유나 그들의 숨겨진 아픔을 드러냄으로써 그들을 인간다운 인간으로 만들고 있다. 중풍으로 쓰러진 남편 시중을 들면서 이혼한 딸과 그 손녀딸까지 부양해야 하는 촉새 할머니에게 보상금은 도난당한 손녀딸의 컴퓨터를 다시 장만해주기 위해 필요하다. 아내와 별거중인 남자와 구차하게 사귀고 있지만 제대로 어미 노릇을 하지 못한 것이 걸리는 화옥은 합의금을 타면 아들의 통장에 그 돈을 넣어주려 한다. 온갖 병원 일에 참견을 다 하고 돌아다니면서 화분에 주려고 쓰다 남은 링거액까지 모으는 짱뚱이 아줌마는 보험을 네 개나 들어놓아서 교통사고 때문에 오히려 짭짤한 수입을 올릴 수 있다. 부동산 소개업을 하는 정숙은 노동운동을 하다가 제적당한 후 노동자 출신의 남편과 결혼했지만 가정을 돌보지 않는 남편 때문에 불륜을 저지르다가 남편에게 걸려 흠씬 매를 맞는다. 서른다섯 살밖에 안 되었는데도 고3짜리 아들이 있는 꺽다리 순임은 작년에 재가한 서른한 살짜리 연하의 남편 몰래 도박을 하다가 빚을 진다. 그래서 보상금으로 그 빚을 갚으려 했지만 몸에 진짜로 심각한 마비증세가 와서 병원과 보험회사로부터 모두 찬밥신세가 된다. 이들보다 정신적으로나 물리적으로나 좀더 나을 것 같던 번역가 지영도 남편이 아닌 남자를 병원에까지 불러들인다. 이들 모두가 인간이라면 그 누구도 순면이나 순모처럼 천연스럽게 살 수 없음을 알려주는 인물들이다.

　「스토커」에서도 가해자와 피해자의 구분이 모호한 삶의 아이러니가 잘 드러나고 있다. 고객들에게 생명보험을 들게 하려고 벙어리 남편과 짜고 보험설계사인 부인이 그 고객 주변에 스토커가 있는 것처럼 상황을 꾸민다는 것 자체가 인간이 얼마나 폭력적이고 이기적이 될 수 있는지를 보여주고 있다. 백화점 판매직원이자 노처녀인 '나'에게 계속 침묵의 전화가 오더니 기르던 개가 갑자기 사라진 후 예리한 칼로 여러 번 그은 개의 목줄이 집으로 배달된다. 그후에 '나'는 자신의 목숨을 지키기 위해 최소한 인간으로서 방어할 수 있는 일을 하라는 협박성 편지를 받는다. 이에 '나'는 인생의 덧없음과 목숨의 부질없음을 느끼고 그녀가 자신의 '스토커'인 줄도 모르고 급기야 그녀에게 보험을 들게 된다.

중요한 것은 그들 부부를 그토록 비인간적으로 만든 것이 바로 세상의 속악함 자체라는 것이다. 눈 밑에 있는 눈물점 때문인지 늘 눈물을 달고 살아야 했던 부인의 눈물샘이 마른 이유는 불구인 남편마저 자신이 책임져야 하기 때문이다. 울 수조차 없을 정도로 세상 살기가 힘들다는 것, 혹은 울 자격조차 없을 정도로 자신이 망가졌다는 것을 아는 사람은 눈물도 마음대로 흘릴 수 없게 된다. 여기서 다시 한번 제대로 울 수 있는 능력이 바로 제대로 살 수 있는 능력임을 확인하게 된다. 웃지 못하는 것은 이성의 작용이지만, 울지 못하는 것은 본능의 억압이기에 더 비극적이다. 그래서 이제는 눈물조차 흘리지 않는 아내를 바라보며 그런 아내가 아름답다고 생각하는 남편을 볼 때 과연 그들을 스토커라고 비난만 할 수 있는지 혼란스러워진다.

더구나 발신자 전화번호 추적으로 스토커의 집에 자꾸 전화를 거는 '나'를 보고 '나'의 언니가 "얘, 그만둬, 네가 오히려 스토커 같구나"라고 말하는 것, 고고하게 선생 노릇을 하다가 치매에 걸려 온갖 음탕하고 해괴한 짓을 하는 자신의 시아버지를 보고 '나'의 언니가 "스토커는 바로 저 노인네가 스토커라니까"라고 말하는 장면에서, 우리 모두 타인에게 스토커가 될 수 있고 스스로도 스토킹을 당할 수 있다는 작가의 메시지가 전달된다. 삶 자체가 거대한 괴물이라면, 스토커도 오히려 삶에 의해 스토킹을 당하는 피해자일 수 있다는 것이다.

때문에 이런 "나이롱 인생"들에게서 작가가 발견하는 것은 '악'이 아닌 '위악'이다. "세상에 위선을 떠는 자들보다는 위악을 떨어대는 자들이 훨씬 순수해 보였다"(「행복한 재앙」)라는 말에서 드러나듯이 작가는 위선보다는 위악이 더 인간적이고 건전하다고 생각한다. 위악이 어쩔 수 없는 악이거나 스스로 악임을 아는 악이라면, 위선은 말 그대로 선인 척하는 악이거나 뒤집힌 악이기 때문이다. 그리고 선할 수밖에 없을 때 선한 것보다 악할 수밖에 없을 때 악한 것이 오히려 선을 상기시키기에 위악은 정당방위가 된다.

이런 위악의 건전함과 진지함에 의해 권지예 소설의 비극적 아이러니는 더 고조된다. 삶의 허방을 짚은 사람들의 처절한 인생의 방식이 바로 "나이롱"으로 살아가는 것이기 때문이다. 삶이 허락하지 않는 선을 그나마 덜 훼손시키는 것이 위악이기 때문이다. 이런 점에서 위악은 악보다 순수하면서도 강하다. 그것은 실제 삶 속에서는 절대적 선이 낭만이나 환상, 꿈이라는 사실을 확인시켜준다는 점에서 오히려 순수하며, 그럼에도 불구하고 삶을 포기할 수 없다는 사실을 강조한다는 점에서 차라리 강하다. 그래서 위악은 현실적이기도 하고 윤리적이기도 하다.

4. 그토록 인간적인 윤리

다시, 왜 권지예의 소설은 윤리적인가. 악보다 우위를 차지하기는 커녕 악에 빚지게 된다는 것, 악과 근본적인 유사성을 가지고 있으면서도 악의 밖에서 악을 바라보아야 한다는 것을 인정하고 있기 때문이다. 이런 인정이 권지예의 소설이 지니고 있는 윤리이다. 그리고 이런 윤리가 새로운 동경이나 희망의 원리와 연결됨으로써 작가의 윤리의식은 더욱 확장되고 있다. 신화 속의 시지프처럼 선 자체를 실천했기 때문이 아니라 선이 불가능한 줄 알면서도 계속 피 흘리며 도전하는 것, 선 때문에도 고통받을 수 있음을 받아들이는 것이 바로 이 작가가 생각하는 윤리인 것이다. 그리고 이런 윤리로 인해 고통받는 것이 인간의 어쩔 수 없는 조건이라는 뜻이기도 하다.

「폭소」에서 이런 작가의 윤리의식이 극명하게 표출된다. 이 소설에서 남자는 자폐아인 아들을 데리고 여행을 떠난다. 도피로 보일 수도 있겠지만, 이는 사실 적극적으로 죽음을 선택하려는 것이다. 제대로 살 수 없다면 차라리 스스로 죽을 수 있는 의지나 자유를 구가하려는 것. 하지만 차를 몰고 바다 속으로 뛰어들기 전 아이가 굴렁쇠를 굴리며 놀다가 방조제 측벽으로 미끄러지는 일이 발생한다. 이때 자신이 무의식적이고 자동적으로 아이를 살려내는 것을 보고 남자는 자신이 꿈꿔왔던 죽음이 "용서할 수 없는 사치"임을 알게 된다. 그리고 삶이 뭔지도 모르는 아이조차 무조건 살려고 애쓰는 것을 보고 "삶은 의지가 아니다. 본능이다"라는 결론에 도달하게 된다. 삶에는 중력도 작용하지만 부력도 있다는 것이다.

이런 인식의 변화가 이 소설에서는 '바퀴'의 상징을 통해 효과적으로 드러나고 있다. 자폐증을 앓고 있던 아들은 유난히 둥근 것에 집착한다. 그래서 자동차 바퀴나 굴렁쇠에 강박적으로 빠져든다. 이처럼 세상 밖으로 나오려 하지 않으면서 죽은 것과 마찬가지로 존재할 때의 둥근 것은 "폐곡선"에 다름아니다. 폐곡선은 그 자체로 출구 없는 감옥이자 미로에 해당한다. 반면 살고 싶은 본능과 연관되는 둥근 것은 "보름달"로 변형된다. 아이에게는 "하얀 동그라미"로 보이는 보름달의 인력 때문인 듯 아이는 가파른 방파제의 벽을 타고 혼자 올라와 목숨을 건진다. 이처럼 "폐곡선"에서 "보름달"로의 이행을 통해 '원(圓)'은 '원(怨)'에서 '원(願)'으로 변한다. 생명의 에너지를 공급할 수 있게 되었기 때문이다. 이때 남자는 비로소 사납게 웃지 않고 서럽게 울 수 있게 된다. 폭소가 다시 통곡으로 변한 것이다.

어떻게 보면 작가는 거의 강박적으로 삶에 대한 엄숙한 긍정을 보여주려는 듯하다. 그래서 소설의 결말은 다소 도식적인 패턴으로 맺어지고 있다. 물론 좌절과 실패, 고통 후에 얻어지는 값비싼 보상으로서의 결말이기에 종교성과 영성까지 획득하게 된다. 그리고 작가의 이런 도저한 윤리의식은 "사물을 뻐딱하게 보"는 것에도 "그럴듯한 각도"(「설탕」)를 중시하는 데에서 연유하는 듯하다. 구불구불한 길을 곧게 걸어나가겠다는 의지가 삶의 주름을 조금이라도 평평하게 펼쳐주는 것이다. 하지만 작가의 이런 윤리의식이 계몽적인 결말이나 정언적인 에피그램으로 나타나기에 "숨김과 생략의 미학이 다소 미흡하다"(2002년 이상문학상 심사경위)는 평가를 받게 하는 요인으로 작용하기도 할 것이다.

1) 난 사실 동해바다보다는 서해바다 쪽을 더 좋아해. 삶이 녹아 있는

바다는 서해바다인 것 같아. 아주 햇빛 뜨거운 염전에 가본 적이 있니? 소금이 졸여지고 있는 바다를 한번 보여주고 싶어. 소금은 증오의 결정이지. 고통의 정수고. 인생은 쓰고 짜고…… 눈물 맛, 소금 맛이라는 걸 철저히 맛볼 필요도 있는 거야. (「설탕」, 124쪽)

2) 아아 그러나 어쩌랴. 누구든, 혹 가슴 저리게 사랑하는 그 누구라도 그의 운명을 어쩌지는 못하는 것. 강물처럼 도저한 운명의 물살을 거스르지 않기 위해 제물처럼 누군가는 죽어야 하고, 누군가는 어디선가 상처로 피 흘리는 것. 산다는 것은 어쩌면 그 사실마저도 망각하는 것이다. 저마다의 운명을 위해 그저 흘러가야 하는 것이다. (「내 가슴에 찍힌 새의 발자국」, 270쪽)

3) 지영은 그들과 함께했던 시간들, 아니 그 동안 수많은 타인들과 함께 대합실과 같은 이곳에서 견뎌냈던 시간들을 바깥의 투명한 햇빛을 바라보며 되짚어본다. 그들은 무엇을 기다리며 그렇게 견뎌왔던 것일까. 어쩌면 그들에겐 재앙마저도 행복한 꿈이 아니었을까. 퇴원을 하여 거리로 나서며 그들의 살을 꼬집어볼지도 모른다. 그리고 햇빛 속에서 살아 있음을 느끼고 순간이나마 행복해할 것이다. 그러나 그 순간은 잠시, 끊임없이 고통스럽고 남루한 일상에 치를 떨며 살아갈 것이다. 하지만 그렇게 견디며 살아가는 삶이야말로 바로 산 자들에게 주어진 행복한 재앙이 아닐까. (「행복한 재앙」, 218쪽)

다소 길게 인용한 앞의 예문들에서 확인되듯이 설탕을 소금으로 바꾸는 것이 삶의 연금술이라는 것(「설탕」), 인간의 의지를 배반하는 삶의 우연성이 곧 운명이라는 것(「내 가슴에 찍힌 새의 발자국」), 살아 있다면 재앙마저도 행복이라는 것(「행복한 재앙」)이 작가의 생각이다. 작가가 보기에 그것이 비록 죽음의 방식을 빌렸더라도 "인간은 암튼 자신의 생에선 결국 최선을 다하려고 하"(「설탕」)는 순간이 있다. 그런 결정적인 순간의 부름을 알아보고 거기에 응하는 것이 삶의 본능이자 기술이라는 것이다. 이와 함께 우리에게 허여된 것은 '선택의 자유'가 아니라 '시작의 자유'임을 알려준다. 어차피 가만히 숨만 쉬고 있어도 살기 힘든 세상이라면, 가만히 숨만 쉬고 있을 필요가 없다는 것이다. 차라리 어떤 저항도 없는 것에 대한 저항을 보여줌으로써 아무것도 하지 않는 것의 불가능성을 확인시켜주려는 것이다. 그래서 고통은 없앨 수 있는 것이 아니라 줄여나가는 것이라는 사실을 작가는 알려주고 있다. 이것이 바로 너무도 지독한, 그러나 인간적인 작가의 윤리의식이다.

5. 비극의 음화(陰畵)와 양화(陽畵)

권지예의 소설은 90년대 문학이 지나온 터널 끝에서 만나게 되는 눈부신 햇빛 같다. 그래서 더 밝게 보이고, 더 건강해 보인다. 90년대 문학의 키워드를 권태나 무기력, 실험과 엽기 등으로 파악했을 때 이를 다시 소설의 본령이나 기본으로 되구부리는 역할을 하고 있기 때문이다. 주체의 죽음 이후 주체를 다시 살리려는 움직임이 실감나는 것과 같은 이치일 것이다. 그래서 권지예 소설의 '밝음'은 터널을 통과하기 이전의 밝음과는 전혀 다른 밝음이라고 할 수 있다. 물론 권지예의 소설은 모든 소설들이 시작하는 곳에서 시작하고, 모든 소설들이 끝나는 곳에서 끝난다. 그 사이에 멈추는 정거장은 다르다고 할지라도, 정직하다 못해 순진하기까지 한 이 작가의 소설들은 그 자체로 양날의 칼이 되어 자신의 소설들을 헤집고 있다. 모범생이 작성하는 모범답안처럼 고통과 슬픔을 겪고 난 이후의 삶을 끝까지 책임지려고 하기 때문이다.

이때 중요한 점은 권지예의 소설이 절망에서 시작해 딱히 희망이라고 말하지는 못하지만 절망이 아닌 것은 분명한 그 무엇에서 끝난다는 사실 그 자체이다. 그리고 단식(斷食)을 한 후에 더욱 깨끗해지는 장기(臟器)들처럼 그녀의 소설들은 마치 건강해지기 위해 앓기를 자청하는 환자들의 문학 같다는 사실이다. 병들었을 때 우리의 몸은 건강한 것에 대해 더 예민하게 반응한다. 그런데 그런 예민함이 결국에는 환자를 의사로 만들어버린다. 문학이라는 이름의 병원에서만이 가능한 기적이다. 이럴 때 문학의 본질이 '발명'이 아니라 '발견'임을 다시 한번 확인하게 된다. 새로운 세상은 이 세상이 아닌 세상이 아니라 이전과 전혀 다르게 보이는 세상이다. 문학은 바로 세상을 다르게 보는 렌즈나 프리즘이다.

이를 위해 권지예의 두번째 소설집 『폭소』는 비극의 고전적인 의미나 기능에 주목한다. 유종호의 『문학이란 무엇인가』에 명쾌하게 설명되어 있는 문학의 '미트리다테스적 효과'에 충실한 소설들이 묶여져 있기 때문이다. 폰투스의 왕 미트리다테스가 자신에 대한 독살 모의를 피하기 위해 소량의 독을 계속적으로 섭취하여 독에 대한 면역을 길러내었던 것처럼, 고통을 제대로 경험하면 그에 대한 통제력 또한 향상될 수 있다는 것이다. 이것이 바로 라이어넬 트릴링이 말한 비극의 효과이기도 하다. 비극이 비극인 이유가 그것을 회피할 수 없기 때문이라면 그것과 한 몸이 되어 살면서 극복하는 것이 가장 효과적인 대처방법일 수 있다. 상처받을 수 있는 가능성이 구원받을 수 있는 가능성이라면 환자일수록 항체를 많이 보유하고 있다는 이야기도 된다. 이런 역설과 모순이 윤리가 되는 소설이 바로 너무나도 건강한 권지예의 소설들이다. 그래서 권지예의 소설은 이성이나 정의가 부재하는 곳에서만 문학이 존재할 수 있다는 문학의 알리바이로 존재한다.

작가의 말

매화를 보러 남쪽에 다녀왔다. 가는 날, 차창에 눈발이 흩날렸다. 매화가 피었을까? 의심이 잔뜩 일었다. 그러나 섬진강을 굽어보며 꽃 핀 매화나무 군락은 흰 구름처럼 꽃사태를 이루고 있었다. 차가운 바람결에 실린 아련한 꽃향기가 애틋했다. 아아, 봄이다.

첫 소설집이 나온 지 일 년여 만에 두번째 소설집을 낸다. 두번째부터는 좀 다를 줄 알았다. 첫사랑, 첫 키스, 첫 출산…… 뭐든지 처음이 어렵지 않은가. 그러나 나는 여전히 두렵고 불안하다. 막상 '작가의 말'을 쓰려니 이십삼 년 전부터 '작가의 말'을 써놓았던 첫 소설집의 출간 때와는 달리 나는 그저 왠지 말을 아끼고 싶다. 고즈넉해지고 싶다.

이 책에 실린 일곱 편의 중, 단편들은 거의 다 이 땅에 돌아와서 쓴 것들이다. 작년 한 해, 낯선 바닷가 도시에서 쓴 것들이 대부분이다. 동해의 바닷물빛은 늘 나를 사무치게 했다. 그러나 집을 떠나 그곳 캠퍼스에서 젊은이들을 가르치면서 또 소설을 써야만 하는 버거움은 결국 선택의 기로로 나를 몰아갔다. 나는 온전히 소설에만 복종하기 위해 다시 서울로 돌아왔다. 그 동안 프랑스에서 공부한답시고 보낸 시간과 청춘이 아깝기도 했지만, 나는 미터기를 새로 꺾는 심정으로 다시 원점으로 돌아왔다. 배수진을 치고 달릴 일만 남아버렸다. 전업작가. 참 두렵고 막막한 일이다. 항상 생각하는 것이지만, 소설은 내게 참 많은 대가를 요구한다. 『아라비안 나이트』의 샤흐르야르 왕처럼.

소설을 한 편씩 완성할 때마다 하룻밤 목숨을 연명해가는 셰헤라자드의 운명을 생각하곤 한다. 그녀도 이야기를 끝내고 나면 나처럼 속으로 이렇게 내뱉었을 것이다. 휴우, 살았다. 괜찮은 소설을 쓰기 위해서는, 뒷목에 칼끝의 날카로운 예각을 느끼고 코끝에서 매운 화약 냄새가 날 만큼 죽음에 가까이 다가가야 한다는 걸 알기 때문일까. 아아, 난 좀 가볍고 경쾌하고 싶어…… 난 요즘 부쩍 소설에게 엄살을 떨고 있다.

그런 내게 용기를 주고 싶어 매화가 보고 싶었는지도 모르겠다. 겨울을 견디고 피어난 매화는 강인하고도 섬세한 아름다움을 보여준다. 내 소설의 모습이 꼭 그랬으면 좋겠다는 생각이 든다. 거기다가 향기까지 닮는다면 얼마나 좋을 것인가.

그 동안 겨울을 함께 견뎌준 이들, 햇빛처럼 따스했던 이들, 그리고 내 속에서 나온 보잘것없는 일곱 송이 꽃이 빛을 볼 수 있도록 도와주신 문학동네 식구들에게 진심으로 감사드린다.

2003년 새봄
권지예

문학동네 소설집
폭소
ⓒ 권지예 2003

| 1판 1쇄 | 2003년 5월 19일 |
| 1판 7쇄 | 2005년 10월 17일 |

지 은 이	권지예
책임편집	김현정 조연주 이상술
펴 낸 이	강병선
펴 낸 곳	(주)문학동네
출판등록	1993년 10월 22일 제406-2003-000045호

주 소	413-756 경기도 파주시 교하읍 문발리 파주출판도시 513-8
전자우편	editor@munhak.com
전화번호	031) 955-8888
팩 스	031) 955-8855

ISBN 89-8281-666-6 03810

＊ 이 도서의 국립중앙도서관 출판시도서목록(CIP)은 e-CIP홈페이지(http://www.nl.go.kr/cip.php)에서
  이용하실 수 있습니다. (CIP제어번호 : CIP2005002003)

www.munhak.com